Encontrada até quinta

CATHERINE BYBEE

Encontrada até quinta

Noivas da Semana

LIVRO 7

Tradução

Sandra Martha Dolinsky

2ª edição

Rio de Janeiro-RJ / Campinas-SP, 2018

VERUS EDITORA

Editora
Raïssa Castro

Coordenadora editorial
Ana Paula Gomes

Copidesque
Maria Lúcia A. Maier

Revisão
Cleide Salme

Capa, projeto gráfico e diagramação
André S. Tavares da Silva

Foto da capa
Jaroslav Monchak / Shutterstock (noiva)

Título original
Treasured by Thursday

ISBN: 978-85-7686-609-1

Verus Editora Ltda.
Rua Benedicto Aristides Ribeiro, 41, Jd. Santa Genebra II, Campinas/SP, 13084-753
Fone/Fax: (19) 3249-0001 | www.veruseditora.com.br

CIP-BRASIL. CATALOGAÇÃO NA FONTE
SINDICATO NACIONAL DOS EDITORES DE LIVROS, RJ

B997e

Bybee, Catherine, 1968-
Encontrada até quinta / Catherine Bybee ; tradução Sandra Martha Dolinsky. - 2. ed. - Campinas [SP] : Verus, 2018.
23 cm. (Noivas da Semana ; 7)

Tradução de: Treasured by Thursday
ISBN: 978-85-7686-609-1

1. Romance americano. I. Dolinsky, Sandra Martha. II. Título. III. Série.

17-44924 CDD: 813
CDU: 821.111(73)-3

Revisado conforme o novo acordo ortográfico

Para Tiffany Snow
Novos amigos que nos entendem são tão queridos
quanto os velhos que nos conhecem!

1

HUNTER BLACKWELL MIROU O ALVO e serpenteou através da multidão, fazendo várias mulheres virarem a cabeça enquanto passava. Já fazia muito tempo. Embora raramente ele pedisse favores a antigos conhecidos, marchou em direção a um deles, sem olhar para trás. Se os rumores fossem verdadeiros, metade de seus problemas estaria resolvida em poucos dias.

Sem se preocupar com a conversa que porventura estivesse interrompendo, Hunter ficou atrás de seu velho amigo para se certificar de que o vissem e ergueu o queixo.

A conversa morreu quando o homem à sua frente se voltou e inclinou a cabeça.

Um sorriso se espalhou pelo rosto de Blake Harrison.

— Blackwell.

— Sua Graça.

Blake soltou uma risada e estendeu a mão.

Hunter aceitou o abraço do homem e deixou um arrepio de satisfação o tomar enquanto Blake Harrison pedia desculpas ao grupo com o qual conversava e dirigia a Blackwell toda a sua atenção.

— Meu Deus, cara. Há quanto tempo! Oito anos, nove?

— Texas — Hunter recordou ao amigo. — Acho que você ia se casar com a sua esposa pela terceira vez.

Blake olhou para Hunter e deixou brotar uma lembrança.

— Acho que foi o casamento mais louco até hoje.

A ideia de se casar repetidamente com a mesma mulher era ridícula. O fato de Blake e sua esposa nunca terem se divorciado e renovarem os votos todos os anos era coisa de maluco. Em alguns meios, o boato que corria era de que o jeito bon vivant de Blake nunca mudara e que ele precisava reafirmar seus votos anualmente para contentar a esposa.

Mas aqueles que conheciam o duque sabiam que nada podia estar mais longe da verdade. Blake e Samantha Harrison tinham um casamento dos sonhos. Para as mulheres isso era o paraíso, ao passo que para os solteiros convictos era o verdadeiro inferno.

— A vida de casado combina com você — disse Hunter.

Talvez ele tenha dito isso por dizer, mas seu velho amigo Blake realmente tinha um brilho no olhar e alguns saudáveis quilos extras, desses que um homem adquire com uma vida tranquila.

— Vou dizer para a Sam que você aprova.

Hunter riu. Provavelmente Sam não se lembraria dele. Eles haviam se conhecido no casamento, durante o qual ela estava ocupada renovando seus votos — mais uma vez.

Hunter acenou com a cabeça para os fundos do enorme salão, onde a multidão comemorava a aposentadoria de um empresário conhecido que se transformara num filantropo.

— Você tem um minuto? — perguntou.

Blake estreitou as sobrancelhas escuras e levantou a mão, indicando que o amigo fosse na frente.

Contornaram alguns colegas, velhos amigos e ainda mais velhos inimigos, até encontrarem um canto tranquilo onde pudessem conversar em particular. Com sorte, não seriam interrompidos.

— Você é um homem determinado — disse Blake, sem julgar.

— Não é sempre assim? — disse Hunter.

Ele passara os dez últimos anos de sua vida com um objetivo em mente: ganhar. Independentemente do que fizesse, de que negócios assumisse, de onde investisse seus esforços, seu objetivo era vencer.

— Eu já te aconselhei sobre todos os tipos de investimento — disse Blake.

— Não se trata de um investimento. — *Bem, não realmente.* — Não gosto de fazer rodeios.

Blake sorriu.

— Então vá em frente. Você sabe que pode ser direto comigo.

Essa era uma das qualidades de que Hunter mais gostava em seu velho amigo.

— Fiquei sabendo que sua esposa tem uma empresa.

Blake manteve o sorriso, mas o jeito como seus olhos se estreitaram fez Hunter entender que estava entrando em campo minado.

— Sim, é verdade.

— Acho que ela pode me ajudar.

— Está tentando mudar seu status de solteiro, Blackwell?

Hunter sentiu o peito mais leve. Parecia que suas fontes estavam certas.

— A lista da *Forbes* tornou minha vida mais difícil do que você imagina.

— Não sei, não. Eu tenho uma imaginação bem viva — riu Blake.

Hunter sabia bem disso.

— Ela pode me ajudar? — perguntou.

Blake levou a mão ao bolso interno do paletó e retirou um único cartão de trás dos próprios cartões de visita. Tamborilou com o cartãozinho na palma da mão e inclinou a cabeça.

— Quero deixar bem claro que não tenho nada a ver com a Alliance. Não posso garantir que a Sam e as mulheres que trabalham com ela vão te aceitar como cliente.

— Me aceitar?

Blake deixou o sorriso tomar seus olhos novamente.

— Minha esposa é muito cuidadosa na triagem dos clientes. Se alguém de lá encontrar um motivo para não te aceitar, você vai ter que se conformar com isso.

Hunter pensou em seus objetivos e abriu um sorriso inocente.

— As mulheres me amam.

— Isso até que funciona quando se está a fim de um encontro, mas não é a mesma coisa quando se procura uma esposa. Só para te avisar, Blackwell: se elas não te aceitarem, não vou interceder a seu favor — disse Blake, oferecendo ao amigo o cartão de Samantha.

Hunter o pegou e guardou.

— Não estou preocupado.

Blake riu.

— Eu te conheço, Blackwell. E conheço a minha mulher. É melhor pensar num plano B, caso isso não dê certo.

— Eu mudei. Não sou mais o mesmo cara — justificou Hunter.

— Nenhum de nós é. Só espero que tenha aprendido a lidar melhor com a rejeição do que quando era jovem. Acho que me lembro de você usar os punhos para defender seu ponto de vista.

— Acho que nós dois fomos culpados na ocasião.

Blake avaliou o comentário.

— Mas você foi pego.

— E você era filho de um duque — disse Blackwell. — Meio intocável, se bem me lembro.

— É verdade. A Sam é contra qualquer tipo de violência.

— Coisas incríveis acontecem quando você resolve os problemas com dinheiro e diplomacia. A gente cresce e para de brigar.

Blake sacudiu a cabeça.

— Às vezes ainda brigamos, só que não partimos para a agressão — disse.

Hunter fez um gesto indicando o bar.

— Que tal uma bebida?

— Eu estou tão envergonhada!

— É perfeitamente normal.

Gabi Masini olhou para sua amiga britânica, depois para a traseira de seu Lexus. Podia jurar que a pessoa que estava saindo da outra vaga havia sinalizado para que ela avançasse.

O outro carro bateu no dela, ou talvez ela tivesse dado ré. O homem, de cinquenta e poucos anos e cara de quem tinha comido rosquinhas demais, saiu agitando os braços e gritando em uma língua que ela não reconheceu. Apesar de Gabi ser fluente em três idiomas e estudar um quarto, não conseguia compreender o que o senhor falava. Mas a raiva não precisava de idioma para ser compreendida.

Não demorou muito para os sensores do carro notificarem a equipe de segurança, que estava por perto, e a vergonha de Gabi ser testemunhada por Gwen e seu marido, Neil.

Neil passou pelos carros, se pôs entre o motorista irado e Gabi e começou a falar baixinho.

— Acidentes acontecem — disse Gwen, passando o braço em volta de Gabi.

— É o segundo em um mês.

Gabi não queria considerar os dois outros acidentes, que haviam aumentado seu seguro pouco depois que se mudara para o sul da Califórnia.

— Você morou anos em uma ilha que só tinha carrinhos de golfe.

— Mas já estou na Califórnia há um ano e meio — suspirou Gabi.

Gwen respirou fundo e não comentou nada.

— Sou a pior motorista do mundo — disse Gabi.

— Não fale bobagem. Deve ter alguém pior que você.

Onde?

Neil caminhou em direção às duas com uma expressão séria e o controle da situação, como sempre. Estendeu a mão com a palma para cima.

Instintivamente Gabi entendeu o que ele queria. As chaves penduradas em seus dedos chacoalharam enquanto ela as entregava.

— Sinto muito.

Neil ergueu a sobrancelha antes de voltar o olhar para a esposa.

— Leve a Gabi para casa. Logo estarei lá.

Gwen se voltou com delicadeza e começou a se afastar. Gabi não teve escolha a não ser segui-la.

— Espera! — gritou.

Gabi voltou até o carro e puxou duas vezes a porta de trás antes que o metal cedesse. Então pegou a correspondência e as compras que fizera no mercado e levou tudo para o carro de Gwen, que a esperava.

Durante algum tempo, Gabi ficou se justificando. Gwen ouviu, sem falar nada.

— Sou uma péssima motorista — Gabi disse por fim.

Gwen pegou a saída que levava ao familiar bairro de Tarzana, onde Gabi morava.

— Tenho que concordar com você. Quatro acidentes em menos de dois anos está acima da média.

— Talvez eu devesse voltar para Nova York. Ninguém tem carro por lá.

— E quando foi a última vez que você morou naquela cidade? — Gwen perguntou.

— Eu era adolescente. Tinha acabado de me formar quando eu, meu irmão e minha mãe fomos morar na ilha.

O irmão de Gabi, Valentino Masini, era proprietário de um resort, situado numa ilha particular em Keys, onde os hóspedes circulavam somente em carrinhos de golfe. Gabi havia morado na ilha, recebendo toda proteção e cuidados, até um ano e meio antes de seu quarto acidente de carro. Como

Val se casara e continuara tomando conta dos negócios na ilha, Gabi assumira o controle de sua vida e se mudara para o outro lado do país, onde não dirigir um carro de verdade não era uma opção. O transporte público no sul da Califórnia era difícil, para não dizer impraticável. O nervosismo tomara conta de Gabi nos primeiros meses por lá. Mas ela parecia estar se adaptando. Só que, no último mês, não estava conseguindo parar de brincar de carrinho de bate-bate na rua ou nos estacionamentos.

— Provavelmente seria o mesmo que substituir uma preocupação por outra se você voltasse para Nova York.

Sim. Gwen estava certa. Além de tudo, seu trabalho estava na Califórnia. Graças a ele, ela recuperara o equilíbrio. Gabi não podia se mudar dali só porque não conseguia circular nas faixas de trânsito.

— Talvez eu devesse fazer umas aulas de direção.

Gwen embicou na entrada da garagem.

— Ou então contratamos um motorista particular para você.

— Ah, que bobagem.

Gwen desligou o motor e olhou por cima do ombro.

Gabi se contorcia no banco do passageiro.

— Qualquer adolescente de dezesseis anos cheio de espinhas no rosto aprende a dirigir. Eu devia ser mais capaz do que eles.

Gwen, seguindo o exemplo do marido, que muitas vezes dizia muito sem abrir a boca, desceu silenciosamente do carro e cobriu o curto percurso até a porta da frente.

Gabi digitou alguns números em um teclado e a porta se abriu. Então passou a outro sistema de monitoramento, que alertou a equipe que ela havia entrado. Colocou as sacolas no balcão da cozinha e jogou a correspondência em cima da mesa.

Foi andando de lá para cá, guardando os mantimentos no lugar.

— Foi difícil para você se acostumar a dirigir do lado direito da via quando se mudou para cá? — ela perguntou.

Gwen lhe contou sobre como havia se adaptado ao modo de condução norte-americano, o que, aparentemente, não tinha sido tão difícil como para Gabi.

Quando Neil chegou, Gabi já havia esgotado suas desculpas por ser uma péssima motorista e admitido que algo teria que mudar antes que alguém se machucasse.

Então ele lhe explicou uma série de coisas que a fez perder um pouco o controle.

— Seu carro está na oficina; o seguro suspendeu a cobertura até investigar o que aconteceu.

— Eles podem fazer isso? — Gabi perguntou.

— Podem e fizeram. Não é possível alugar um carro sem seguro.

— Parece uma atitude um pouco exagerada — disse Gwen.

Neil ficou em silêncio por um momento.

— Desta vez, o homem em quem ela bateu é advogado e ligou para a seguradora da Gabriella antes do carro ser guinchado até a oficina.

— Ah, não!

— Ah, sim. — Neil pegou sua carteira e tirou um cartão de visitas.

— O Blake usa os serviços dessa empresa. Já falei com o nosso contato lá. É só você ligar com trinta minutos de antecedência para eles arranjarem um motorista para levar você aonde quiser.

Gabi tirou uma longa mecha do cabelo castanho-escuro do ombro e observou o cartão.

— Isso deve ser muito caro.

— É isso ou um processo. O táxi é outra opção, mas, em vista do trabalho e dos contatos que você tem, um motorista particular talvez seja melhor — disse Neil.

— Como posso convencer a seguradora a voltar com a minha cobertura? — Gabi perguntou, já sabendo que, quando seu carro saísse da oficina, não poderia dirigir sem seguro.

— Preciso me informar quanto a isso. Nesse meio-tempo, use o serviço.

Gwen se despediu de Gabi e acompanhou o marido.

Antes que os dois dobrassem a esquina da rua tranquila, o telefone de Gabi já estava tocando.

O nome na tela a fez respirar fundo para tomar coragem. As notícias voavam. Ela ergueu o telefone, fechou os olhos e apertou o botão para atender.

— Não foi culpa minha.

— O quê?

Samantha Harrison, chefe e nova amiga de Gabi, não caçoara dela nem a culpara.

— Eu achei que ele tinha dado sinal para eu dar ré. Estou dirigindo muito melhor do que quando cheguei.

— Do que você está falando?

Gabi mordeu o lábio inferior.

— Ah, você não sabe? — perguntou.

— Se eu soubesse, não fingiria o contrário. O que não é culpa sua?

— Uma leve batidinha no estacionamento. Mas ninguém se machucou.

Gabi pensou ter ouvido Sam gemer.

— E não foi culpa sua?

Ela agitou a mão no ar, como se Sam a pudesse ver.

— Não, claro que não. Mas, se você não está falando sobre o acidente, em que posso ajudar?

A tentativa mal disfarçada de mudar de assunto o mais rápido possível foi recebida com uma risadinha.

— Tenho um cliente, preciso que você faça uns cálculos.

Cálculos. Ela podia fazer isso. Gabi era um gênio com números.

— Só me passe o nome e o código de acesso ao arquivo.

Gabi anotou o nome e o código. Hunter Blackwell. J836AY9.

— É só isso que você precisa de mim?

— Não. Na verdade, preciso mais do que um relatório. O sr. Blackwell é um velho amigo do Blake, por isso estou lhe dando uma chance a mais. Com base no que já levantei, eu o teria encorajado a procurar a futura sra. Blackwell em outro lugar.

Se havia uma coisa que Gabi já tinha descoberto sobre a chefe era que ela examinava cada cliente, tanto mulher quanto homem, como se procurasse uma agulha num palheiro. Ela checava cada informação por trás das notícias dos jornais e das fofocas na hora do cafezinho para atestar a veracidade dos fatos. Quase todos os clientes homens que procuravam uma noiva tinham uma razão para isso, que às vezes não estava clara em seus antecedentes. Mas Sam sempre encontrava os segredos mais ocultos e os revelava a seus clientes, e, assim, chegava à idoneidade deles com base em sua reação aos fatos. A maioria dos poderosos dispostos a pagar mais de sete dígitos por uma noiva odiava ter a roupa suja exposta. E, especialmente, não queriam uma mulher que os expusesse.

Se a qualquer momento durante a reunião inicial com Sam, ou agora com Gabi, elas sentissem um mínimo de hostilidade por parte do cliente, a reunião era encerrada e os negócios não eram concretizados.

— Por que você o rejeitou tão depressa?

— As poucas informações disponíveis o ligam a uma acusação de agressão. A queixa foi retirada muito antes de o caso chegar aos tribunais. Além disso, o sr. Blackwell foi acusado de ter sido encontrado com três mulheres no banco de trás de sua limusine após um evento beneficente em Dallas.

— Desde quando damos ouvidos às revistas de fofocas?

— Nós não damos — Sam se defendeu —, mas disseram que uma das garotas tinha dezessete anos. Estou investigando isso agora. Mas, se esse sujeito gosta de menores, não vou apresentá-lo a ninguém.

Sinais de alerta soaram na cabeça de Gabi.

— Em quanto tempo vamos ter certeza de que essas informações são verdadeiras? — perguntou.

— Tenho algumas pessoas trabalhando nessa questão. Enquanto isso, preciso dos números.

— Ele parece um risco — disse Gabi.

— E é. Mas não estou com cabeça para isso agora, com a Jordan de volta ao hospital. Sei que não estou focada, e não quero que minha vida pessoal interfira nos negócios.

— Ah, Sam. Sinto muito. Eu não sabia.

Anos atrás, a irmã de Samantha, Jordan, havia perdido a capacidade de viver plenamente. Atualmente estava com trinta anos e, quando jovem, tentara o suicídio e acabara sofrendo um AVC, que a deixara gravemente comprometida. Gabi não conhecia todos os detalhes, mas sabia que Samantha e Blake cuidavam dela em casa. Mesmo contando com os cuidados de uma enfermeira particular em período integral, Jordan não conseguia evitar os problemas decorrentes de estar presa a uma cadeira de rodas, sem todas as suas faculdades.

Desde que Gabi se mudara para a Califórnia, Jordan havia sido internada pelo menos meia dúzia de vezes.

— Você cuida do Blackwell, então?

— Com certeza. Quer que eu marque uma reunião com ele?

— Você faria isso?

— É claro. Depois que os arquivos dos seus contatos estiverem no sistema, vou falar com o sr. Blackwell para marcar uma reunião.

Sam suspirou ao telefone.

— Ótimo. E, se você não ficar satisfeita com ele ou com qualquer coisa, fique à vontade para descartá-lo como cliente. Eu confio na sua decisão.

Gabi hesitou.

— Mas ele é amigo do Blake.

— O Blake conheceu o sr. Blackwell e o irmão dele no colégio. Mantiveram contato nos dois primeiros anos da faculdade, mas nunca foram muito próximos. O Blake lhe deu alguns conselhos profissionais ao longo dos anos, mas foi só isso. Ele deixou perfeitamente claro que a nossa decisão não interferiria em nada.

Gabi sentiu um pouco da tensão nos ombros se aliviar.

— Quer que eu lhe comunique minha decisão antes de dizer ao cliente? — perguntou a Sam.

— Não tem necessidade. Tenho andado muito ocupada. O cardiologista da Jordan está na outra linha, tenho que desligar.

— Tudo bem. Me ligue se precisar de alguma coisa.

— Ligo sim.

Em seguida Sam desligou.

Gabi preparou uma forte xícara de chá e foi para o escritório da casa. Sentou-se diante de uma mesa com três grandes monitores. Abriu o computador principal e acessou a interface que o conectava ao de Sam. Em poucos minutos, abriu o arquivo de Hunter Blackwell. Passou os olhos pelas informações de contato e pelo perfil pessoal. Não importava se o homem era bem-dotado fisicamente ou não. E menos ainda se já fora casado ou se tinha filhos. Gabi só se concentrava nos números.

E os números eram realmente grandes.

Recentemente Hunter Blackwell entrara para a lista dos solteiros bilionários da *Forbes* e era um forte candidato ao rol dos "bilionários e seus escândalos ultrajantes" que a revista publicaria no fim do ano.

Antes de mergulhar nos números, Gabi cruzou referências da mídia para saber por que Blackwell estava na mira da *Forbes*.

Horas depois, com a cabeça ainda zumbindo pela cafeína do chá, Gabi ouviu o relógio de pêndulo tocar uma vez. Havia um prato usado na mesa limpa, e três saquinhos de chá secavam ao lado de uma xícara vazia.

Ela imprimiu os arquivos de que precisava e, antes de desligar os computadores, anotou o novo código, que mudara automaticamente, para o arquivo de Blackwell.

Bateu a borda dos papéis para juntá-los e recostou-se na cadeira. Enquanto se levantava para sair do escritório, o corpo gritou por causa das muitas horas sentada.

— Muito bem, sr. Blackwell. É melhor que você seja um homem excepcional pessoalmente, senão vai ter que pedir para a sua mais recente amante que se case com você sem te julgar pelo que vale.

2

GABI TENTOU MANTER O NERVOSISMO sob controle e incorporou Samantha enquanto esperava. O local das reuniões com os clientes nunca mudava: o Starbucks do centro da cidade, que tinha um fluxo constante de pessoas. A localização era segura e fácil de encontrar. A Alliance não tinha escritório, afora o quarto na casa de Gabi, em Tarzana. Havia cinco computadores espalhados pelos Estados Unidos, mas a sede era em Tarzana. Convidar um cliente para uma reunião formal em um escritório oficial não fazia parte do programa.

Embora Gabi houvesse aceitado alguns clientes homens durante o último ano e meio, ainda não encontrara um tão rico, e aparentemente difícil, como o que conheceria esse dia.

Sabendo que setenta por cento de sua decisão já estava tomada, sentiu as palmas coçarem. Por mais que gostasse de pensar que seu desagradável medo de homens desconhecidos estava sob controle, isso não era verdade. Dias como esse a faziam perceber o tamanho dos problemas que ela enfrentara no passado, sendo vítima de tantas mentiras.

Para piorar as coisas, Gabi esquecera de baixar uma foto de Hunter Blackwell antes de sair de casa. Teve de se contentar em procurar imagens na internet, e havia pouquíssimas. Muito poucas, muito apagadas ou muito antigas. Era impressionante ver como ele conseguira ficar relativamente incógnito e mesmo assim fazer parte da lista da *Forbes*.

Se Sam não estivesse naquele momento no hospital com a irmã, Gabi teria ligado para ela para se certificar da aparência de Hunter Blackwell.

Por fim desistiu da busca e olhou para o telefone pela quarta vez antes de guardá-lo na bolsa. Dez minutos.

Seu coração acelerou.

Uma inspiração lenta seguida por uma expiração meditativa fez sua pulsação se acalmar.

Observou as pessoas que entravam no café. Uma família com dois garotos pedindo insistentemente algo cheio de chocolate, pendurados nas pernas da mãe. Meia dúzia de universitários se amontoava ao redor de uma mesa repleta de notebooks e celulares, ligados às tomadas disponíveis. Alguns tinham blocos de anotações e outros estavam sentados em silêncio, com os ouvidos ocupados com aulas, músicas ou sabe-se lá o quê.

Gabi tomou um gole de chá, olhando para a porta toda vez que se abria. Um casal asiático. Duas adolescentes. Um barrigudo de sessenta e poucos anos de bermuda e chinelos.

Em seguida, dois homens engravatados, um deles um pouco mais alto que o outro. Falavam em voz baixa e passaram pela fila. Em nenhum momento olharam ao redor.

Gabi conferiu o relógio.

Cinco minutos.

Tamborilando os dedos, forçou outra respiração profunda. Um instante depois, a porta se abriu. Alguém além das vidraças segurava a porta aberta para uma mulher confusa que empurrava um carrinho de bebê.

— Obrigada — a mulher disse ao homem a seu lado.

Por um breve momento, Gabi os ignorou, achando que se tratasse de uma família. Mas então a mulher com o bebê se afastou, deixando o homem para trás.

O coração de Gabi disparou.

Ágil e impecável, surgiu Hunter Blackwell. Devia ter um metro e noventa, talvez mais. O terno que vestia era tão elegante e bem cortado que os homens em volta pareciam vestir roupas de flanela. Tinha a mandíbula forte e algo que parecia uma cicatriz sob a orelha esquerda. Não que isso comprometesse sua aparência.

"Perigosamente bonito", diziam alguns tabloides que ela lera, e estavam certíssimos. Com cabelos castanho-claros e olhos cinzentos, escrutou o salão. Os olhos passaram por ela uma vez, mas rapidamente retornaram.

Gabi sentiu o lábio inferior se curvar para dentro da boca, mas logo controlou esse seu tique nervoso.

Com a mão apertada sobre o colo, observou a lenta aproximação de Blackwell.

As instruções de Samantha se repetiam em sua cabeça. Ela se lembrou de outro mantra, esse mais fácil de recordar, de sua cunhada, Meg: "Finja até convencer a si mesma".

Gabi tinha o futuro de Blackwell nas mãos. Tinha algo que ele queria, e isso lhe dava poder.

Pelo menos, deveria dar.

— Sr. Blackwell. — Gabi não se deu o trabalho de levantar, uma tática levemente intimidante que Samantha lhe ensinara.

— Srta. Masini. — A voz suave era uma oitava mais baixa que a da maioria.

Ela sentiu o coração se acelerar outra vez, mas por razões completamente diferentes.

— Por favor, sente-se — disse, indicando a cadeira a seu lado e forçando um sorriso.

Hunter Blackwell desabotoou o paletó e se acomodou.

— Eu tomei a liberdade de pedir um café para você — ela informou.

Gabi mirou o barista atrás do balcão e logo voltou os olhos para o homem à sua frente.

— E se eu não gostar de café?

Então é assim que vai ser. Gabi sentiu o pulso desacelerar um pouco.

— Uma temporária, creio que o nome dela era Natalie, disse que você bebia três xícaras de café preto todas as manhãs antes de fazer a primeira ligação. Você parece um homem que não perde tempo com banalidades, sr. Blackwell.

Ele sorriu, mostrando a covinha no queixo.

— Café, então.

Gabi fez sinal para o barista.

Por um breve momento, falaram do trânsito e do dia quente.

Quando o atendente deixou o café na mesa, Blackwell tomou seu gole obrigatório, se acomodou na cadeira e perguntou:

— Como funciona a agência?

Gabi olhou para o relógio, ajustando seu temporizador interno.

— Meu negócio é combinar pessoas, sr. Blackwell. Ninguém fura o nosso sistema.

O olho esquerdo de Hunter se contraiu.

— Sou todo ouvidos.

Se Hunter Blackwell sabia ou não, aquele fora o único aviso de Gabi.

— Você já foi preso?

— Sim — ele respondeu, sem hesitar.

— Se importa de dar mais detalhes?

Ele balançou a cabeça.

— Suponho que a esposa do Blake encontrou tudo que precisava nesse arquivo.

E encontrara mesmo. O homem havia sido preso, solto, e as acusações retiradas, tudo pelo menos quatro vezes. Duas nos últimos anos, e outras duas antes dos dezoito anos. O homem sabia que Gabi havia feito sua pesquisa, de modo que ela seguiu adiante.

— Alguma vez já bateu em mulher?

— Não. — A resposta foi rápida e difícil de contestar.

— Já quis bater?

Ele fez uma pausa.

— Uma vez eu vi uma mulher deixar o filho trancado dentro do carro em um dia quente. A ideia me ocorreu. Fora isso, não.

Gabi não podia confirmar sua alegação nem refutá-la.

— Já machucou uma mulher?

Essa pergunta era pessoal de Gabi. Ela havia elaborado uma segunda série de perguntas que não faziam parte da lista de Sam.

— De acordo com muitas delas, sim. Mas, se você quer dizer fisicamente, não. Não sou responsável pelas mulheres que afirmam amar o que não conhecem.

Então os tabloides estavam certos sobre o bon vivant que havia dentro do bilionário. O homem, arrogante, não parecia se importar por ter partido corações na tentativa de se divertir. Gabi se perguntou quantas mulheres já haviam se desmanchado por seu sorriso devastador e seu charme natural.

Deixando a aparência dele de lado, era hora de Gabi disparar perguntas.

— Preciso do nome do seu melhor amigo.

Ele deu de ombros.

— Eu não tenho amigos.

Essa não era a resposta que ela esperava. O coração disparado de Gabi ameaçava acabar com a entrevista.

— Todo mundo tem amigos.

— Eu tenho inimigos, srta. Masini. Pessoas que querem arrancar um pedaço de mim. Não penso em ninguém como um amigo próximo. Não alguém em quem eu confie.

Uma sombra encobriu os olhos cinzentos de Hunter.

Ela afastou a sensação de déjà vu e prosseguiu:

— Quem é seu maior inimigo?

Ele riu, jogando a cabeça para trás e chamando a atenção de todos.

— Desde criança me disseram que meu maior inimigo seria eu mesmo.

— Essa é a sua resposta?

Hunter Blackwell contraiu os lábios.

— Tenho tantos inimigos que não dá nem para contar. Tenho certeza que a sua pesquisa também te mostrou isso.

Sim, mostrara mesmo. E isso dizia a Gabi que a futura noiva de Hunter Blackwell correria perigo, independentemente da disposição do marido.

— Por que está procurando uma esposa, sr. Blackwell?

Ele ergueu o queixo, estreitou o olhar e a fitou.

— Como expliquei à sra. Harrison, a lista da *Forbes* de solteiros disponíveis transformou a minha vida numa verdadeira loucura. Preciso de um ano para fugir dessa bagunça e dos holofotes. Mudar meu estado civil vai me livrar de namoros e relacionamentos temporários. Parece mentira, mas a quantidade de mulheres que afirmam que eu transei com elas e que lhes prometi casamento triplicou no ano passado. É cansativo, srta. Masini.

Ele parecia um pouco cansado, mas não era essa a resposta que ela procurava.

— Tem certeza que é só isso?

Ele assentiu.

Que pena.

Gabi empurrou o chá de lado e pegou a bolsa no chão. Olhou para o relógio. Haviam se passado quatro minutos desde que Hunter Blackwell se sentara. Só restava um minuto.

— Obrigada por procurar a Alliance, sr. Blackwell. Mas, por ora, vamos declinar de qualquer negociação contratual.

Ela se levantou.

Em um segundo, ele estava parado diante dela.

— Como?

— Estamos declinando.

Ele balançou a cabeça.

— Por quê?

Em vez de mostrar todas as suas cartas, ela começou com a mais fácil.

— Eu pedi um nome, alguém que você considerasse um amigo: nada. Pedi um inimigo e, mais uma vez, nenhuma resposta. Já me sentei diante de políticos mais acessíveis que você. Sinceridade é algo sagrado para a Alliance. Sem isso, um casamento pode ter resultados devastadores para ambas as partes. Eu não deixaria minha irmã se casar com você, sr. Blackwell, muito menos uma cliente.

Ela começou a se afastar, mas sentiu a mão dele em seu cotovelo. Sem pensar, se encolheu e se afastou.

Blackwell baixou o braço imediatamente.

— Posso lhe enviar uma lista de inimigos potenciais dentro de uma hora. Quanto aos amigos, posso chamar Blake Harrison de um velho conhecido, mas não posso dizer que convivi com ele nos últimos dez anos.

— Sinto muito.

Ele se colocou na frente dela.

— Eu preciso de uma esposa — disse baixinho.

Ela engoliu seu medo e deu um passo para perto dele.

— Então, sugiro que ofereça o privilégio à sua última conquista. A Alliance não vai ajudá-lo.

Gabi passou por ele e foi em direção à porta.

— Isso ainda não acabou — disse ele.

Ela olhou por cima do ombro e notou que várias pessoas os observavam.

— Receio que sim.

Lançando um último olhar ao homem que aparentemente era o sonho de toda mulher, ela passou pelas portas de vidro e saiu.

Entrou no banco de trás do carro que a esperava e notou o olhar sombrio de um bilionário que a seguia enquanto ela se afastava.

Puta merda.

Os olhos de Hunter repousavam no traseiro esbelto e nas longas pernas cobertas por uma saia justa enquanto Gabriella Masini marchava pela rua em direção ao carro. Um motorista saltou e lhe abriu a porta. Sem se dar conta, ele seguiu o carro com os olhos enquanto seu futuro lhe fugia.

Isso não pode estar acontecendo.

Ele entrara ali esperando um resultado completamente diferente.

Se havia algo a que Hunter não estava acostumado, era perder.

Uma rajada de vento quente o impeliu até seu carro. Ao contrário da srta. Masini, ele gostava de dirigir. Bem, pelo menos quando estava em LA.

Instalado atrás do volante, pressionou o comando do telefone. Em vez de ligar para o escritório, ligou para seu investigador particular.

— Ora, se não é o Blackwell! — disse o homem do outro lado da linha, com uma nota de superioridade.

— Preciso que investigue alguém para mim.

— Você parece irritado.

— Não liguei para conversar, Remington. Tem uma caneta aí?

— Pode falar.

— Gabriella Masini. Trabalha com aquisições e fusões — disse Hunter.

— Alguém está a fim de sangue...

Hunter ligava para Remington quando queria trabalho sujo. Obter todas as informações possíveis sobre uma conquista era fundamental para o sucesso, e isso era algo que ele fazia com todas as pessoas com quem tratava de negócios. Ele não havia sentido necessidade disso com a funcionária de Samantha Harrison, mas esse erro que cometera com a srta. Masini não se repetiria. Hunter sabia que a esposa de Blake não estava dirigindo o show, de modo que não sentia remorso algum em investigar uma das funcionárias da duquesa. Qualquer mulher de pele impecável, fala mansa e pernas que levavam a seios deliciosos tinha que ter algo sujo por trás.

Ninguém jamais lhe virara as costas e o dispensara depois de cinco minutos de conversa. Obviamente, ela não sabia com quem estava lidando.

— Quero todas as informações possíveis sobre ela, Remington, amanhã de manhã.

O homem soltou um suspiro.

— É muito pouco tempo, Bolso sem Fundo.

— Quero alguma coisa amanhã de manhã. Seu pagamento está garantido, desde que descubra tudo o que puder a respeito dela.

— Você é quem manda.

Bem, pelo menos alguém reconhece isso.

3

TALVEZ A FALTA DE CARRO não fosse tão ruim. Fazer ioga na frente da tevê era tão eficaz quanto, certo?

Gabi se inclinou para a posição do guerreiro, estendendo a mão para o teto e torcendo para que os homens que monitoravam o sistema da casa não a observassem enquanto se dobrava sobre si mesma.

Não que não ficasse bem de roupa de ginástica; ela estava em sua melhor forma. Era estranho como as tragédias e os obstáculos sempre resultavam em duas opções: ou matavam, ou fortaleciam.

Gabi lembrou a si mesma que a vida sem carro era só mais um obstáculo, e que não a derrubaria.

Percebeu, tarde demais, que o instrutor do DVD já tinha passado para a próxima posição. Respirou fundo e tentou pensar em algo além do fato de não ter um carro em frente de casa.

E se ela precisasse urgentemente de um sorvete? Ela era mulher e tinha vezes em que precisava urgentemente de um sorvete.

Gabi se inclinou na postura do guerreiro invertida e pegou uma caneta na mesa de centro. Como não tinha papel, escreveu "sorvete" na mão, num esforço de se lembrar de colocar mais um pote no carrinho na próxima compra.

Quando a campainha tocou, perdeu completamente a concentração e desistiu do DVD de ioga. Desligou o aparelho e estendeu a mão para pegar uma toalha.

A campainha tocou novamente. Gabi abriu a porta depressa.

Tudo que viu foi um buquê de flores tropicais que a fez lembrar da Flórida.

O homem que espreitava por trás das flores ficou paralisado quando a viu. Seus olhos correram pelo corpo dela e lentamente voltaram para cima.

Ele devia estar na casa dos quarenta, muito mais velho que um entregador de flores. Pelo menos na aparência.

— Pois não?

— Estou procurando Gabriella Masini.

A aspereza na voz do homem sugeria o hábito de fumar um maço de cigarros por dia. Talvez mais.

— Sou eu.

— Bem — disse ele, olhando-a novamente. — São para você.

Gabi se sentiu praticamente nua para convidar um entregador a entrar. Isso sem falar no modo sugestivo como ele a olhava.

— Um momento — disse ela, enquanto fechava a porta e pegava uma nota de cinco dólares na bolsa.

Então voltou e lhe entregou o dinheiro.

— Desculpe. Fui buscar a gorjeta.

O homem sorriu, suavizando o olhar.

— Não se preocupe.

Ele lhe entregou as flores e tirou uma cadernetinha do bolso.

— Só preciso que assine aqui.

— Tudo bem.

Ela ergueu o enorme buquê na mão esquerda e assinou com a direita.

— Tenha um bom dia, srta. Masini.

— Obrigada.

O homem a olhou novamente antes de voltar para o carro.

Ela fechou a porta com o quadril e foi até a mesa do vestíbulo.

A explosão de cores e botões perfumados alegrou o ambiente. Ela devia enfeitar sua casa com flores frescas com mais frequência, pensou. Então encontrou um cartão dobrado, escondido entre as flores.

Por um momento, pensou que talvez fossem de seu irmão ou de Meg. Só que não eram de ninguém da família.

O cartão dizia simplesmente:

Você não tem irmã. HB

Gabi precisou ler o cartão três vezes antes de perceber quem havia mandado as flores.

Então se lembrou das últimas palavras que dissera a Hunter Blackwell: *Eu não deixaria minha irmã se casar com você, sr. Blackwell, muito menos uma cliente.*

Ela riu e cheirou as flores.

— Flores não funcionam, sr. Blackwell.

O homem era ardiloso, não tinha ética nem era confiável. Mas tinha ótimo gosto para flores.

— Que gatinha sexy você encontrou, Blackwell.

Conversar com Remington era tão agradável quanto fazer um tratamento de canal.

— Vamos ao que interessa — cortou Hunter, colando o telefone ao ouvido, de frente para a janela de seu escritório, que oferecia uma vista magnífica de LA.

— Ela mora no endereço que eu descobri.

Mandar flores era a maneira perfeita de confirmar o endereço de alguém.

— Ótimo. Que mais?

— Como eu disse antes, o motorista é de um serviço de carros. Sua gatinha sexy não tem carro na porta nem janelas na garagem. Por mais que eu quisesse dar uma olhada, a casa é mais cabeada que Fort Knox.

— Cabeada?

— Tem câmeras por todos os lados e um sistema de alarme sofisticado na porta. É impressionante.

Hunter se recostou na enorme vidraça que o separava de uma queda de quarenta andares.

— Do que a srta. Masini tem medo? — ele perguntou.

— Era o que eu queria saber. Então encontrei uma informação escondida...

Hunter contraiu a mandíbula e Remington fez uma pausa dramática.

— Estou esperando.

— A srta. Masini não é srta. Masini. É sra. Picano.

— Ela é casada?

Por essa Hunter não esperava. De um jeito irritante, sentiu as tripas se contorcerem.

— Viúva.

Hunter pensou um pouco na informação.

— Deixe eu adivinhar: ela se casou com algum velhote que morreu?

Fazia mais sentido que a mulher tivesse se casado por dinheiro com um velho babão rico, coisa que a Alliance alegava apoiar.

— Não. Um jovem, e, pelos tabloides antigos que encontrei, eram dois pombinhos apaixonados — Remington disse, num tom de voz meloso.

— Sabe como ele morreu?

— Agora é que fica interessante. Você está sentado?

— Você está me deixando nervoso, Remington. Fale de uma vez.

— Com tiros... muitos.

— Era policial? Militar?

— Não! Era dono de uma adega, pelo que sei. Existem muito poucos detalhes sobre a morte dele. Talvez eu precise de um pouco mais de incentivo para derrubar alguns obstáculos.

Hunter podia muito bem cortar os pulsos, já que Remington lhe tiraria o sangue para derrubar os tais obstáculos.

Três horas mais tarde, e com a carteira muito mais leve, Hunter tinha a informação necessária para forçar a srta. Masini a ceder à sua vontade. E, caso isso não fosse suficiente, mandaria Remington à Flórida. O sanguessuga voltaria com seu peso em ouro.

O telefone em sua mesa tocou e a linha da secretária se acendeu.

— Sim, Tiffany?

— Estou com sua agenda do fim de semana e alguns lembretes.

Hunter olhou o relógio. Já passava das cinco.

— Pode entrar.

Tiffany Stone era uma ruiva curvilínea de quase trinta anos. Era atraente, mas, na verdade, não para o gosto de Hunter. Ele não se importava que algumas pessoas do escritório pensassem que eles estavam transando — ele sabia que não estavam. Ela era uma fera com o computador, anotava tudo meticulosamente e nunca o deixava perder uma reunião importante. Transar com a secretária era um clichê no qual ele se recusava a cair. Já tinha sua cota de mulheres desprezadas que tornavam sua vida difícil e não sabiam nada sobre ele. E uma boa secretária simplesmente sabia demais.

Ela se sentou à mesa e começou a digitar em um tablet.

— Você vai almoçar com o senador Fillmore, em Providence, amanhã à uma. A arrecadação de fundos da Ricker é no Patina, às sete. — Ela olhou por cima do tablet, que ele sabia que estava sintonizado com seu celular. — O Patina fica no Disney Concert Hall.

— Eu sei onde fica o Patina.

— A lavanderia já confirmou a entrega do seu smoking hoje às duas, na sua casa. Quer que eu reserve um carro?

Hunter sacudiu a cabeça.

— Domingo está tranquilo — ela prosseguiu. — Mas não esqueça que na próxima sexta tem uma reunião de diretoria em Nova York.

Como se ele pudesse esquecer.

— Nada para hoje à noite? — Ele podia jurar que tinha algo marcado.

Tiffany ergueu a sobrancelha e deu um sorriso.

— Não. Pelo menos não estou sabendo de nenhum encontro.

Um encontro?

Ah, inferno!

Tiffany revirou os olhos antes de pousar o tablet no colo.

— Para quem eu devo mandar flores? — perguntou.

Ele era um completo idiota.

— Pode deixar.

Ela se levantou para sair, mas ele a deteve.

— Tiffany?

Ela se voltou.

— Quero que você anote este nome. — Esperou que ela erguesse o bloco de notas. — Gabriella Masini. — Fez uma pausa. — Até ordem em contrário, me passe as ligações dela, não importa com quem eu estiver.

Ela levantou o olhar.

— Qualquer pessoa? — perguntou.

— Qualquer pessoa.

Ele não se esquivou, mas devia ter feito isso.

Que merda de dia.

Hunter tinha evitado o segundo soco de Shannon balançando para a direita, e o terceiro segurando-lhe o punho, que vinha da esquerda.

Ela era fogosa na cama, talvez um pouco exigente, mas a verdadeira luta começou quando ele disse que estava tudo acabado.

Era muito mais fácil mandar flores e dizer "Foi divertido", ou algo parecido.

Ele estava tentando ser um homem melhor, caramba. Mas simplesmente não sabia como fazer isso. Terminar pessoalmente o tornava um homem melhor, certo?

Hunter jogou as chaves na mesa do hall, e o telefone e a carteira no mesmo vaso de coleção.

— Sr. Blackwell.

Tirou o sobretudo e o entregou a seu velho criado.

O homem pegou o casaco e fitou o hematoma que estava se formando em seu queixo.

— Nem pergunte.

— Claro que não.

O mordomo estava se coçando para perguntar, mas não disse nada.

— Preciso de um uísque.

— No escritório?

— Sim.

Andrew tinha sessenta e poucos anos e trabalhava para Hunter havia mais de cinco. O homem cuidava da casa e tinha a diversão extra de servir Hunter quando ele estava em Los Angeles. Sua ajuda obstinada às vezes era impertinente, mas Hunter confiava nele. E muito poucos entravam nessa categoria.

A luz do escritório se acendeu quando ele entrou.

Ele foi para trás da mesa de vidro e ligou o computador. Com o controle remoto, abriu as cortinas e obteve uma vista deslumbrante de sua cobertura em Westwood. Num dia claro ele podia ver o oceano, mas, essa noite, as luzes da cidade entretinham seu cérebro. A paisagem não era tão espetacular quanto Nova York, mas funcionava.

O suave som dos pés de Andrew anunciou sua chegada.

O copo de cristal continha uma generosa dose de uísque.

— Sem gelo? — perguntou Hunter.

Andrew estendeu a outra mão. Em um saquinho estava o gelo que faltava.

Hunter riu, pegou o gelo e estremeceu quando tocou o rosto. Quando o velho não saiu imediatamente, Hunter disse:

— Não estou mais esperando a companhia da srta. Shannon.

Andrew levantou o queixo, compreendendo.

— Gancho de direita?

— Ela merecia acertar um, eu acho.

— Devo avisar a recepção?

Essa era uma das muitas razões pelas quais Blackwell gostava de ter Andrew trabalhando para ele.

— Por favor. E, quando fizer isso, acrescente o nome Gabriella Masini.

Andrew olhou para o chão e sacudiu a cabeça.

— Não é o que você está pensando.

— Não tenho liberdade para pensar — respondeu Andrew.

Hunter deu uma risadinha.

— Sei.

Andrew já estava dando as costas, mas acrescentou:

— Algo mais?

Hunter hesitou.

— Alguma ligação hoje?

O sorriso no rosto do homem desapareceu.

— Não. Sinto muito.

Hunter voltou o olhar para a janela e largou o saco de gelo na mesa. O uísque lhe queimava a garganta lenta e agradavelmente.

Quando já havia bebido metade da dose, se sentou diante do computador. Os lembretes sobre seu fim de semana piscavam na agenda, presente de Tiffany para que ele não esquecesse. Hunter pegou o telefone para pedir um motorista à recepção, mas se deteve. Pegou uma cadernetinha no bolso e encontrou as informações sobre o serviço que a srta. Masini usava.

Atenderam no segundo toque.

— First Class Services. Como posso ajudar?

— Quero reservar um carro.

— Pois não, senhor...?

— Blackwell.

A agradável e uniforme voz masculina fez disparar algumas perguntas rápidas.

— Já usou nosso serviço antes?

— Não. Vocês foram recomendados.

— Que bom. Quando e onde vai precisar de um carro?

— Este sábado, seis da tarde, da Wilshire para o Disney Concert Hall.

Ele ouviu o barulho de dedos digitando em um teclado e esperou um segundo antes de continuar:

— A srta. Masini reservou o carro dela para o fim de semana?

Ele apostava que ela tinha planos para o fim de semana. Segundo a conversa que Hunter havia tido com Blake, as mulheres que trabalhavam para a esposa dele passavam bastante tempo confraternizando com os ricos e famosos nos fins de semana. E, uma vez que o evento do qual ele participaria estaria igualmente repleto de ricos e famosos, ele cruzou os dedos, torcendo para que a bela italiana estivesse presente.

— Acredito que sim. Quer que eu verifique a reserva enquanto estou no sistema?

Um sorriso de satisfação tomou os lábios de Hunter.

— Por favor.

— Só um momento.

Blackwell bebeu seu uísque enquanto esperava.

— O carro padrão está agendado para as seis, sr. Blackwell. Como o destino de vocês é o mesmo, devo mandar um motorista para atender a ambos?

Bingo!

— Por favor. Como vamos nos encontrar lá mesmo, vamos fazer uma viagem só. Mande me buscarem primeiro.

— Sem problema, sr. Blackwell. Lanço em seu cartão?

— Claro.

Hunter deu as informações necessárias e desligou.

Pelo menos alguma coisa nesse dia estava dando certo.

4

GABI PEGOU A BOLSA, VERIFICOU se o ingresso para o evento estava ali e apagou a luz do quarto antes de descer a escada.

O pé mal tocara o primeiro degrau quando a campainha tocou.

Ela espiou pelo olho mágico, viu o motorista e acionou o alarme antes de sair.

— Timing perfeito — disse enquanto trancava a porta.

— Como vai, srta. Masini?

— Estou bem, Charles. E você?

Gabi nunca pensara que teria um motorista particular na vida e, ainda assim, estava caminhando para uma limusine.

— Eu não pedi uma limusine — disse ela, hesitante.

Charles abriu a porta de trás com um sorriso.

— Está tudo arranjado, srta. Masini.

Gabi sorriu, imaginando que Sam se assegurara de que ela chegasse em grande estilo ao evento beneficente. Elas deveriam ir juntas, mas isso fora antes de a irmã de Sam ficar doente.

Ela entrou no carro, levantando o vestido para impedir que ficasse preso na porta.

Só quando a porta se fechou Gabi percebeu que não estava sozinha. Tentou controlar o ofego e a imediata elevação do ritmo cardíaco.

Mas não conseguiu.

Ele assomava do outro lado da limusine. Descansava um braço no encosto do banco e na outra mão segurava uma bebida. O rosto estava escondido nas sombras, mas ela sabia quem era.

Ficou paralisada pela necessidade de escapar e por uma avalanche de lembranças indesejadas.

— Srta. Masini.

Ela não conseguia encontrar a voz. Por que Hunter Blackwell estava naquele carro?

— Ou devo dizer sra. Picano?

O sangue desapareceu de seu rosto e as mãos ficaram trêmulas. Muito poucas pessoas sabiam de seu breve casamento. Mas o fato de o bilionário sentado à sua frente saber não devia ser surpresa.

O carro começou a rodar, levando-a a segurar a maçaneta da porta.

— Pular de um carro em movimento é meio radical — disse ele.

Ela fechou os olhos e inspirou lentamente.

— O que está fazendo aqui, sr. Blackwell?

— Tentando ter uma conversa particular com você, sra. Picano.

— Não me chame assim! — disse ela, sentindo um pouco de sua força voltar.

Ela se inclinou para a frente e viu o rosto dele. Barbeado, perigosamente bonito.

— Parece que você precisa de uma bebida — disse ele, deixando o copo e pegando a garrafa a seu lado.

— Não, obrigada.

As palavras dela não tiveram efeito. Tudo bem, deixe o cara servir uma bebida. Nesse ritmo, ele ficaria esgotado antes de saírem do carro.

Gelo e uísque enchiam o copo de cristal. Ela o pegou para evitar que ele se aproximasse e prontamente o deixou no porta-copos a seu lado.

Ele ergueu a sobrancelha e se recostou.

— Tenho uma proposta para você, srta. Masini.

— Não.

Era uma palavra poderosa, mas o homem sorriu.

— Você ainda não a ouviu.

— Qualquer homem que acredite que flores e aparições indesejadas em limusines vão me fazer mudar de opinião obviamente não está prestando atenção nas minhas palavras. *Não*, sr. Blackwell. Seja lá o que deseja, a resposta é *não*.

— Talvez você reconsidere quando chegarmos ao Disney Hall. Sabe, eu não aceito a palavra *não*. Preciso de uma esposa, e escolhi você.

Gabi sentiu a tensão aliviar quando riu.

— Você só pode estar delirando.

O sorriso dela se apagou quando o dele emergiu e ele se recostou, como se tivesse acabado de fechar um negócio de um milhão de dólares.

— Seu falecido marido tinha um seguro de vida substancioso.

Ela engoliu em seco. Toda vez que ele mencionava o nome de Alonzo, ela sentia o estômago revirar e as palmas coçarem. Decidiu que o melhor a fazer era simplesmente ouvir o que ele tinha a dizer.

— Essa apólice de seguro fez de você uma mulher relativamente rica.

Mal ele sabia que tudo que ela ganhara depois da morte de Alonzo fora para a caridade.

— As companhias de seguros não gostam de pagar. As cláusulas que eles colocam nas apólices são pensadas para deixar os beneficiários sem dinheiro. Mas a do sr. Picano foi paga. Você sabe o que acontece quando as seguradoras descobrem que pagaram mais de um milhão de dólares por uma apólice obtida de forma fraudulenta?

Do que ele está falando?

Ele a estava provocando, ela concluiu.

Gabi não cedeu e se concentrou em manter as mãos soltas no colo.

— Você é uma mulher linda, mas acho que não sobreviveria muito tempo vestindo um uniforme laranja.

— Eu não fiz nada ilegal.

— Você recebeu o cheque depois de violar os termos da apólice.

Era impossível ficar quieta. Gabi se inclinou para a frente.

— Você não sabe do que está falando.

— Odeio te decepcionar, mas sei, sim. Você assinou os papéis e desligou os aparelhos do seu marido. Isso violou os termos da apólice de seguro. Alguém poderia especular que, por dinheiro, você quis que seu marido morresse.

— Você... você está errado.

Só ela sabia que a maior parte do que ele havia dito era verdade. Mas, quanto à apólice de seguro, ela não tinha certeza. Tanta coisa havia acontecido durante aquela época de sua vida que ela não tinha prestado atenção na maioria dos papéis que havia assinado e não podia comprovar nada do que Blackwell estava dizendo. Não que isso importasse, pois ela lutaria contra uma acusação de fraude. Arranjaria o dinheiro para reembolsar a companhia, se fosse o caso.

— Isso sem falar da sua conta no exterior também.

Ela voltou a atenção para ele. Seu desejo de lhe dar um tapa era palpável.

— Que conta?

— A sua.

— Eu não tenho...

— A sra. Picano certamente tem uma conta.

Ele enfiou a mão no bolso, tirou um papel dobrado e lhe entregou.

Gabi não entendia o idioma — não completamente —, mas reconheceu algumas palavras-chave. O dinheiro era em euros, havia vários zeros, e seu nome constava ali. Em vez de dizer a Blackwell que não sabia nada sobre aquilo, ela decorou o nome do banco e o número da conta e lhe devolveu o papel.

— Agora vai me ouvir, Gabriella?

— Seu canalha.

— É verdade. Mas não sou eu que posso ser preso por fraude contra uma seguradora ou por evasão fiscal.

Os números que nadavam em sua cabeça eram dignos de vários anos em uma penitenciária estadual. Ela poderia lutar contra isso. Ao final, provavelmente ganharia. Mas não seria mais fácil corrigir seus *supostos* crimes se estivesse livre?

— O que você quer?

— Uma esposa. Você, mais precisamente.

— Por que eu? — ela perguntou, séria.

— Porque eu e você temos muita coisa em comum.

— Nós não temos nada em comum — ela disse, de forma ríspida.

— Eu preciso de uma esposa, e você precisa de um marido que possa consertar seu passado criminoso.

— Mesmo que eu tivesse antecedentes criminais, não precisaria de um marido para consertar nada para mim.

Ele sorriu.

— Se tornar a sra. Blackwell vai afastar você do sobrenome Picano. Meus advogados são ótimos em fazer os problemas desaparecerem discretamente. Pelos meus cálculos, vai levar mais ou menos um ano e meio para tirar a ameaça de prisão do seu currículo.

— Deixe eu adivinhar — disse ela. — Um ano e meio é o tempo que você precisa ficar casado?

— Bonita e inteligente.

— Condescendente e canalha.

Ele riu, ergueu o copo e bebeu.

— *Touché.*

Hunter se lembrou de sua primeira viagem a Las Vegas — as luzes, as mulheres, o uísque, o jogo. Ele fora a uma mesa de pôquer, apostara cinquenta mil e passara a blefar. Ganhara mais de quatrocentos mil dólares em um jogo, intimidando os adversários.

Então blefou novamente.

Sorte que a iluminação da limusine era fraca, senão Gabi teria visto a reação dele à cara que ela fizera quando ele mencionara seu falecido marido. Havia muito mais na história dela do que haviam lhe contado, e, mesmo que ela caísse fora, ele encontraria as respostas.

Felizmente, Gabriella não se encolheu diante de suas ameaças. Ela as enfrentou, o que o deixou maravilhado. Pouquíssimas pessoas no mundo falariam com ele daquele jeito.

Ele era um canalha, que sempre acabava ganhando.

— Quanto tempo tenho para decidir? — ela perguntou.

— Essa festa vai durar várias horas.

— Você não pode estar falando sério! — ela exclamou, indignada.

Ele cedeu um pouco.

— Aguardo o contrato na minha mesa amanhã cedo.

— Impossível. — Ela balançou a cabeça.

— Nada é impossível.

O carro começou a rodar devagar, anunciando sua chegada.

— Chantagem é uma prática horrorosa.

A limusine parou, e ela levou a mão à porta.

Ele avançou e tocou sua mão gelada.

— Prisão também — disse por fim.

Eles se olharam fixamente, ambos tensos.

Charles abriu a porta do carro e estendeu a mão para Gabi.

Hunter rapidamente a seguiu, ignorando seu recuo quando colocou a mão na cintura dela para escoltá-la até a entrada. Ponto para ela, que não ameaçara socá-lo. Se bem que, pelo jeito que segurava a bolsa, certamente era isso que tinha vontade de fazer.

Os flashes pipocavam enquanto eles caminhavam pelo tapete vermelho. Um amontoado de celebridades lhes impediu a entrada rápida, e Gabriella foi forçada a se voltar para as câmeras.

Ele se inclinou para a frente, sentindo-se recompensado pelo aroma floral que exalou da pele dela.

— Sorria, querida — sussurrou.

Ela se voltou para ele, e Hunter se sentiu grato por olhares não matarem. Ela murmurou algo em uma língua que ele não entendeu e abriu um sorriso de debutante. Os olhos dela não refletiam sua expressão, mas ela se voltou para os flashes das câmeras, inspirando profundamente.

Perplexo, Hunter seguia cada movimento da mulher que o acompanhava. Ela era só uma aquisição. Nada mais, nada menos. No entanto, ele ficou satisfeito por ver que a palidez no rosto dela aos poucos dava lugar a um pouco mais de cor.

Hunter permaneceu ao lado de Gabi, dando a entender que os dois estavam juntos. Quanto mais cedo ele estabelecesse contato entre sua vida pessoal e a pública, melhor. Ele ouviu chamarem seu nome e propositadamente se aproximou mais de Gabriella.

— Continue andando — ordenou.

— E para onde você sugere que eu fuja? — ela respondeu.

Suas palavras eram venenosas, e ela lançou um sorriso tímido para as câmeras.

Meu Deus, ela era deslumbrante. O cabelo longo e brilhante estava preso no topo da cabeça, e alguns fios lhe corriam pelo pescoço. O queixo duro indicava que ela o morderia se chegasse perto demais. A pele bronzeada denunciava sua herança italiana. Os olhos cautelosos e expressivos se escondiam daqueles que os cercavam. No entanto, ele conhecia a força do olhar que ela lhe lançava, atingindo o alvo cada vez que o fitava.

A fila avançou, e ele apoiou a mão em suas costas.

Dessa vez, o estremecimento dela foi menos intenso. A intenção de Hunter era tocar seu corpo a noite toda.

O olhar dele seguia o balanço firme de seus quadris, mas o tecido grosso do vestido o impedia de ver o que ela usava por baixo.

Nesse jogo, atração seria letal, para não dizer inútil.

A mulher o odiava, e com razão.

Ele era um canalha. Do pior tipo.

Mas avançava com o objetivo em mente.

A fila os liberou, e eles entraram no salão do famoso restaurante. Hunter deu seus nomes ao atendente, mantendo-se no controle.

— Eu não estou aqui com você — ela sibilou através da multidão.

Ele simplesmente sorriu.

— Agora está.

Escapar de Hunter Blackwell era como tentar fugir da chuva durante um furacão. Não importava aonde ela fosse, o que dissesse, ele sempre estava ali.

Ela aceitou água com gás e limão, bebeu e permitiu por mais de uma hora que Blackwell a apresentasse a todos, até que não teve mais estômago para isso.

Pediu licença e foi ao banheiro, sabendo que Hunter estava bem atrás dela. Mas ele desviou quando ela virou a esquina e entrou por uma porta de funcionários. Depois de suplicar a um garçom jovem e atraente, ele a ajudou a voltar ao salão principal por outra porta, e ela saiu do restaurante.

Pouco depois, estava escondida dentro da limusine, a caminho de casa.

No momento em que entrou, ligou os alarmes, apagou todas as luzes do andar de baixo e foi até o escritório.

O número do celular de Hunter Blackwell estava em seu arquivo. Em vez de esperar que ele a perseguisse, coisa que no fundo ela sabia que ele faria, escreveu uma mensagem antes de ele bater à sua porta.

Contratos exigem tempo. Nos vemos amanhã de manhã.

A resposta chegou em dois minutos.

Até lá, então.

Demorou um pouco, mas ela conseguiu encontrar a conta no exterior de que Blackwell lhe falara.

Como Alonzo era idiota! Ele e sua mania de escolher senhas relacionadas ao dia do seu aniversário! Todo mundo sabia que não se devia fazer isso.

O homem estava morto. Sua estupidez o acabara matando.

Havia mais de cinco milhões de euros em sua conta.

E, pior, alguém a estava movimentando, mil euros de cada vez.

Titulares da conta: sr. Alonzo Picano e sra. Gabriella Picano, nome que brevemente lhe pertencera.

Ela não queria nada com aquele dinheiro oriundo do crime, mas sabia que enviá-lo para uma instituição de caridade poderia dar a impressão de que ela estava fugindo, amedrontada. Talvez fosse até a prova de que ela estava movimentando a conta para sonegar impostos.

Como toda vez que acessava uma conta pela internet, Gabi mudou o código e as senhas. Foi para um segundo computador e fez uma busca internacional por seu nome. E por Gabriella Picano, nome que nunca usara publicamente.

Digitou devagar, sentindo as mãos tremerem ao chegar à letra O, de Picano. Parou.

Ainda vestida com o traje de gala, sentiu um suor frio percorrer a nuca e as costas.

Quando apertou "enter", suspirou profundamente.

Ele está morto, Gabi, disse a si mesma. *Não pode mais te machucar.*

5

ELA ESTAVA FERRADA. ANTES DE cair em um sono agitado, encontrara outra conta em nome de Gabriella Picano, na Colômbia. Essa tinha um fluxo constante de dinheiro. Os depósitos tinham relação com as retiradas da conta maior no exterior, o que a levou a acreditar que as duas estavam interligadas. Quem estava movimentando uma, estava movimentando a outra.

Gabi acordou pensando em dividir seus problemas com Samantha, mas encontrou uma mensagem no celular pedindo que ela cuidasse de todas as atividades da Alliance. Jordan havia sido transferida para a UTI, e tudo que se relacionasse com a Alliance teria que esperar.

Ela pegou o telefone para ligar para seu irmão, mas se deteve. Val já a tirara de uma encrenca anteriormente, que ela causara confiando na pessoa errada.

Se desafiar Blackwell e acabar na prisão só afetasse a si mesma, tudo bem. Mas não seria assim. A experiência que tivera convivendo com Alonzo lhe ensinara que tudo o que acontecia com uma pessoa afetava todas a seu redor. A confiança que ela tivera nele quase matara sua cunhada.

Em vez de levar pessoas queridas consigo para tirá-la de seu passado, Gabi decidiu que era hora de enfrentar as dificuldades sozinha.

Abriu modelos de contrato usados pela Alliance e começou a modificá-los.

Duas horas depois, mandou um e-mail à advogada da agência. Antes de Gabi entrar no banho, Lori Cumberland ligou.

— Que negócio é esse? — Lori perguntou, incrédula.

— É um contrato.

— Um contrato que alguém vai realmente assinar?

— Eu coloquei alguma cláusula ilegal?

Gabi tinha certeza de que todas as cláusulas que já constavam nos contratos da Alliance eram perfeitamente legais, mas decidira que algumas *condições* complementares precisavam constar por escrito.

— Não que haja nada ilegal, é só que... Uau! Estou lendo direito? Isso é entre você e Hunter Blackwell?

A ideia de se casar fez Gabi estremecer.

— Isso mesmo.

— O zilionário Hunter Blackwell?

— Não sei se é zilionário, mas sim. Preciso saber se as condições que eu acrescentei podem ser contestadas num tribunal.

Deixar uma advogada sem palavras provocou um leve sorriso no rosto de Gabi.

— Seria idiotice assinar isto.

— Ou desespero.

Lori fez uma pausa.

— A Sam sabe disso?

— A irmã dela está muito doente, Lori. Ela pediu para eu cuidar do assunto Blackwell.

— Acho que isso não significa que você tem que se casar com o cara. Pelo que eu ouvi, ele é um babaca.

Gabi sorriu abertamente pela primeira vez em horas.

— Um babaca que vai me ver usando isso contra ele se violar o nosso contrato. Isso é permitido?

— Preciso modificar algumas palavras, mas sim. Uau!

— Que bom que você aprovou.

Lori suspirou.

— Aprovei? Estou impressionada. Eu não achei que você fosse tão esperta. Não se esqueça de me convidar para o casamento.

Gabi duvidava de que houvesse uma cerimônia.

— Preciso levar isso para o Blackwell antes do meio-dia. Pode modificar o que é preciso e me mandar de volta?

— Espero que você saiba o que está fazendo.

— Eu também — Gabi murmurou antes de desligar.

O vestido preto justo ia até acima dos joelhos; as meias pretas tinham miçangas atrás, chamando a atenção de todos. Ser alta e esbelta sempre fora uma dádiva para Gabi, da qual ela agora lançava mão, acrescentando dez centímetros com seus escarpins. No cabelo, um coque simples.

Com as costas eretas, Gabi se dirigiu à segurança do térreo, esperando o primeiro empecilho.

Mas, quando mencionou seu nome, eles a mandaram entrar e a escoltaram até os elevadores. Ela seguiu em frente, ignorando os olhares em volta.

O Grupo Blackwell ocupava todo o último andar do edifício. A recepção era maior que o térreo da sua casa.

Ela atraía olhares enquanto caminhava até a recepcionista, que lhe ofereceu um sorriso radiante.

— Sou a srta. Masini. Vim falar com sr. Blackwell.

O sorriso permaneceu intacto, e a mulher perfeita de vinte e poucos anos pestanejou.

— Agora mesmo, srta. Masini. Vou avisar a Tiffany.

Gabi ignorou o calafrio na espinha. Entrar no escritório estava sendo fácil demais.

Ela se afastou da recepção na esperança de esconder o nervosismo. Durante todo o caminho, ela questionara sua decisão. E Blackwell provavelmente rasgaria o contrato.

O retinir dos saltos diminuiu quando se aproximaram.

— Srta. Masini?

Gabi se voltou e não pôde deixar de sorrir.

— Eu sou a Tiffany, secretária do sr. Blackwell.

A apresentação fez Gabi instantaneamente imaginar uma posição bastante pessoal entre Hunter e a encantadora mulher a seu lado. Ela era sensual, bonita e parecia inocente o bastante para cair no gosto de Hunter. Gabi sentiu um desejo imediato de proteger a moça daquele homem cruel.

— Olá, Tiffany — disse.

— O sr. Blackwell está esperando.

Tiffany se voltou para o escritório e foi na frente.

Gabi ergueu o queixo, ignorando os olhares enquanto caminhava. A demasiada atenção que sua presença atraiu ao virar a esquina deixou claro que Hunter não costumava receber visitas de caráter pessoal em seu local de trabalho

De alguma forma, isso a agradou.

Tiffany atravessou um conjunto de portas que se abria para uma grande recepção, repleta de sofás, revistas e uma mesa enorme comparada àquela que Gabi tinha em seu escritório. Então se aproximou das portas duplas bem lustradas e bateu. Em seguida abriu uma delas e se pôs de lado.

Gabi notou seu sorriso ensaiado desaparecer brevemente, mas endireitou os ombros e entrou.

Hunter estava em pé atrás de uma mesa preta que abrigava um computador, um telefone e uma caneta. Atrás dele, uma parede inteira de vidro, com vista para a cidade. O espaço era completamente masculino: sofás de couro, objetos de arte simples, um bar num canto da sala.

Os dois se olharam e sustentaram o olhar.

Havia um brilho nos olhos cinzentos do cara, que gritavam vitória por vê-la entrando em seu escritório.

Ele havia vencido e sabia disso.

— É só isso, Tiffany. Me avise quando o Ben chegar.

— Sim, sr. Blackwell — a moça respondeu, fechando a porta atrás de si.

Hunter contornou a mesa lentamente.

— Imagino que não teve problemas com a segurança para chegar até aqui.

Gabi se aproximou e colocou a bolsa em uma das cadeiras vazias.

— Foi tão fácil entrar que cheira a arrogância.

— Mas você está aqui.

Seria possível odiá-lo ainda mais?

Mantenha os inimigos por perto.

Em vez de discutir, ela tirou o contrato da bolsa e o deslizou sobre a mesa.

— Eu tomei a liberdade de acrescentar algumas condições, em vista da nossa situação *pessoal*.

Ele não se deu o trabalho de olhar os papéis.

— Tenho certeza de que podemos resolver o que quer que você tenha imaginado.

Muito arrogante.

— Você vai descobrir que essas suas palavras condescendentes são um erro, sr. Blackwell.

— Hunter, Gabi... Meu nome é Hunter.

Ela não sabia o que a chocava mais: o fato de ele os colocar num nível mais íntimo, usando seu primeiro nome, ou de tê-la chamado pelo apelido.

— Eu te desprezo — murmurou ela.

Ele levantou a mão, indicando a cadeira ao lado dela.

— Nós dois sabemos disso e podemos falar livremente sobre o assunto quando estivermos a sós. Em público, espero uma esposa reservada, que aceite um toque casual e até um sorriso.

— Que tipo de toque? — ela odiou perguntar.

— Fique tranquila, não vou te apalpar.

Ela se sentou diante dele, confortável com a mesa que os separava. Aquele homem desprezível era um estranho. Ele desabotoou o paletó e se sentou, deslizando a cadeira para mais perto da mesa. Ainda não havia examinado o contrato.

— Pode falar a verdade. Por que está fazendo isso? — ela perguntou.

— Já te disse...

— *Beggianate!*

— Como?

Gabi se deleitou com sua capacidade de falar uma língua que ele não conhecia.

— Não acredito em você. Essa explicação é banal, na melhor das hipóteses. É uma das muitas razões pelas quais a Alliance te rejeitou.

Ele ergueu a sobrancelha.

— Mas aqui está você, com o contrato em mãos.

Ela fechou os olhos e respirou fundo para se acalmar. Quando os abriu de novo, ele a observava. Algo parecido com preocupação perpassou os olhos dele.

— Assim que o contrato for assinado e estivermos casados, uma equipe de advogados e investigadores vai estar pronta para cuidar do seu caso.

— E se eles acharem que eu sou culpada? — ela perguntou.

A ideia fez Hunter sorrir.

— Eles vão encontrar uma maneira de te isentar da culpa.

Que idiota!

— Não te incomoda acreditar que você vai se casar com uma mulher com o histórico de matar um marido rico e lucrar com a morte dele?

Ele sorriu pela primeira vez desde que ela entrara na sala.

— Você fica deslumbrante de preto — ele disse, passando os olhos por todo o corpo dela antes de voltar ao rosto. — Mas não creio que seja uma viúva-negra.

Foi a vez de Gabi sorrir.

— Não é preciso acasalar antes de matar — ela disse.

Ele riu, embora ela tivesse pensado que o havia intimidado.

Preciso melhorar nisso.

Antes que ele pudesse fazer qualquer comentário, o telefone em sua mesa tocou. Hunter levantou o fone e ouviu.

— Mande entrar — disse.

Gabi ficou sentada enquanto Hunter apresentava um de seus advogados.

Ben Lipton havia recebido informações suficientes para saber que Gabi não estava na vida de Hunter por causa de um relacionamento romântico.

Ele trocou um aperto de mãos com ela e levou o contrato para o lado oposto da sala, para ler.

— Aceita beber alguma coisa, Gabi? — Hunter perguntou.

Continuar ouvindo seu nome nos lábios dele não ia dar certo.

— Chá.

Ele interfonou para Tiffany e fez o pedido.

O silêncio da sala foi interrompido quando a porta se abriu, anunciando a chegada do chá.

Tiffany olhou para os três e saiu rapidamente.

O sr. Lipton ocasionalmente levantava a sobrancelha, olhava na direção de Gabi e depois voltava ao contrato.

Quando por fim terminou, nivelou as páginas e as empilhou sobre a mesa.

— Você leu isso? — perguntou a Hunter.

— É para isso que tenho você — ele respondeu.

O sr. Lipton estava na casa dos cinquenta anos. Os cabelos salpicados de fios brancos e o terno engomado o classificariam como um homem sofisticado. Tinha doces olhos azuis, mas, se trabalhava para Hunter, Gabi achava que não podia confiar nele.

— Então, vou lhe apresentar os termos da srta. Masini.

— Estou ouvindo

Gabi se recostou na cadeira e ouviu seus termos, ditos pelo advogado de Hunter.

— O contrato é de um ano e meio. A partir de então, o processo de divórcio começará, sem contestação de nenhuma das partes. Do contrário, o contrato estará desfeito e nenhum dinheiro trocará de mãos.

Tudo isso era padrão.

— O acordo é de vinte e quatro milhões: um milhão a cada mês de casamento, e um milhão a cada mês que levará para sair o divórcio.

Gabi fitou Hunter. O valor era o triplo de um contrato normal.

Ele nem pestanejou.

— Continue.

— Como sua esposa, ela insiste em uma *nova* residência, condizente com o seu estilo de vida atual, sr. Blackwell, sem nenhuma possibilidade de que outra mulher já tenha estado nela.

Ele sorriu, esboçando até um pouco de admiração nos olhos.

— Continue.

— Se o casamento durar um ano e meio, ela quer cinco anos na casa que você comprar antes de a venderem e dividirem o lucro. Se a casa sofrer desvalorização, você deverá pagar a diferença.

Dessa vez não havia dúvidas. Ele estava sorrindo.

— Continue.

Ben sacudiu a cabeça.

— Cada caso extraconjugal que se torne público, assumido ou comprovado, custará um milhão.

Isso o fez interromper.

— Sério, Gabi?

— Odeio ser enganada — disse ela.

Ele balançou a cabeça e agitou os dedos no ar.

— Continue.

— Caso alguma acusação criminal recaia sobre a srta. Masini, o casamento de vocês continuará até que ela tenha sido liberada de todas as acusações, e os valores continuarão, como prometido. Todas as despesas legais para exonerar a srta. Masini serão pagas por você, Blackwell.

Hunter inclinou a cabeça.

— *Touché.*

Ela sorriu, sentindo-se mais confiante a cada palavra que o advogado dizia.

Ben se localizou na página novamente e continuou parafraseando.

— Em caso de violência doméstica, a srta. Masini poderá anular o casamento, com direito a receber uma multa de cem milhões de dólares. Esse valor será depositado em uma conta no primeiro dia do casamento e mantido em fideicomisso até a conclusão do contrato.

O sorriso de Hunter desapareceu, e, pela primeira vez desde que entrara naquela sala, Gabi se sentiu exposta.

— Eu nunca vou te machucar — ele disse suavemente.

Eu já ouvi isso antes.

Gabi encarou Hunter e disse:

— Por favor, continue, sr. Lipton.

— Caso a srta. Masini venha a ter um filho seu, metade do seu patrimônio líquido será depositado em fideicomisso para a criança. A união poderá ser desfeita a qualquer momento após confirmada a gravidez, e a casa que você comprar ficará disponível para ela até que seu filho ou filha complete dezoito anos ou termine o ensino médio.

Hunter franziu o cenho.

— Que criança cara!

Ela se inclinou para a frente, certificando-se de que ele entendesse suas palavras.

— A única maneira de uma criança ser concebida entre nós seria à força. Estou garantindo a minha segurança, *Hunter*.

Foi a vez dele encará-la.

— Mais alguma coisa, Ben?

— O de sempre... Se vocês concordarem com o divórcio antecipado, aplica-se o pagamento original.

Hunter virou o telefone para ela.

— Ligue para o seu advogado... Tenho algumas condições também.

Duas horas depois, Gabi concordava que, se ela tivesse um caso, o acordo seria de metade dos vinte e quatro milhões esperados. A casa seria vendida um ano após o divórcio, e qualquer filho que não fosse dele teria o nome de solteira dela e direito a metade do acordo final.

Quando Lipton saiu da sala de Hunter, eram quase três da tarde.

Gabi estava com dor nas costas de ficar sentada naquela cadeira, e a visão da sala de Hunter queimaria para sempre em seu cérebro.

Eles discutiram o assunto "casamento" em termos que ela nunca pensara ser possível.

Houve uma época na vida em que amor e devoção haviam feito parte do "até que a morte nos separe". Mas ela aprendera.

Havia muitos exemplos de bons casamentos à sua volta, mas ela não podia deixar de questionar. O que é que ela não sabia? O que acontecia nos bastidores que ninguém falava?

O questionamento e as dúvidas a deixavam doente.

As lembranças.

— Perdemos o almoço — disse Hunter quando estavam sozinhos.

O acordo estava feito. O contrato diante deles, aguardando as assinaturas.

— Acho que não consigo comer — murmurou ela.

Ele ficou em silêncio até que ela o fitou.

Pela primeira vez desde que se conheceram, Hunter Blackwell deixou os ombros caírem e suavizou o olhar.

— Eu nunca fui violento com uma mulher, Gabi. Você não vai ser a primeira — disse delicadamente.

A imagem de Alonzo sorrindo enquanto a agulha deslizava em suas veias surgiu de lugar nenhum. Ele também não a forçara a nada.

— Isso não ajuda muito.

Hunter se levantou e se aproximou como se ela fosse um animal assustado.

Ela já não tinha passado do estágio do medo para o de enfrentamento?

Antes que ele pudesse dizer alguma coisa, ela recolheu o contrato da mesa, pegou uma caneta e assinou.

No dia seguinte ela começaria a tarefa de retirar seu nome de tudo que estivesse relacionado a Alonzo Picano.

Mas nesse dia, ou pelo menos até que assinasse o contrato de casamento, ela seria simplesmente Gabriella Masini.

Futura esposa de Hunter Blackwell.

A esposa chantageada de um bilionário implacável, viúva de uma alma que ardia no inferno.

6

VINTE E QUATRO HORAS DEPOIS de Gabi assinar o acordo, Hunter ligou para perguntar o tamanho de anel que ela usava.

O contrato foi registrado no terceiro dia. No quarto, uma quinta-feira, estavam nos aposentos privados de um juiz de paz, trocando votos vazios.

Hunter não se deu o trabalho de tentar beijá-la, nem o juiz sugeriu.

Pronto.

Casamento a duas semanas do início de seu problema insolúvel.

Ao sair do tribunal, ele se voltou para a pálida estranha a seu lado, sentindo cada célula cruel do próprio corpo.

— Sinceramente, eu queria que não tivesse que ser assim — disse ele, quase para si mesmo.

— Como? — Gabi perguntou.

— Nada.

Ele indicou a limusine que a esperava para levá-la à sua casa em Tarzana.

Eles não morariam juntos enquanto Gabi não concordasse quanto à compra de uma casa.

Praticamente sem escolha, Hunter a seguiu enquanto ela se aproximava da porta de entrada.

Como Remington dissera, a casa tinha um forte sistema de segurança, que Gabi desarmou assim que entrou. Os móveis leves contrastavam com tudo que Hunter possuía. O sofá verde-claro e as almofadas florais eram delicados e relaxantes.

Ele ficou fascinado quando Gabi largou a bolsa na mesa do hall de entrada, que ainda abrigava as flores que ele havia lhe mandado. Ele deve ter feito uma expressão de surpresa, porque ela explicou:

— As flores não têm culpa se você é um canalha.

Ela atravessou o hall, deixando-o fechar a porta atrás deles.

Imediatamente ele viu se acender uma luz no painel de segurança. Foi quando notou a câmera debaixo de uma cúpula, próxima à porta da frente. Havia outras iguais a essas e detectores de movimento.

— Por que essa casa tem um sistema de segurança tão forte? — ele perguntou enquanto a seguia até a cozinha.

Gabi encheu uma chaleira de água e a levou ao fogão. Por alguma razão, Hunter não a via como uma mulher afeita ao trabalho doméstico, mas andando pela cozinha ela parecia mais descontraída que durante o trajeto de ida e volta para o tribunal.

— Esta casa pertence à Samantha — ela explicou. — Desde que se casou com o Blake, a equipe dela trabalha aqui.

— Mulheres?

Gabi assentiu.

Blake era um homem bom, ele pensou. Ainda assim, o sistema de vigilância parecia mais que apenas uma medida de segurança para uma mulher que morava sozinha. Ele não pôde deixar de pensar se todo aquele aparato de segurança não teria algo a ver com o passado de Gabi.

Hunter atravessou a pequena sala de jantar e olhou pela janela, para o quintal modesto. Até ali notou câmeras nos beirais da casa.

— Quem monitora esse sistema? — ele perguntou.

— Por que o interesse?

Ele largou a cortina e viu que Gabi o observava, de braços cruzados.

— Não precisa ser agressiva, Gabi. Foi só uma pergunta.

Ela cedeu, se afastou do balcão e abriu um dos armários.

— O Blake tem uma equipe de segurança.

— Claro.

Ela colocou um saquinho de chá dentro de uma xícara, de costas para ele. O simples terninho preto era elegante, mas não o que Hunter esperava que ela usasse para ir ao juiz de paz. Não que ele tivesse imaginado que ela fosse usar algo parecido com um vestido de noiva, mas preto?

No fim das contas, ele concluiu que o traje era apropriado. Mais uma vez, o cabelo de Gabi estava preso em um coque apertado, fazendo-o imaginar o comprimento e quando teria a oportunidade de vê-lo solto.

— Quando você vai me dizer o verdadeiro motivo de precisar casar com tanta pressa? — ela perguntou, tirando a chaleira do fogão e começando a verter a água.

Ele não esperava a pergunta e não tinha intenção de responder. Cedo ou tarde, ela acabaria descobrindo, mas Hunter não estava preparado para lhe contar.

— Quando você explicar todas as suas condições no nosso contrato.

Ela parou de verter a água e ficou perfeitamente imóvel.

— Isso nunca vai acontecer.

— Então, vou ter que descobrir sozinho.

Ela olhou por cima do ombro e franziu o cenho.

— Por que se dar o trabalho? Você já conseguiu o que queria; estamos casados e vamos permanecer assim durante todo o contrato.

Ele ergueu o queixo.

— Um ano e meio é muito tempo para guardar segredos.

Gabi baixou a chaleira e apoiou as duas mãos no balcão.

— Aonde nós vamos depois daqui? — perguntou, mudando de assunto.

Ele olhou o relógio e tirou um papel dobrado do bolso interno do paletó.

— Tenho uma reunião amanhã em Nova York. Vou partir daqui a algumas horas.

Ela suspirou, como se estivesse aliviada, e se voltou para encará-lo.

— Espero que comece a procurar a casa hoje. Se você não encontrar algo adequado em uma semana, vou arranjar uma — disse ele.

— Por que a pressa?

— Estamos casados, Gabi. Ninguém vai acreditar que é de verdade se você continuar morando aqui, e eu, em outro lugar na mesma cidade.

Ele lhe entregou o papel e a observou enquanto ela o desdobrava.

— Números de telefone, endereços... Acho que vamos conseguir manter o casamento em segredo até eu voltar. Se alguma coisa vazar, me ligue.

— Eu não sou um dos seus funcionários — disse ela.

Ele queria contradizê-la, mas decidiu não fazê-lo.

— Por favor.

Ela virou o papel para ele, apontando para um número.

— O que é isto?

— O código para o estacionamento do meu prédio. — Ele tamborilou os dedos no balcão. — Que carro você tem? — perguntou.

Ela balançou a cabeça.

— Meu carro está na oficina.

— Vou mandar um dos meus aqui para você.

Isso foi uma careta?

— Meu seguro foi cancelado.

— Seu... O quê? — ele perguntou.

— O seguro do meu carro. É uma longa história.

Hunter olhou a hora.

— Se é uma longa história, vai ter que esperar. Vou resolver isso e te mandar um carro — disse.

Gabi revirou os olhos.

— Você resolve tudo com dinheiro?

Sim, ele resolvia.

— Esposas também — ele acrescentou.

Isso foi um sorriso?

— Tenho que ir.

Ela virou de costas e pegou sua xícara.

— Eu lhe desejaria uma boa viagem. Mas, se seu avião cair, todas as minhas preocupações vão acabar.

Foi a vez de ele sorrir.

— Judy? — Rick chamou pela porta aberta do escritório.

— Sim?

— Pode vir até aqui um minuto?

Ela se afastou da mesa de desenho e do projeto em que estava trabalhando. Sua vontade de crescer na profissão que amava era enorme.

Os tão familiares monitores e equipamentos que Rick controlava enchiam uma parede inteira. Uma dezena de casas, muitas idas e vindas, muitas conversas que eles não chegavam a ouvir. Judy deslizou os braços ao redor dos largos ombros do marido. Ele pegou a mão dela e a beijou antes de clicar no computador e fazer surgir a imagem de uma das casas.

A imagem de Gabi diante da pia na cozinha da casa de Tarzana parecia inocente, até que Judy percebeu seus ombros chacoalharem. Ela estava chorando, coisa que Judy não queria ver.

— Ah, não. Eu pensei que ela estava melhor.

Judy desviou o olhar, sentindo que invadia a intimidade da amiga.

— Eu também. O Russell me disse que tinha alguém com ela, então procurei o vídeo.

Rick abriu as imagens e aumentou o volume.

— Quem é? — Judy perguntou quando um homem alto entrou atrás de Gabi.

Pelo terno, era possível saber que tinha dinheiro. Ele olhou diretamente para uma das câmeras e franziu a testa.

— Não sei. — Rick apontou para a cozinha. — Olha como a Gabi está ignorando o cara.

— Ela está chateada.

— Puta da vida. Escuta a voz dela: *Por que o interesse?*

— Uau. Ela está cuspindo veneno no cara — disse Judy.

— Continue ouvindo — disse Rick.

Não demorou muito para Judy perceber que o homem era cliente da Alliance. Então, Gabi se aproximou dele.

— *Você já conseguiu o que queria; estamos casados e vamos permanecer assim durante todo o contrato.*

O estranho olhou para ela e disse:

— *Um ano e meio é muito tempo para guardar segredos.*

— Ah, meu Deus — Judy comentou, respirando fundo. — Ele disse mesmo o que eu acho que disse?

Rick se voltou na cadeira, erguendo as sobrancelhas.

— Sem dúvida — respondeu, apontando para a imagem ao vivo e dando zoom.

Ali, no dedo anelar esquerdo de Gabi, havia uma pedra do tamanho do polegar de Judy.

— Ela não...

— Acho que sim — disse Rick.

Judy se afastou dos monitores, foi até o estúdio e pegou a bolsa.

— Aonde você vai? — ele perguntou, seguindo-a.

— Falar com ela. A Gabi está chateada. Meu palpite é que ninguém sabe o que está acontecendo. Se a Meg e o Val soubessem, a Meg teria me ligado.

Meg era a melhor amiga de Judy e cunhada de Gabi.

— Eu te levo.

Ela pôs a mão no peito forte de Rick.

— Não. Ela ainda não fica totalmente à vontade com homens. Eu vou sozinha.

— Acho que esta noite vou comer pizza — disse ele com um sorriso.

— Guarde um pouco para mim, Olhos Verdes.

Ele a beijou e lhe deu um tapinha no traseiro enquanto ela saía porta afora.

A campainha tocou várias vezes antes de Gabi sair da cozinha para atender. Não devia ter se surpreendido ao ver o rosto de Judy pelo olho mágico, mas se surpreendeu.

Enxugou os olhos, sabendo que era inútil. Estava chorando desde que Hunter partira, tentando aceitar a realidade do que fizera.

Abriu a porta e tentou sorrir.

O rosto de Judy se encheu de compaixão, e suas primeiras palavras fizeram brotar novas lágrimas nos olhos da amiga.

— Amiga, o que aconteceu?

Judy entrou, fechou a porta com o pé e largou a bolsa no chão.

Gabi aceitou o abraço e chorou.

— E-eu me casei.

Elas ficaram no hall de entrada por alguns minutos, enquanto Judy tentava acalmá-la com palavras suaves. Quem podia imaginar que uma mulher uns cinco anos mais nova que Gabi era quem a confortaria?

Judy a guiou até a sala, onde se sentaram no sofá.

— Comece pelo início — disse.

A ideia de pôr tudo para fora, cada detalhe, era tentadora. Mas qual era o sentido? Judy tinha uma ligação direta com seu irmão, e, se Val descobrisse que Hunter chantageara a irmã para que ela se casasse com ele, teria que enfrentar a ira dele, em vez de se concentrar em limpar seu nome.

— O nome dele é Hunter Blackwell — disse Gabi.

— Cliente da Alliance?

— Sim.

— Se ele é cliente, por que você se casou com ele? — Judy perguntou.

Gabi disse a verdade:

— Ele precisava de uma esposa rápido.

— Por quê?

— Não sei. — Não havia como contornar essa verdade. Gabi sabia que Judy tinha ficado chocada. — Mas ele é amigo do Blake — acrescentou.

Judy pareceu gostar da informação.

— A Sam aprovou?

Gabi sacudiu a cabeça.

— A Jordan está muito doente. Ela me pediu para atender o Blackwell.

— Atender, não se casar.

A imagem do juiz de paz lhe perguntando se ela o aceitava como marido surgiu em sua cabeça.

— Ele me fez uma oferta que eu não pude recusar.

— Não acho que...

— Vinte e quatro milhões.

Judy ficou de queixo caído.

— Ah.

— Sim... Ah!

Elas ficaram em silêncio um minuto, até que Judy perguntou:

— Então, se você queria o acordo, por que está tão chateada?

Gabi deixou sair meia verdade:

— Recordações.

Judy pegou as duas mãos de Gabi e as segurou no colo.

— Sinto muito.

— Eu também.

Ela amava Alonzo quando ele a convencera a fugir. Mas a lembrança era confusa, ao passo que a imagem de Hunter jurando ser seu marido estava fresca em sua memória.

Judy passou o polegar pelo anel no dedo de Gabi.

— Isso é loucura — disse.

Gabi realmente não havia notado. Girou o anel no dedo e só então percebeu o tamanho daquela pedra.

— É mesmo, não é?

— Deve ter pelo menos cinco quilates.

— Não sei.

As lágrimas estavam desaparecendo, e as lembranças de Alonzo se foram com elas.

— E agora? Você vai morar com ele?

Gabi se concentrou no anel, erguendo a mão bem alto para olhar a joia.

— Não. Preciso encontrar uma casa.

— O quê?

Ela baixou a mão e deu um sorriso.

— Eu falei que não moraria na casa dele, que ele precisaria comprar outra.

Judy soltou uma gargalhada.

— Sério?

— Sim. Achei que isso daria algum tempo para a gente se conhecer melhor antes de morar sob o mesmo teto.

— Deixe eu ver se entendi direito: ele está te dando vinte e quatro milhões, uma casa e um anel digno de ficar guardado num cofre, e não numa mão?

Gabi sorriu, pensando nas outras exigências ridículas que acrescentara ao contrato.

— Eu te disse que era uma oferta boa demais para deixar passar.

— Uau. Já descobriu como vai contar para o seu irmão?

— Não. Por favor, não conte nada para a Meg. Preciso de uns dias para pensar como vou fazer isso.

— Tudo bem. Seu segredo está seguro comigo.

Alguém bateu na porta da frente, encerrando a conversa.

Gabi não reconheceu a pessoa do outro lado, mas se sentiu protegida abrindo a porta com Judy parada atrás dela.

— Pois não?

Um rapazote estava à porta, com um molho de chaves na mão.

— Sra. Blackwell?

Ela não registrou o nome.

— Como?

O garoto olhou além de Gabi, para Judy.

— Você é a sra. Blackwell?

Judy cutucou Gabi por trás.

— Não, ah... Sim, sou eu — disse Gabi, apontando para si mesma.

Ele estendeu a mão e lhe entregou o molho de chaves.

— O sr. Blackwell pediu para eu entregar isto a você.

Gabi e Judy foram para a varanda para olhar.

Judy começou a rir.

— Ele sabe que você é péssima motorista?

Gabi teria ficado magoada se não fosse verdade.

— Nós não falamos sobre isso.

O garoto foi até um carro que o esperava e pulou no banco do passageiro, enquanto Gabi contornava o Aston Martin branco. Abriu a porta e encontrou um envelope no console com seu nome.

Dentro havia uma apólice de seguro temporária no nome de Gabriella Blackwell.

7

HUNTER SAIU DA REUNIÃO DA diretoria executiva com mais perguntas do que respostas. Alguém da corporação estava desviando fundos destinados a instituições de caridade apoiadas pelo Grupo Blackwell. Os números declarados à Receita Federal e os dólares retirados de suas contas não batiam.

Os contadores de Nova York estavam fazendo hora extra para encontrar o vazamento e estancá-lo. A última coisa de que Hunter precisava era que o governo alegasse que ele estava declarando anualmente milhares de dólares a mais em doações do que estava pagando.

Travis O'Riley caminhou rapidamente ao lado de Hunter enquanto saíam da reunião, apressando-se para acompanhar o ritmo do chefe.

— A coisa está feia — Travis disse enquanto atravessavam o corredor.

— Feia vai ficar quando eu descobrir quem está me roubando.

Hunter passou por sua secretária de Nova York e entrou em sua sala. Los Angeles e Nova York abrigavam partes muito diferentes da empresa. Nova York cuidava das fusões e aquisições internacionais, ao passo que LA se dedicava a empresas novas e nacionais. O escritório menor em Londres mantinha boas arrecadações na Europa, mas a maior parte dos investimentos de Hunter estava nos Estados Unidos.

— Quanto tempo vai ficar em Nova York? — Travis perguntou quando a porta do escritório fechou atrás deles.

— Vou embora domingo.

Travis se encaixou em uma cadeira executiva e se recostou.

— Você devia pensar em arranjar um sócio — disse.

— Deixa eu adivinhar... Você?

Travis era um dos três executivos que dirigiam os negócios quando Hunter estava ausente. Nenhum deles tinha mais poder que o outro, nem poderia tomar seu lugar.

— Só com um bom aumento — brincou Travis.

— Vamos começar com uma recompensa se você descobrir quem está por trás do esquema dos fundos de caridade.

Se havia algo que Hunter aprendera com o tempo era que bastava oferecer dinheiro que as pessoas se prontificavam.

Travis se reclinou na cadeira, mudando de assunto:

— Como está indo a aquisição da Petróleo Adams?

— Em processo de fusão. E a divisão de LA está cuidando disso.

O homem assentiu.

— Acha mesmo que oleodutos são o caminho? — perguntou.

Hunter foi para a janela atrás de sua mesa e olhou a paisagem de Manhattan. A vista era realmente espetacular.

— Eu *sei* que oleodutos são o futuro. O petróleo é inútil se ficar parado, e com as condições do Oriente Médio... Estamos prontos para uma nova corrida do petróleo neste país.

— Espero que saiba o que está fazendo.

Hunter sabia.

— Estou indo — disse Travis, levantando abruptamente e indo em direção à porta. — Sabe onde me encontrar, se precisar de mim.

Hunter ergueu a mão.

— Estou falando sério sobre a questão dos fundos desviados para a caridade.

Travis ergueu o queixo.

— Vou cuidar disso — declarou.

Quando ficou sozinho, Hunter olhou o relógio. Era um homem casado havia vinte e quatro horas. Casado. A decisão, como muitas em sua vida, fora impulsiva. Uma solução rápida para um problema que pipocaria em um futuro próximo. E, como toda decisão impulsiva que já tomara, bastante onerosa.

Ele concordara em dar a Gabi um milhão de dólares a cada caso extraconjugal. Que diabos estava pensando? O desejo de ser celibatário por um ano e meio era tão grande quanto o de cortar seu pau. Aquilo que Gabi havia dito: "Não gosto de ser enganada". O que significava? E todas as outras condições que ela acrescentara ao contrato? Era óbvio que alguém ferira sua esposa. A pergunta era: quem e por quê?

Ele pegou o celular no bolso e decidiu que era hora de ligar para Remington.

Ouviu três toques antes de o homem atender.

— Oi, chefe.

— Onde você está? — Hunter perguntou.

Pelo som de fundo, uma festa com banda ao vivo estava a pleno vapor. Não era para isso que Hunter o pagava.

— Miami. Esta cidade está fervendo.

Hunter se contraiu.

— Eu não vou pagar as suas festas.

— Vai sim.

Hunter queria gritar, mas manteve a calma.

— O que você tem?

Remington abafou as próximas palavras, obviamente falando com outra pessoa.

— Quem diria que enfermeiras gostam de farra?

— Como é? — disse Hunter.

O som ao telefone ficou abafado e depois silenciou.

— Parece que a sua gatinha sexy foi internada no hospital ao mesmo tempo em que o marido dela bateu as botas.

— Por quê?

— Não sei. Ela não morreu, e, de acordo com a lei dos seguros de saúde, os arquivos são confidenciais. Engraçado, quando uma pessoa morre, os arquivos ficam escancarados, mas quando está viva isso simplesmente não acontece.

— Então você está festejando com as enfermeiras.

Remington começou a rir.

— Meu trabalho é um saco, Blackwell. Talvez eu precise de um aumento.

— Maldito sanguessuga.

Remington riu.

— A gente se fala — disse.

A corretora de imóveis a levou à sexta casa de milhões em Bel Air.

Gabi acrescentara a exigência da casa no contrato como uma tática para ganhar tempo, mas procurar um imóvel era realmente muito divertido. Ela limitara a verba a dez milhões, o que era um desafio, visto que desejava uma propriedade de dois mil metros quadrados.

Todos os imóveis tinham seus prós e contras. Uma vista bonita seria bom; uma piscina? Sim! Ela sentia falta do resort do irmão, localizado numa ilha. Sentia falta do mar, mas essa imagem às vezes a fazia suar frio. Alonzo lhe tirara o amor pelo mar. Ele lhe tirara muito mais, mas ela se recusava a pensar nessas coisas.

A área externa de uma casa era muito estreita; de outra, quase nada.

As cozinhas eram grandes, mas ela não se via cozinhando nelas. Todas eram para pessoas que não cozinhavam ou que usavam, no máximo, o micro-ondas.

Seu celular tocou quando ela estava caminhando pelos fundos de uma casa, ao lado de uma colina íngreme. Gabi não reconheceu o número, mas atendeu mesmo assim.

— Alô?

— Gabi.

A voz dele ao telefone era reconfortante.

— Blackwell.

Ele riu.

— É demais te pedir para me chamar de Hunter?

— Ainda não decidi. — Ela fez uma pausa e então disse: — Acho que o avião não caiu.

— Você não deu sorte — ele riu. — Meu piloto é um dos melhores.

— Seu próprio piloto? Eu devia ter adivinhado.

— Sim, devia — disse ele.

— Por que me ligou? — ela perguntou, afastando-se da corretora, que a rondava.

— Gostaria de jantar com você. Amanhã à tarde estou de volta.

Ela fechou os olhos e controlou o desejo de dizer "não". Não tinha um simples encontro desde Alonzo. Havia tido muitas oportunidades desde que se mudara para Los Angeles, mas o desejo de ficar sozinha com um homem nunca se manifestara.

A verdade era que ela não queria, mas Hunter era seu marido. Por um tempo, pelo menos.

— Tudo bem — murmurou. — Temos muito que conversar.

— Temos — ele concordou.

— Estou vendo algumas casas — ela disse quando ele ficou calado.

— Encontrou alguma coisa?

Ela suspirou.

— Não. Eu pedi para visitar algumas propriedades praticamente sem necessidade de reforma, mas não existem tantas como eu imaginava.

— Quem é a corretora?

Ela disse o nome e continuou:

— Beverly Hills é muito congestionada. Hollywood é muito...

— Hollywood — ele terminou a frase.

Ela se viu sorrindo.

— Sim. Estou procurando em Bel Air.

— Perto da rodovia. Trânsito leve até a cidade.

Gabi franziu o cenho.

— Não estou tentando facilitar as coisas para você.

Ele riu.

— Tenho certeza que não. Eu gostaria de ver a casa antes de você fazer uma oferta — disse ele.

— Não confia em mim? — ela perguntou.

— Eu não te conheço o suficiente para confiar em você, Gabi.

Com isso ela podia concordar.

— Tudo bem. Amanhã te dou uma lista.

— Às cinco? — ele perguntou.

— Tudo bem.

— Até lá, então — ele disse.

— Não se o seu piloto derrubar o jatinho.

Hunter riu e desligou.

Gabi estava sentada diante de um estranho.

Ele usava um suéter de gola alta, coisa que ela não acharia atraente em uma prateleira, mas que em Hunter reclamava sua atenção.

Eles entraram no restaurante elegante, onde ela nunca estivera antes, e foram escoltados para uma mesa tranquila, nos fundos.

A hostess conhecia Hunter pelo nome e ofereceu um sorriso gracioso a Gabi.

Ela temia esse jantar desde que ele ligara, no dia anterior. Agora, estavam sentados um diante do outro, mudos.

Como a coisa toda funcionaria por um ano e meio, ela não fazia ideia.

— Eu não sou uma atriz muito boa — ela disse por fim.

— Não entendi.

— Uma qualidade que buscamos em nossas clientes é a capacidade de fingirem ser algo que não são. — Ela se inclinou para a frente e sussurrou: — Felizes no casamento.

— Ah.

— Os homens parecem se sair melhor fingindo que amam alguém para conseguir o que querem.

— Essa seria a aula secreta dada no vestiário do colégio.

Gabi deu um leve sorriso.

— Acho que nessa época nós aprendemos como afastar mãos indesejadas.

— Por sorte para alguns de nós, nem todas as garotas assistiram a essa aula.

— Aposto que a sua lista de conquistas é longa — disse ela.

Ele se recostou, presunçoso.

— E a sua?

Isso foi cômico.

— Você está supondo que eu tenho uma.

— Certo. Vamos supor que não. Por que não?

Ela não estava esperando a pergunta e não tinha como responder sem revelar certas verdades que não estava preparada para compartilhar com esse homem agora, ou talvez nunca.

— Isso realmente não é da sua conta.

— Você vai aprender que tudo sobre você é da minha conta agora.

— E você vai aprender que uma esposa não é uma empregada em quem você pode ficar mandando.

Ela o viu apertar a mandíbula; sabia que ele queria dizer algo que engolira.

— Conversar com você é exatamente como atravessar um campo minado sem colete à prova de balas — disse ele. — É tão terrível eu querer saber um pouco mais sobre a minha esposa, além do que ouvi do meu investigador particular?

— Investigador particular? Por que não estou surpresa? — ela disse.

— Porque você é uma mulher inteligente.

Ela ia responder quando o garçom chegou e disse quais eram os pratos especiais. Hunter pediu um drinque, e Gabi pediu um chá.

— Uma taça de vinho não te ajudaria a relaxar? — ele perguntou.

— Sou uma mulher inteligente — disse ela. — Baixar a guarda perto de você não é um movimento inteligente.

— Ele deve ter te machucado muito.

— Isso não vai dar certo — ela sussurrou e pegou a bolsa.

Hunter colocou a mão sobre a dela.

— Por favor. Vamos começar de novo. Eu não sou um homem tão horrível.

— Você me chantageou para eu me casar com você.

Ele franziu os lábios em um movimento quase cômico.

— Bem, fora isso. Você não me deixou escolha.

Para que fugir? Eles precisavam superar a fase das alfinetadas mútuas, e Gabi precisava se fortalecer sempre que seu passado viesse à tona.

Ela puxou a mão e a descansou no colo.

— Um dos motivos pelos quais esse negócio de casamentos funciona é porque os dois clientes se gostam. Nós já estabelecemos que não nos gostamos.

— Fale por você — disse ele.

— Ah, por favor!

— Você me desafiou, me ofereceu um contrato ridículo. Gosto de mulheres que correm riscos.

— É mesmo?

Ele sorriu, mas não com os olhos.

— Agora é sua vez.

— Minha vez de quê?

Ele agitou dois dedos na direção dela.

— Diga alguma coisa. Qualquer coisa que você não despreze em mim.

Isso era piada?

— Você está falando sério?

— Uma coisa, Gabi.

Ela pensou, passou uma dúzia de coisas que odiava e encontrou uma.

— Você tem bom gosto para flores.

O sorriso dele aumentou. Quando chegou aos olhos, ele parecia mais jovem. E, pela primeira vez desde que se conheceram, ela se viu relaxando na presença dele.

Durante o resto da noite, eles conversaram sobre suas rotinas diárias. Ela lhe mostrou uma lista de casas e falou do que gostava e do que não gostava em cada uma.

Ele ouviu tudo, mas não deu muito palpite. Pediu que ela lhe desse alguns dias para encontrar algo adequado. Se Hunter questionava por que ela queria uma casa nova, não perguntou.

Eles jantaram e terminaram a refeição com um café.

— Vamos ter que anunciar nosso casamento em breve — ele disse enquanto a levava de volta para casa.

— Vou ligar para a minha família amanhã.

— Me avise quando tiver falado com eles, para eu planejar o próximo passo.

— E a sua família? Como todos vão receber a notícia?

Hunter olhou para ela, mas logo voltou a atenção para a estrada.

— A minha família não faz parte da minha vida.

Ela se lembrava de algo na ficha dele sobre um irmão, mas nada de mãe e pai vivos. Sam não colocara nas informações que passara a Gabi os detalhes de onde estavam todos.

— O meu irmão não vai aceitar bem a notícia — disse Gabi. — E a minha mãe vai ficar em choque.

— Eles sabem do seu trabalho, não?

— Sabem. Mas ninguém esperava que eu fosse cair nessa. Vou fazer o máximo para convencê-los de que eu quis isso. Eles vão saber que é temporário.

— Desde que sejam de confiança e não digam nada para ninguém... — disse Hunter.

— Eles não vão dizer nada.

Hunter parou diante da casa dela, mas Gabi o deteve antes de ele acompanhá-la até a porta.

— Isso já é estranho o suficiente — disse ela.

— Tudo bem. Amanhã nos falamos?

Ela assentiu com a cabeça.

— Vou continuar procurando casas e te mantenho informado das que eu encontrar.

Ela abriu a porta.

— Durma bem, Gabi.

Ela ia retribuir a gentileza, mas optou por algo mais adequado para os dois.

— Se jogue debaixo de um ônibus por mim.

Ele riu quando ela fechou a porta e entrou.

Logo cedo, na manhã seguinte, chegou um buquê de flores. O cartão dizia simplesmente:

Os ônibus não cooperaram. Vou tentar de novo amanhã.

8

GABI FALOU PRIMEIRO COM MEG. Sua cunhada também trabalhava com Sam, conhecia os detalhes do trabalho, e, se havia alguém que podia suavizar a informação para seu irmão, era a esposa dele.

— Eu assinei um contrato — disse Gabi depois de trocarem algumas gracinhas e falarem sobre o tempo.

— Que tipo de contrato? — Meg perguntou, então falou bruscamente: — Não. Você não fez isso!

— Fiz. Nós nos casamos na semana passada.

— O quê? Por quê? Meu Deus, seu irmão vai ficar louco!

Ninguém como Meg para dizer a verdade.

— É só um contrato, Meg. Um ano e meio. O Val não vai precisar se preocupar em cuidar de mim. É muito dinheiro.

— O seu irmão não dá a mínima para dinheiro. Você também não, então não venha me dizer que foi por isso que você fez o que fez.

— Vinte e quatro milhões.

— Ah... — Meg hesitou.

— E uma casa.

— Sério?

Gabi estava feliz em sua casa atual, mas Meg entendia.

— Contrato de um ano e meio. Não é muita coisa.

De jeito nenhum Gabi revelaria problemas com seguradoras e contas bancárias no exterior.

— Quem é?

— Quem é o quê?

Meg bufou ao telefone.

— O marido, ora, o cara com quem você se casou.

— Ah, desculpe. Hunter Blackwell. Amigo do Blake, na verdade.

Bem, talvez não fosse bem um amigo, mas soava bem e podia aliviar alguns problemas que Val certamente criaria.

— Eu tentaria convencer você a desistir se ainda estivesse em tempo — disse Meg.

— Foi por isso que eu esperei para ligar. Preciso virar a página.

— Tudo bem, mas virar a página não significa se casar com um estranho. Por que você não saiu com alguém? Você já saiu com alguém desde que...

Não havia razão para Meg fazê-la lembrar. Ambas entendiam a pergunta.

— Não quero namorar. Não quero isso na minha vida, Meg. É mais fácil assim. As pessoas vão pensar eu que sou normal e que posso seguir adiante.

— Sou obrigada a discordar, Gabi, mas é perfeitamente normal você dispensar os caras depois de tudo que passou. Mas casar em vez de namorar não é exatamente a melhor saída.

— Não existe nada nem remotamente romântico no nosso relacionamento. É só um negócio. Confie em mim.

— Não tenho muita escolha, não é?

— É a minha vida.

Gabi ouviu Meg tampar o fone do aparelho.

— Olha só quem acabou de chegar.

— O Val?

— Sim.

Gabi fechou os olhos.

— Tudo bem. Me deseje boa sorte.

— Nem toda a sorte do mundo vai facilitar as coisas.

Valentino Masini era um homem que se fizera sozinho; possuía sua própria ilha, com um resort exclusivo que construíra do nada.

O som da voz de Val fez Gabi sentir um nó no peito.

— A expressão no rosto da Margaret me diz que temos problemas. Que foi, *tesoro*? — ele disse ao telefone.

— Não é um problema...

Não se você ignorasse os fatos. Ela foi lentamente dando as informações necessárias.

Eu assinei um contrato.

O casamento é temporário.

Sim, já nos casamos. Não, eu não estou louca.

— Sei que você não está feliz, Val, mas tente entender que eu precisei fazer isso.

O silêncio de seu irmão era cortante.

— Qual o nome desse cara? — ele perguntou com frieza.

— Hunter Blackwell.

Ele suavizou a voz para dizer que a amava e então interrompeu a conversa.

Meg pegou o aparelho e informou a Gabi que Val havia aberto uma garrafa de uísque.

— Vou falar com ele — disse Meg.

— Eu estou bem, de verdade — disse Gabi.

— Estamos só preocupados.

— Eu sei. Desculpe. Não era essa a minha intenção.

Elas se despediram e Gabi mandou uma mensagem para Hunter.

Já avisei minha família.

A mensagem de Gabi chegara às oito da manhã. Hunter falara com a corretora de imóveis durante o almoço, e pouco depois das quatro e meia Tiffany estava sentada na sala dele, fazendo uma lista de convidados para um anúncio especial naquela mesma semana. Quinta-feira, uma semana depois do casamento, seria perfeito. E então ele tiraria o fim de semana de folga.

— Que anúncio é esse? — Tiffany perguntou enquanto anotava o que ele queria para o evento. — Achei que o acordo com a Adams não estava fechado.

— Não é coisa de trabalho — disse ele. — É pessoal.

Ela o olhou fixamente.

— Você não faz eventos pessoais.

— Agora faço.

O telefone sem fio na mão de Tiffany tocou e ela atendeu.

— Escritório do sr. Blackwell, um momento.

E baixou o telefone.

— Um tal de sr. Masini quer vê-lo — disse.

Masini? O irmão de Gabi.

— Foi rápido. Manda ele subir.

Tiffany comunicou os seguranças e se levantou.

— Preciso conversar com ele em particular, Tiffany. Por favor, não passe nenhuma ligação.

Hunter não tinha irmã e não podia imaginar como reagiria se descobrisse que ela se casara por dinheiro.

Bem é que não seria, concluiu.

Hora de desarmar e ir com calma. Garantir que ela está segura... Amenizar as coisas.

O homem que entrou na sala de Blackwell poderia acabar com sua tática.

Valentino Masini não era um homem pequeno. Estava de terno, mas desalinhado depois de ter viajado feito um relâmpago atravessando o país. Os olhos escuros eram letais, extremamente intimidantes. Hunter encontrou força no olhar do outro homem e o sustentou.

Tiffany saiu silenciosamente da sala, deixando os dois se encarando.

— Sr. Masini — disse Hunter, oferecendo um aperto de mão.

— Por que a Gabriella?

São só negócios, assim como para sua irmã.

Hunter baixou a mão.

— Ela aceitou.

— A Gabi nunca faria isso de livre e espontânea vontade.

Talvez o irmão soubesse mais que a maioria.

— Mas lhe garanto que fez.

— Sua garantia não significa nada.

Valentino avançou dois passos, falando em voz mortalmente baixa:

— Ela não precisa do seu dinheiro, não precisa da sua casa e não confia nos homens. O fato de ela ter concordado com esse contrato destoa completamente do caráter dela.

— Talvez você não conheça sua irmã tão bem quanto pensa — retrucou Hunter.

Masini apertou os punhos na lateral do corpo.

Por um momento, os dois simplesmente se entreolharam. Hunter estava prestes a lhe garantir que Gabi estava segura com ele quando seu cunhado temporário fez uma ameaça que Hunter não esperava:

— Se você tocar num fio de cabelo dela, eu te mato.

Matar? *Vou quebrar a sua cara* ou *você vai se arrepender*, tudo bem. Mas matar?

— Sua esposa não ficaria decepcionada se você acabasse na prisão por assassinato?

— Minha esposa seria a próxima da fila para terminar o trabalho se eu falhasse — disse Masini. — E ela é uma excelente atiradora.

Hunter sentiu os pelos da nuca se arrepiarem.

— Você tem muita coragem para entrar no meu escritório e me ameaçar.

Masini parecia pronto para atacar.

— Minha irmã pode ser um alvo fácil, mas eu não.

Hunter abriu a boca para falar, mas ouviu vozes além da porta do escritório.

Gabi entrou na sala e passou os olhos por ele, antes de levá-los a seu irmão.

— O que você está fazendo aqui? — ergueu as mãos, vociferando.

Tiffany estava parada atrás dela, com os olhos arregalados.

— Você achou que eu não viria? — gritou Masini.

— O que está feito está feito, Val!

Gabi olhou ao redor da sala e tagarelou tão depressa em outra língua que Hunter demorou um minuto para perceber. Disse algo ao irmão, num tom exaltado.

Ele respondeu à provocação, tão exaltado quanto ela.

Hunter estava perdido. Não entendia uma única palavra de italiano.

Talvez fosse hora de contratar um professor.

Ele trocou olhares com Tiffany, que mantinha distância, mas observava.

Gabi argumentou algo e foi para o lado de Hunter. Foi quando ele percebeu que ela estava de cabelo solto. Agitava as mãos e seu cabelo voava. Ela não estava feliz por seu irmão estar ali, mas, ao contrário de ficar calada e irritada como quando estava com Hunter, com o irmão ela esbravejava. E era incrivelmente linda assim, indomada.

Ela disse algo e citou o nome de Alonzo, e Masini abruptamente mudou de tom.

Hunter não entendia as palavras, mas a raiva de Masini começou a desaparecer.

Então Gabi levantou a mão esquerda e colocou a direita no braço de Hunter.

— Tarde demais — disse em inglês. — Já estamos casados.

Masini cuspiu mais uma frase em italiano antes de passar a mão pelos cabelos.

Até que Tiffany quebrou o silêncio da sala:

— Você se casou?

Era muita coisa para administrar até quinta-feira.

— Pode ir, Tiffany — Hunter a dispensou.

Gabi jogou os cabelos para trás dos ombros.

— Vá para casa, Val. Viva a sua vida e me deixa viver a minha.

Val agitou a mão no ar.

— Um fio de cabelo, Blackwell. Um fio de cabelo.

Antes de sair, Val puxou a irmã para um abraço desesperado e toda a raiva pareceu sumir. Bem, pelo menos entre os dois. Os olhos de Masini eram como punhais apontados para Hunter.

— Eu te amo, *tesoro*. Você sabe onde me encontrar.

E então foi embora.

Gabi desmoronou na cadeira executiva e deixou cair os ombros. Por alguns segundos, Hunter pensou que teria de lidar com uma mulher aos prantos. Então percebeu que ela não estava chorando, mas rindo. Ele se recostou na mesa e sentiu uma risada brotar por dentro.

— Foi bem divertido — disse.

Ela começou a gargalhar, e Hunter teve vontade de fazer o mesmo.

— Ele ameaçou a minha vida — disse Hunter.

Gabi deu um soluço e enxugou os olhos.

Hunter riu.

— Isso não foi engraçado — disse.

Ela se dobrava de rir.

Ele foi até o banheiro de sua sala e pegou alguns lenços para Gabi. Ela agradeceu, enxugou o rosto e continuou a rir.

— Se a minha mãe... — disse, rindo. — Se a minha mãe aparecer, é melhor você se esconder.

— Por quê? Ela vai jogar uma cadeira em mim?

— Tomara que seja só isso.

Hunter observava enquanto Gabi segurava o riso. Ela estava radiante de camisa e calça jeans. Os cabelos soltos sobre os ombros pareciam feitos de seda.

Não era de admirar que seu irmão fosse tão protetor. Devia ter tido trabalho para cuidar dela a vida inteira. Os homens deviam chegar em bandos, como patos num lago.

— Vocês sempre brigam assim? — ele perguntou.

— Em italiano?

— Sim, e gritando.

Gabi deu de ombros.

— Foi uma briga mesmo. Ele não devia ter vindo. Mas fico feliz de ver que ele se preocupou o suficiente para vir.

Hunter sacudiu a cabeça.

— Nunca vou entender as mulheres.

— Espero que não. Onde estaria o mistério da vida se entendêssemos o sexo oposto?

— Mistério devia ser o que vem dentro do Kinder Ovo, e não com que arma sua família vai vir para cima de mim.

A comparação fez Gabi rir de novo.

— Bem, se você tivesse se jogado debaixo de um ônibus, não teríamos essas preocupações, não é? — disse ela, fazendo-o sorrir novamente enquanto se levantava para ir embora. — Eu dispensei a corretora de imóveis. Vou procurar essa casa sozinha.

— Eu acompanho você até lá fora.

— Não precisa.

— A esta altura, a maioria, se não todos os meus funcionários, estão sabendo que nos casamos. Se eu te deixar sair sozinha, vão pensar que aconteceu alguma coisa. Estamos casados, e é hora de você usar algumas das suas habilidades de atriz.

Ela acenou levemente com a cabeça e não se encolheu quando ele colocou a mão em suas costas, conduzindo-a para fora da sala.

Tiffany baixou o telefone e ficou parada conforme eles passavam.

Hunter permaneceu impassível enquanto Gabi lhe ofereceu um sorriso e seguiu silenciosamente ao lado dele.

Já eram quase cinco da tarde, mas, aparentemente, nenhum funcionário saíra nem um minuto mais cedo. Hunter ignorou os olhares e os dois caminharam até os elevadores.

— Todo mundo está olhando — Gabi sussurrou perto da orelha dele.

— Estão tentando descobrir quem você é. Mantenha a cabeça erguida.

Ela endireitou a coluna, e eles entraram no elevador. Ficaram em silêncio ao lado dos outros passageiros enquanto desciam lentamente até o térreo.

As pessoas os observavam, e ambos sentiam os olhares sobre eles.

Hunter viu o carro estacionado, com o pisca-alerta ligado.

O Aston combinava com Gabi: elegante e cheio de classe.

— Sr. Blackwell — disse o porteiro, dirigindo-se ao carro —, eu já ia ligar para o seu escritório.

— Não é necessário, Benny. Imagino que vocês já se conheceram — disse Hunter, olhando de Gabi para o porteiro.

— Na verdade, não. Eu saí correndo — disse Gabi.

Hunter se aproximou dela e sorriu.

— Bem, então, Benny, esta é Gabriella Blackwell, minha esposa.

A surpresa tomou conta do olhar irritado de Benny.

— Deixe que o manobrista cuida do carro — disse Hunter.

Benny assentiu.

— Sim, senhor.

Hunter levou Gabi até o lado do motorista e abriu a porta.

Quando ela foi contorná-lo, ele bloqueou seu caminho.

— Tente não pular — ele sussurrou.

— O quê?

Com a mão que descansava em suas costas, ele a puxou para si e baixou os lábios até os dela.

Gabi levou um susto, mas o carro estava ali para impedi-la de se afastar, e ela não o empurrou.

Ele também não a apertou, pois não queria assustá-la.

Os lábios carnudos de Gabi eram suaves, e o cheiro de sua pele e o exótico aroma floral de seus cabelos eram algo que não sairia de sua mente tão cedo.

— Relaxa, Gabi.

Hunter sentiu que ela se esforçava. Viu quando seus cílios escuros tremularam e se fecharam.

Ele apoiou a mão no rosto dela e inclinou sua cabeça para trás. Ela abriu os lábios apenas o suficiente para ele sentir brevemente seu sabor inebriante.

O controle rígido dos desejos e emoções de Hunter aos poucos foi esmorecendo. Ele se afastou quase tão abruptamente quanto se aproximara para o beijo.

Os dois ficaram se olhando.

Gabi mordeu o lábio inferior.

Hunter passou o polegar pelo queixo dela, afastando-lhe os lábios.

— Mais tarde eu ligo.

Ela sentiu um nó na garganta, tomou distância dos braços dele e entrou no carro.

Hunter recuou, observando-a partir.

— Foi horrível? — Meg perguntou ao telefone.

Gabi ligara para ela no instante em que entrara no estacionamento da imobiliária.

— Ainda bem que o Hunter não entende italiano. O Val o ameaçou de tudo quanto é jeito.

— Ele vai se acalmar. Só está preocupado.

— Eu sei. Mas, pelo meu bem, convença o meu irmão a voltar para casa. A última coisa que preciso é dele me vigiando.

— O Val volta amanhã. Já reservei o voo dele.

— Ótimo. Obrigada.

Gabi baixou o quebra-sol e olhou no espelho. O batom borrado a fez lembrar o inesperado beijo de Hunter.

— Posso te perguntar uma coisa? — Meg disse.

— Claro.

— Por que agora? Por que Hunter Blackwell?

— Eu já disse: a oferta foi...

— Boa demais para deixar passar, eu sei. Mas existem muitos clientes com reputação dez vezes melhor que a do Blackwell.

Gabi passou o dedo ao redor dos lábios e fez uma pausa.

— O Alonzo tinha uma reputação melhor que a do Blackwell. Pelo menos com o Hunter eu sei que ele está nessa em benefício próprio. Ele está me usando e eu sei disso. Ele não está escondendo nada, e, por alguma estranha razão, isso me conforta.

Enquanto as palavras saíam de seus lábios, Gabi percebia como eram verdadeiras. Para o bem ou para o mal, com Hunter ela sabia onde estava pisando.

Ele a estava usando, e ela, por sua vez, sairia como uma mulher rica e, mais importante que isso, livre.

— Não vai demorar muito para a notícia se espalhar. Pelo que sei do Blackwell, ele é um dos solteiros mais cobiçados dos últimos dez anos. Muitas mulheres vão ficar decepcionadas por aí.

— Ele não está mais disponível.

— Mas isso não vai impedir as interesseiras. Tome cuidado.

Gabi não tinha pensado nas mulheres da vida de Hunter. Nem por um minuto ela acreditara que ele havia saído do mercado matrimonial para pôr fim à perseguição de mulheres inconvenientes.

— Sim, vou tomar.

— Preciso ir. Sua mãe está na cozinha desde que você ligou esta manhã. Nesse ritmo, até sábado já vou ter engordado uns dez quilos. É assim que ela alimenta as próprias emoções?

— Isso é coisa de italiano.

— E vai ser coisa de gordo também. Quando já estiver acostumada no seu novo papel de esposa, convide a sua mãe para te fazer uma visita.

— Eu não sei se...

— Você quer que ela jogue uma panela de macarrão no seu marido na frente dos funcionários dele? Porque ela já fez ameaças.

A imagem de Hunter coberto de molho de tomate a fez sorrir.

— Tudo bem. Nos dê umas duas semanas.

— Já vou reservar o voo.

Gabi murmurou alguma coisa e se despediu.

Ela tinha duas semanas para arranjar uma casa e aprender a ser suficientemente civilizada no mesmo ambiente com Hunter, para convencer sua mãe de que o homem com quem se casara não a machucaria.

Ao lado do café da manhã de Hunter, Andrew colocara um tabloide em cima do *New York Times*. A manchete dizia tudo: "Playboy bilionário fora do mercado".

Uma foto granulada mostrava-o entrando no condomínio que abrigava sua atual residência em Los Angeles. Outra de Gabi ao telefone, em frente à imobiliária. O único fato sólido da revista era a imagem da mão esquerda de

Gabi. Pena que ninguém conseguira uma foto do beijo deles. Ele gostaria de ver a expressão do rosto dela através de uma lente. Perplexa, justamente como havia sido sua própria reação. Ele se arriscara a ser agredido no instante em que a tocara, contudo ela não o empurrara nem fizera nada parecido. Hunter não podia afirmar que ela retribuíra o beijo, mas havia algo ali. Algo muito inesperado pelos dois.

O estalo de uma língua chamou a atenção de Hunter.

Andrew segurava um bule de café e esperava que Hunter se sentasse para poder servi-lo.

Em vez de se afastar, Andrew ficou parado.

— Alguma notícia urgente que o seu criado precisa saber?

Hunter sorveu seu café e sorriu sobre a xícara.

— Na verdade, sim. Vamos nos mudar em breve.

Andrew ergueu a sobrancelha e esperou.

— Para uma casa.

— É mesmo?

— Âhã — disse Hunter, tomando outro gole de café e deixando o tabloide de lado. — Preciso que inclua um nome na escritura.

— Que nome seria esse?

— Gabriella Blackwell.

— Um membro afastado da família? — Andrew perguntou, sabendo muito bem que tal pessoa não existia.

— Um novo membro da família. Os tabloides estão certos, Andrew. Eu me casei com a srta. Masini na semana passada.

Andrew pestanejou.

— Antigamente, os mordomos e as empregadas sabiam tudo o que acontecia numa casa. Quanto a mim, eu nunca sei de nada.

Hunter pegou a xícara de café e dobrou o jornal debaixo do braço.

— Você vai gostar dela. Atrevida, com um temperamento forte.

A imagem da briga dela com o irmão fez brotar um sorriso em seus lábios.

— E linda.

— Beleza não é muita coisa para um velho.

Hunter bateu com a ponta do jornal no ombro de Andrew.

— Ainda bem que eu não sou velho — disse.

Os olhos de Andrew o seguiram quando ele saiu da sala.

Um peixe no aquário, células sob a lente de um microscópio e Hunter casado tinham muitas coisas em comum.

Ele ignorou a maioria dos olhares e espiou ao passar pelas câmeras distantes enquanto entrava em seu escritório de Los Angeles.

Tiffany foi a única que teve coragem de dizer algo:

— O telefone não parou de tocar desde que entrei. Devo convocar uma coletiva?

— Na quinta.

Ela puxou outro recado da pilha.

— Travis O'Riley pediu para você ligar para ele.

— Tudo bem.

Tiffany lhe entregou uma mensagem que havia anotado.

— Uma tal de sra. Masini ligou e disse que se você tem amor à vida... E estou só repetindo: "É melhor ligar para a sua sogra o mais rápido possível".

Sem sombra de dúvida, Tiffany lhe transmitira o recado com enorme satisfação.

— Mais alguma coisa?

— Sim. Blake Harrison está em sua sala, esperando por você.

Hunter olhou para as portas fechadas de seu escritório e entregou os recados de volta para Tiffany.

— Segure minhas ligações.

— E se a sua mulher ligar?

Ele levantou o dedo.

— Exceto as dela.

Em vez de um comentário ou um olhar sarcástico, Tiffany demonstrou algo muito mais ameaçador: aprovação.

Sem dizer nada, ela voltou para sua mesa e Hunter entrou na sala.

— Sua Graça.

Blake Harrison usava um terno que lhe caía perfeitamente bem. Tinha um meio sorriso no rosto e os olhos exibiam olheiras de noites maldormidas.

— Qualquer dia desses ainda vou arrancar esse tratamento da sua boca.

— Você pode até tentar, mas eu gosto de me gabar de conhecer um duque.

Eles trocaram um aperto de mãos e Hunter foi para trás de sua mesa.

— Café?

— Sua secretária já cuidou disso.

Em vez de fingir que sua presença era esperada, Hunter se sentou e perguntou:

— A que devo o prazer da sua visita?

— Estou aqui por causa da Sam. Ela está ocupada com outras coisas, senão ela mesma estaria aqui.

Hunter se lembrou de Gabi dizer algo sobre a irmã doente de Sam.

— Como está sua cunhada?

— Nada bem. É por isso que estou aqui.

Hunter se sentou e esperou. Blake não era de fazer rodeios e, felizmente, não havia mudado.

— Em que posso ajudar?

Blake desabotoou o paletó e se sentou diante de Hunter.

— Vou repetir as palavras da Sam para que fique tudo muito claro: "Eu ensinei a Gabriella melhor que isso. Descubra que diabos esse cara fez para conseguir que ela se casasse com ele!" — A voz de Blake subiu uma oitava ao repetir as palavras da esposa.

Hunter já devia esperar por isso. Mas, em vez de revelar a verdade, disse a seu velho amigo algo que ambos tinham como verdade.

Todo mundo tem um preço.

Blake franziu as sobrancelhas e suspirou, cansado.

— Não a Gabi. Ela passou por muitas coisas para ter um preço. Todos que a conhecem sabem disso.

Pela primeira vez desde que entrara naquela limusine e começara a chantagear sua esposa, Hunter sentiu um forte nó no estômago de incerteza.

— Eu fiz uma oferta, Blake, e ela aceitou.

Hunter sabia que Blake não engolira sua explicação.

— Sabe, Hunter, eu sou alguns anos mais velho que você. Você conseguiu acumular uma fortuna em menos tempo que eu, mas, como sou um homem experiente e muito bem casado, gostaria de te dar alguns conselhos de graça.

Hunter não se lembrava de já ter sido abordado por alguém daquele jeito. Ficou em silêncio e escutou.

— Carma — começou Blake — é foda. Se você conseguiu se casar com a Gabi por meios duvidosos, essa merda vai estourar na sua cara. A Gabi não só tem um grupo de amigos forte e poderoso, como também ninguém que a conheça vai deixar que ela passe pelo inferno uma segunda vez.

Hunter sentiu um inesperado calafrio percorrer a espinha.

— Você não faz ideia, não é? — Blake perguntou.

— Sei que ela é viúva — respondeu Hunter.

Blake deu um sorriso triste.

— Ah, Hunter... — Ele se levantou e estendeu a mão.

Um aperto de mãos que lhe pareceu deslocado para o momento, mas que Hunter aceitou de qualquer maneira.

— Da próxima vez que tratar de uma nova aquisição, faça a lição de casa primeiro.

O suor estava começando a gelar a pele de Hunter.

Blake se afastou e, ao sair, se voltou e disse:

— Faça um favor a si mesmo. Pergunte para a sua *esposa* quem encheu o falecido marido dela de balas.

Ah, merda.

— Está tudo bem entre nós? — Hunter perguntou, sem saber bem se isso tinha importância.

Blake deu de ombros.

— A minha esposa assume responsabilidade pessoal por cada casamento que a empresa dela arranja. Isso é importante para ela, então é para mim. Com a Gabi, é pessoal. Não só porque ela é funcionária — Blake fez uma pausa e fitou Hunter. — Só não a machuque, que ficaremos bem.

Hunter respirou fundo quando Blake saiu do escritório.

9

AS ÁRVORES CENTENÁRIAS SE ADENSAVAM conforme elas subiam a Bel Air Estates.

— Vamos encontrar a casa perfeita hoje. — Aos sessenta e três anos e há mais de vinte vendendo imóveis de alto padrão a milionários, Josie Fortier falava com convicção.

— Espero que você esteja certa. Os paparazzi estão começando a irritar os meus vizinhos.

Josie subia a encosta, a caminho da primeira das três casas que haviam programado para visitar aquela manhã.

— A vizinhança aqui está muito mais acostumada a lidar com os paparazzi. Isso prova por que esses muros altos e esses portões reforçados são necessários.

Gabi concordou.

— Acho que você tem razão.

— Todos os imóveis que vou te mostrar hoje têm essa característica. Todos têm uma casa de hóspedes separada.

Enquanto Josie falava de dormitórios, banheiros e metros quadrados, os pensamentos de Gabi divagavam no sabor de Hunter Blackwell. Aquele canalha havia sacudido algo dentro dela que ela julgava ter morrido.

A última coisa que Gabi queria era sentir algo além de raiva e ódio em relação ao marido.

Desejo não era uma opção. Nem agora nem nunca.

Ela se livrou da lembrança dos lábios dele sobre os seus e tentou prestar atenção na descrição que Josie fazia da casa à qual estavam chegando. Os portões duplos se abriram para revelar um caminho arborizado. A paisagem bem cuidada que o cercava dava uma sensação de privacidade que as outras casas não deram.

— Você está numa área de mais de oito mil metros quadrados. Há muito espaço entre você e seus vizinhos. Bem mais adequado às necessidades do seu marido.

— Como? — Gabi perguntou.

Ouvir Josie falar de Hunter foi estranho.

A corretora estacionou na área de entrada circular.

— Quando o sr. Blackwell me ligou ontem, sugeriu mais terreno.

E por que ele ligaria para sua corretora de imóveis? Não seria ela que tomaria a decisão?

Quando as duas saíram do carro, uma elegante Maserati grafite parou atrás. Gabi se perguntou por um instante se seria o atual proprietário da casa. Então, a agora familiar compleição de Hunter saiu do carro esportivo. De óculos escuros, o queixo marcado e o cabelo não tão perfeito fizeram os pelos dos braços de Gabi se arrepiarem.

Josie abriu um sorriso brilhante e seguiu em direção a Hunter.

— Sr. Blackwell. Que bom que pôde se juntar a nós.

— Surgiu uma brecha na minha agenda — ele disse.

Gabi tentou desviar o olhar enquanto Hunter trocava um aperto de mãos com a corretora e se aproximava. Ele chegou bem perto de Gabi, como se fizesse isso com frequência, e se inclinou para roçar os lábios em seu rosto.

— Sorria — sussurrou.

Ela sorriu, mas logo se recriminou por obedecer às ordens dele tão facilmente.

— Você não me falou que vinha — disse alto o suficiente para Josie ouvir.

— Ficou praticamente impossível trabalhar depois que a mídia vazou nosso casamento.

— Você não me contou que era casada com Hunter Blackwell. — Josie riu e deu um tapinha no braço de Gabi.

— Nós estávamos esperando para anunciar a união.

Josie destrancou a porta da frente e começou a descrever as qualidades da casa enquanto Hunter e Gabi a seguiam, alguns passos atrás.

Gabi se inclinou, baixando a voz:

— O que você está fazendo aqui?

Ele tirou os óculos escuros e os guardou dentro do paletó.

— Agilizando a nossa busca.

— Agilizando? Não estamos casados nem há uma semana.

— Quanto mais cedo morarmos juntos, melhor — ele sussurrou.

Em vez de deixá-la mais para trás resmungando baixinho, Hunter apoiou a mão na lombar dela e os dois se aproximaram da corretora.

— São cinco dormitórios e seis banheiros na casa principal, e dois quartos, um banheiro e um lavabo nas dependências de hóspedes.

Atravessaram um hall de onde saía uma escada dupla para o segundo andar. A casa estava escassamente decorada, o que indicava que os proprietários não moravam lá.

Mármore e paredes brancas cobriam a maior parte das superfícies. Entraram na cozinha, e a mesma sensação fria impediu Gabi de ver as qualidades que Josie destacava.

A grande cozinha dava para uma sala de jantar formal, e Gabi franziu o cenho.

— Você não está gostando — Hunter disse a seu lado.

Ela balançou a cabeça.

— Muito fria, muito moderna.

Embora não fosse moderna do tipo linhas duras e cores contrastantes.

Josie ouviu o comentário.

— Com os móveis, o espaço vai ficar aconchegante.

Hunter atravessou a sala de jantar e, da janela, olhou para o pátio.

— Acho que não.

— Vocês vão adorar o andar de cima — prosseguiu Josie.

— Não creio, sra. Fortier. Vamos para a próxima casa!

O tom exclamativo de Hunter foi enfatizado por seus passos decididos através da sala e pelo puxão suave da mão de Gabi.

Ele a guiou até o carro e abriu a porta do passageiro.

— Nós vamos atrás de você — ele disse a Josie, deixando-lhe a única opção de se sentar ao volante de seu carro e sair.

— Você foi grosseiro — Gabi comentou quando eles se posicionaram atrás do carro de Josie.

— Por quê?

— Podíamos ao menos ter visto o andar de cima.

— E para quê? Você não gostou.

— Mas podíamos ter deixado que a Josie nos mostrasse o resto.

— Eu não gosto de perder tempo.

Gabi voltou o olhar para a janela.

— Não me lembro de ter te convidado para vir junto.

— Eu também vou morar na casa por um ano e meio, Gabi. Gostaria de saber em que estou gastando o meu dinheiro.

— É mesmo? Você não mencionou a necessidade de aprovar a compra da nova casa durante as nossas negociações.

— Também não estabelecemos um preço aproximado para a nova casa, mas isso não significa que não possamos escolher rapidamente nossa casa temporária.

— Temporária para você; um pouco mais para mim.

Ele a fitou por cima dos óculos de sol de grife.

— O fato de você escolher a nossa casa não significa que vou te dar um mês para encontrá-la — disse.

Josie diminuiu a velocidade e sinalizou uma curva para outra rua arborizada. Essa casa tinha os portões um pouco mais recuados na propriedade.

— Não vou demorar um mês.

— Vai, se deixar a corretora te mostrar porcarias.

Eles estacionaram atrás de Josie e desceram.

Em vez de deixar as emoções transparecerem, Gabi abriu um sorriso e fez comentários sobre as próximas duas casas que visitaram. A colonial não era seu estilo, e a réplica espanhola não a emocionou.

Hunter seguiu atrás dela durante as visitas, guardando seus desejos para si.

Ela não mentia bem, ele concluiu. O sorriso artificial e os elogios exagerados a cada propriedade os mantinham em cada casa um pouco mais que o necessário.

A certa altura, a sra. Fortier parava e perguntava:

— E então, o que acharam desta?

Gabi fazia rodeios, reclamando que a cozinha não era grande o suficiente ou que o espaço externo não combinava com o interior.

Ela estava embromando, e Hunter sabia disso.

Enquanto os dois caminhavam pela casa de hóspedes da quarta propriedade, Hunter pegou o celular e abriu uma lista de casas que Tiffany lhe enviara. Passou várias casas com muitas chances de satisfazer o gosto da esposa, com base nos comentários que ela fizera durante as visitas. Enviou duas para Fortier em uma mensagem de texto.

Ele percebeu que a corretora pegou o telefone no bolso e olhou em sua direção.

Hunter colocou o dedo na frente dos lábios e a corretora sorriu.

Gabi se juntou a ele na frente da casa e deu de ombros.

— Parece que você perdeu seu tempo hoje, afinal.

— O dia ainda não acabou.

— A Josie disse que tinha quatro para mostrar, e esta é a quarta.

Diante do sorriso presunçoso de Gabi, Hunter teve vontade de fazê-la engolir as palavras.

Fortier trancou a porta e acrescentou:

— Parece que temos outra oportunidade virando a esquina. Tem tempo para uma, talvez mais duas, sr. Blackwell?

Gabi franziu o cenho.

Hunter sorriu.

— Claro.

O silêncio tomou o carro enquanto dirigiam pela curta distância. Os portões de ferro ornamentados posicionavam-se ao lado de árvores centenárias e sebes de três metros de altura. O calçamento entrelaçado os levou a um caminho levemente inclinado e sinuoso, até desembocar numa rotatória, com um chafariz no centro.

O suspiro de Gabi fez Hunter a observar por trás dos óculos de sol.

Ele apostara num palpite. A herança italiana de Gabi e os anos passados na ilha de seu irmão diziam algumas coisas sobre sua esposa.

Como nas outras casas, Hunter ficou mais atrás, observando.

Gabi acariciou a madeira escura das portas duplas. A entrada em arco situava-se em uma varanda que parecia envolver a casa toda. Havia uma única escada curvilínea ao fundo do grande hall. Madeira escura e paredes quentes cor de ouro e bronze faziam lembrar o reboco trincado de Roma, ostentando riquíssimo acabamento.

Gabi não conseguiu conter as emoções quando olhou o pé-direito de nove metros.

Ao contrário das outras casas, essa estava mobiliada, o que a valorizava. Sofás perfeitamente combinados enchiam a imensa sala de estar e velas enormes decoravam o piso de uma lareira gigantesca.

Fortier lia no celular as qualidades da casa, mas, de onde Hunter estava, via que Gabi não a estava ouvindo. Ela atravessou a sala e entrou na cozinha.

— Meu Deus!

Foi até o fogão profissional e passou os dedos delicados por uma espécie de torneira.

— Você sabe o que é isso? — perguntou a Hunter.

— Eu não cozinho.

— É para encher a panela, para fazer massa.

Ela abriu o refrigerador de portas duplas. A luz se acendeu, mostrando um engradado de água mineral — mais uma prova de que a casa não estava ocupada. Atravessando a cozinha, havia uma sala de jantar, uma copa e uma sala de jantar formal, aberta. Vários conjuntos de portas duplas se abriam para uma galeria que expandia a sala em duas vezes o tamanho do espaço interno.

Gabi atravessou as portas e murmurou alguma coisa sobre a lareira e os móveis.

Quando chegaram ao andar de cima e ao quarto principal, Hunter soube que ela encontrara a casa certa. Como uma criança numa loja de doces, ela riu quando viu o tamanho da banheira e do boxe. Adornos de ferro e cores rústicas eram o gosto pessoal de Gabi. A sacada de cima dava para o pátio, para a piscina e a enorme área abaixo.

Quando desceram novamente, Fortier abriu portas e percorreu os espaços que ainda precisavam explorar.

— Você gostou — disse Hunter perto do ouvido dela.

— É demais!

Ele sorriu e se voltou quando Fortier os chamou.

— Vocês precisam ver isto.

Gabi parecia ter molas nos pés enquanto seguia a corretora por uma escada estreita. As paredes de tijolos eram mais escuras que nos outros cômodos, mas combinavam perfeitamente com a casa.

— Que casa italiana está completa sem uma adega? — disse Fortier.

Pararam no final da escada e Gabi perdeu o sorriso antes de cambalear para trás. Hunter estendeu a mão e a segurou pelo cotovelo.

Ela estava fria, gelada.

— Gabi?

Ela estremeceu e fechou os olhos.

— Estou bem.

Não, ela não estava bem. Hunter olhou ao redor do belo espaço e viu garrafas de vinho e algumas prateleiras vazias.

— Vamos voltar lá para cima.

O fato de Gabi não se afastar quando Hunter passou o braço ao redor de sua cintura para guiá-la de volta para cima lhe indicou que a adega havia provocado uma lembrança ruim em Gabi.

Ela estava calada quando ele a sentou no sofá mais próximo e pediu que Fortier lhe trouxesse um copo d'água.

— Nos dê um minuto — disse Hunter à corretora quando ela voltou com a água.

Fortier saiu, deixando-os sozinhos.

Ele se sentou na mesa de centro de madeira e esperou que Gabi parasse de tremer antes de falar.

— Você está bem agora?

Ela bebeu a água, mas a mão ainda tremia.

— Sim — disse Gabi, pousando o dorso da mão na testa. — Eu não esperava por isso.

— Pela adega?

— Não. Pela minha reação.

Ele também não esperava.

— Acho que podemos tirar esta casa da lista — disse ele.

Ela balançou rapidamente a cabeça.

— Não. A casa é linda. Perfeita, na verdade.

— Mas você quase desmaiou um minuto atrás, quando entrou no porão.

Gabi tentou sorrir e Hunter sentiu que ela apertava sua mão. Foi então que ele percebeu que segurava a dela. Ela também deve ter se dado conta, pois puxou a mão.

— É só um cômodo nesta casa enorme. Não preciso entrar lá.

Ele se inclinou para a frente, com os cotovelos apoiados nos joelhos.

— Por que você reagiu assim, Gabi?

Seus olhares se encontraram e o sorriso forçado que ela exibia desapareceu.

— Nada importante.

O que, traduzindo, significava "não é da sua conta".

Hunter pegou o copo da mão dela e o afastou. Teria um ano e meio para descobrir seus segredos. Mas algo lhe dizia que não levaria tanto tempo.

Gabi ficou um pouco tonta quando levantou, se apoiou no braço de Hunter e então prontamente o soltou.

— Obrigada — disse — por não ser intrometido.

— Mas eu quero ser.

— Eu sei.

Fortier entrou na sala, com uma expressão preocupada.

— Podemos continuar?

Gabi olhou ao redor da sala até seus olhos pousarem sobre os dele.

— Quanto estão pedindo por esta casa? — perguntou.

Havia choque na voz de Fortier quando ela respondeu:

— Dezoito vírgula quatro.

Gabi voltou a cabeça para a mulher.

— Milhões?

— Sim.

— Mas eu não disse abaixo de dez?

— Não importa — Hunter interpôs. — Faça uma proposta.

— Hunter! — Gabi gritou.

— A casa é perfeita, você mesma disse. Vou mandar fechar a porta da adega. O que você acha dos móveis? — ele perguntou, como se o negócio estivesse fechado.

Gabi se aproximou mais dele e puxou-lhe o braço.

— Você está sendo impulsivo — disse.

— Estou sendo prático. Comprar móveis leva tempo.

— Não estou falando dos móveis. Estou falando da casa. Dezoito vírgula quatro milhões de dólares é...

— Meu padrão de vida — disse ele, com olhar firme. — Exatamente como combinamos.

Gabi olhou de Fortier para Hunter.

— Tudo bem.

— Maravilha — disse a corretora.

Gabi se inclinou para perto dele.

— Eu estava tentando economizar — disse.

— Se eu quisesse economizar, não teria me casado.

— Quero escolher meus próprios móveis!

Hunter a fitou e acrescentou com um sorriso suave:

— Como quiser.

10

— **NÃO POSSO FAZER NADA** sem plateia — Gabi reclamou a Gwen por cima da xícara de chá. — A escritura vai levar duas semanas, se tudo correr como o Hunter planejou.

Gabi puxou a cortina e viu uma câmera. Vários jornalistas haviam ficado entediados e desistido, mas alguns repórteres se acomodaram, parecendo muito pacientes.

Gwen ergueu o queixo e tomou um gole de chá.

— Você pode ir morar com ele agora.

Ela soltou a cortina, cortando a visão de repórteres e câmeras.

— Não. Quero um terreno neutro. Ir morar com ele o colocaria numa posição de vantagem.

— Como assim?

Gabi deu de ombros.

— Eu penso assim. Morar numa casa que nenhum de nós ocupou antes parece mais seguro. — Pelo menos na cabeça dela isso funcionava melhor.

O sorriso fácil de Gwen se apagou.

— Você não se sente segura com ele?

— Eu não o conheço, é só isso.

Gwen colocou o chá de lado.

— Mas se casou com ele. E nenhum de nós acredita que você fez isso por livre e espontânea vontade.

— Nenhum de nós?

Gabi sabia que haveria uma intervenção. Ela havia recebido ligações diárias de toda a equipe da Alliance e de algumas noivas anteriores que eram amigas íntimas de Sam e Blake.

— Podemos começar com a Meg e o seu irmão.

— Eu sei como o Val se sente. Ele está fazendo o papel de irmão protetor.

— É mais que isso. O Michael ligou para a Karen perguntando se os boatos eram verdadeiros.

Michael era da realeza hollywoodiana e a Alliance já lhe arranjara um casamento tempos atrás. Ele e Meg haviam ido ao resort de Val quando tudo se arruinara com Alonzo.

Gwen continuou falando:

— E o Neil e o Rick. Os dois andam agitados desde que você anunciou o contrato.

Gabi se levantou. Ela odiava sentir as pernas trêmulas.

— Acho que não preciso te dizer que o seu marido é desconfiado por natureza. E o Rick provavelmente está indo na onda da Judy. Sei que ela e a Meg andaram conversando.

Gwen seguiu Gabi até a cozinha e se inclinou sobre o balcão.

— Você pode chamar de desconfiança, mas eu chamo de raciocínio dedutivo. Desde que você chegou na Califórnia, não foi a nenhuma boate ou restaurante sem a companhia de uma mulher.

Gabi abriu a boca para contestar, mas Gwen a deteve:

— Se não me engano, o único evento beneficente ao qual você tentou ir sozinha foi aquele onde foi fotografada com o Hunter. Me corrija se eu estiver errada.

— Eu não me afastei do resto do mundo.

— Quase isso, convenhamos. Um casamento, mesmo arranjado, com contrato pré-nupcial, não faz sentido, Gabriella. Você tem amigos, pessoas que podem te ajudar se você confiar nelas.

Gabi não suportava ver a preocupação no rosto de Gwen. Voltada para a pia, ela começou a lavar a xícara que tinha na mão. Seu lado emocional queria confiar na amiga, mas seu lado racional decidiu que não era hora de falar sobre a chantagem de um bilionário. Sem olhar para Gwen, ela tentou se justificar:

— Ele é um homem atraente. — E isso não era mentira. — Embora o pedido e a proposta financeira tenham acontecido de um jeito meio estranho, tenho que admitir que ter um homem à minha disposição é bem confortável.

— O que você está dizendo? Que Hunter Blackwell funciona como uma terapia?

— Talvez — respondeu Gabi, enxaguando a xícara e colocando-a sobre uma toalha para secar, antes de se voltar. — Eu percebi que o caminho que eu estava seguindo desde o que aconteceu com o Alonzo não estava me fazendo bem. O Hunter me ofereceu uma oportunidade para quebrar esse ciclo. Ele vai ser uma boa companhia por alguns meses e depois cada um segue sua vida. E então quem sabe eu confie nos homens de novo.

Gwen se aproximou de Gabi para colocar a xícara dentro da pia.

— Quero acreditar em você — disse.

As duas se entreolharam.

— Então acredite.

Uma batida na porta interrompeu o momento.

A van de uma floricultura estava estacionada à frente; as câmeras da imprensa a postos.

Gabi abriu a porta e encontrou um adolescente confuso.

— Sra. Blackwell?

Ela levaria algum tempo para se acostumar.

— Sim.

Ele lhe entregou uma dúzia de rosas vermelhas aveludadas.

— Pode assinar aqui?

Ela assinou.

— Vou pegar a gorjeta.

— Não é necessário. Tenha um bom dia.

— Que lindas — disse Gwen atrás dela.

Gabi colocou as flores ao lado daquelas que Hunter lhe mandara no início da semana. Eram todos buquês diferentes — de flores tropicais a lírios. Mas rosas indicavam uma nova direção.

O cartão tinha instruções simples:

Traje a rigor, dezenove horas. HB

Gwen olhou por cima do ombro de Gabi.

— Receber flores é sempre gostoso.

— São para mostrar para as câmeras, tenho certeza — disse Gabi.

Gwen pegou a bolsa e beijou o rosto da amiga.

— Parece que você tem um encontro com seu marido.

— Isso soa tão estranho para você quanto para mim? — Gabi perguntou.

Gwen riu e pousou a mão no braço dela.

— Cuidado.

— Pode deixar. E, por favor, se o pessoal começar a falar, lembre para todo mundo que eu pensei que amava um homem que quase me matou e consegui sobreviver. O Hunter precisava de uma esposa, e eu estou representando esse papel. Não existem emoções envolvidas e ninguém está tentando acabar com a minha vida.

— Se você realmente acredita nisso, me faça um favor — disse Gwen. — Tente se divertir. — Ela estendeu a mão e acariciou o rosto de Gabi. — Apesar de lindos, seus olhos parecem preocupados. É difícil acreditar que você não está assustada.

Gabi levou as duas mãos ao rosto, forçando os músculos a relaxar.

— Quanto mais cedo seu marido temporário conhecer o seu passado, mais fácil vai ser para ele te deixar à vontade. Sem saber, ele pode fazer alguma coisa que te assuste.

O episódio com a adega era prova disso. Mas confiar em Hunter não era uma opção.

Ela teria que andar na ponta dos pés pelo campo minado que Alonzo havia deixado em seu caminho. Ela havia feito um bom trabalho por quase um ano e meio. O que era mais um ano e meio?

Charles teve de estacionar a limusine em fila dupla em frente à casa de Tarzana. Gabi sentiu o pulso acelerar quando o motorista a acompanhou até o carro.

Os repórteres caíram em cima dela.

— Sra. Blackwell, um momentinho, por favor?

— É verdade que está esperando um filho de Hunter Blackwell?

As perguntas não paravam. Ela não respondeu a nenhuma enquanto deslizava no banco de trás do carro.

Hunter não estava lá dentro, o que a surpreendeu.

Não demorou muito para Charles tirar o carro dali, nem para a imprensa pular nas vans de reportagem e os seguir.

— Um ano e meio disto — murmurou para si mesma.

Por outro lado, andar de limusine não era nada ruim. Evitava que suas mãos suassem e que ela se preocupasse em bater em alguém dirigindo o carro estilo James Bond de Hunter. Talvez fosse melhor ela lhe contar que não era boa ao volante.

Imaginou que o assunto viria à baila quando ele visse o amassadinho no para-choque — coisa que ela conseguira fazer ao tentar evitar um repórter e bater na lixeira do vizinho. O que, novamente, não fora culpa dela. Se o paparazzo não estivesse ali, não teria acontecido.

Gabi pressionou o botão que abaixava o vidro entre ela e o motorista.

— Eles ainda estão nos seguindo? — perguntou, incapaz de saber por causa das janelas escuras na parte de trás.

— Receio que sim, sra. Blackwell.

Ela olhou para trás e viu luzes.

— Vamos buscar o Hunter?

Charles virou a esquina e pegou a rodovia.

— O sr. Blackwell me pediu para deixar a senhora na residência dele.

Ela olhou para o vestido longo e justo, de alcinhas finas, e para os saltos altos, mais apropriados para uma sala de concertos do que para vagar por uma cobertura. Mas ela não conhecia o apartamento de Hunter, em que rejeitara morar.

Ela se recostou para apreciar a viagem e percebeu que estaria sozinha com Hunter quando chegassem a Melrose. E, se fechassem o contrato da casa em duas semanas, como planejado, estariam a sós muitas vezes.

O nervosismo começou uma dança lenta, descendo pela coluna até a ponta dos dedos, que tamborilavam no banco.

— Gostaria de ouvir música, sra. Blackwell?

— Sim. Não, eu...

Isso não era um bom sinal.

— Me diga, Charles, por que você parece estar sempre disponível para ser meu motorista?

Ela encontrou os olhos do homem através do espelho retrovisor. Ele tinha um sorriso agradável e inofensivo, o que ajudava.

— O sr. Blackwell solicitou os meus serviços. Disse que queria saber quem estava dirigindo para a esposa dele.

— Ah...

Ela não sabia o que pensar.

— Disse que era importante para ambos confiar em seus motoristas. Eu agradeço sua aprovação.

Ela estava prestes a lhe dizer que não estava em suas mãos aprová-lo ou não, mas percebeu que não sairia direito.

— Ele disse mais alguma coisa?

— Só me pediu para ficar de olho.

— Me espionar, você quer dizer?

— Ah, não, nada disso. É que ele sabe que a senhora é uma mulher bonita, casada com um dos homens mais ricos dos Estados Unidos. Nunca se sabe quem pode estar à espreita, não é?

Aquilo não soava bem. O rosto de Gabi deve ter demonstrado preocupação, pois Charles imediatamente tentou deixá-la à vontade.

— Antes de assumir este cargo, fui treinado a manejar armas de fogo e fiz cursos de autodefesa. Está segura comigo, sra. Blackwell.

Sua convicção compensava seu tamanho.

Ela precisava superar a paranoia. Talvez fosse hora de voltar para a terapia. Haviam se passado seis meses, e ela não sentira necessidade. Mas, desde que aceitara se casar, a necessidade ressurgira.

A seis quarteirões e quatro semáforos vermelhos do condomínio onde Hunter morava, Charles falou ao telefone, no viva-voz:

— Dois minutos.

Se Gabi receava que os paparazzi se aproximassem demais, não precisava. Não só Hunter estava parado na calçada quando Charles manobrou, como também havia dois homenzarrões ao lado dele, com as mãos soltas nas laterais do corpo, fazendo a mídia desistir de chegar muito perto.

Hunter abriu a porta do carro e estendeu a mão.

Estava de smoking. Preto reluzente, camisa branca impecável e uma gravata levemente torta. O cabelo estava um pouco bagunçado na frente, como se tivesse passado a mão nele nervosamente minutos atrás.

Gabi colocou uma perna fora da limusine e sentiu os olhos de Hunter em sua pele, sob a fenda do vestido. Apoiou a mão na dele e deixou que a levantasse do carro baixo.

Ao sair, quase encontrando seus olhos cinza do alto dos saltos de dez centímetros, ela percebeu que ele não largara sua mão. Ele a levou aos lábios e a beijou.

Flashes explodiram.

Claro, a imprensa estava suficientemente perto para bater fotos, mas não para tocá-los.

— Você está maravilhosa — ele disse baixinho.

Com um puxão, ela tirou a mão da dele e a levou à gravata. Depois de ajeitá-la perfeitamente, sorriu.

— Sr. Blackwell, uma foto — disse uma voz.

— Nós temos que ganhar a vida — gritou outra.

Gabi notou Charles se colocar atrás deles e agitar as mãos, para recordar aos repórteres para manter distância.

— Tenho filhos para sustentar, sra. Blackwell. Pode colaborar?

Hunter começou a afastá-la, mas ela se manteve firme. Provavelmente a necessidade de alimentar os filhos era uma jogada, mas Gabi pensou que não teria mal algum em sorrir para algumas fotos.

Com a cabeça, Hunter acenou em direção ao prédio, mas Gabi puxou a mão dele para mais perto.

O esboço de um sorriso surgiu nos lábios dele, fazendo-a sentir um perigoso frio na barriga. Ao compreender o desejo dela, ele se aproximou e colocou a mão em torno de sua cintura. Esse movimento a pegou de surpresa. Mas, em vez de ficar preocupada, ela se voltou para o pai de família que tinha uma câmera enorme na mão e sorriu.

Hunter a fez girar de frente para os paparazzi, do outro lado dos guarda-costas, e a puxou ainda mais para si. Ela sentiu o corpo todo do homem, do ombro ao quadril, e pela primeira vez em muitos meses não estremeceu. Apesar de a noite estar fresca e ela não ter se incomodado de pôr um casaco sobre os ombros, se sentia aquecida.

Ele levou os lábios ao ouvido dela e sussurrou:

— Eu escuto esse argumento de crianças com fome uma vez por semana.

— Crianças sentem fome todos os dias — disse ela.

Ele riu, o que a deixou à vontade, e a levou para longe dos flashes.

Um guarda-costas ficou no saguão, enquanto o outro subiu de elevador com eles.

— Se importa de me dizer o que vamos fazer esta noite? Acho que brincar de se arrumar para ficar em casa é meio exagerado.

Gabi mantinha os olhos nas portas duplas, contando os andares enquanto o elevador subia rápido até o topo.

— É uma pequena recepção. A maioria parceiros de negócios e algumas personalidades da imprensa para espalhar a notícia.

Ela o olhou brevemente e percebeu que ele a fitava.

— Você podia ter me falado.

— Você não gosta de surpresas? — Hunter perguntou.

— Não especialmente.

— Humm... — ele fez, observando os números crescentes. — Vou me lembrar disso.

O elevador chegou.

— Pronta?

Como se ela tivesse escolha. Ela passou o braço no dele e abriu um sorriso artificial quando as portas se abriram.

Pequena recepção?

Talvez Hunter não soubesse o significado da palavra "pequena".

Mulheres com vestidos de gala, homens de smoking... Parecia uma recepção de casamento, só que ela não estava vestida de branco. E estaria, se soubesse?

Não, lantejoulas douradas eram o suficiente. Além disso, o cara era feito de ouro, e haveria quem dissesse que ela tinha dado o golpe do baú; então, por que não?

Imediatamente ela notou duas coisas: que não conhecia ninguém, nem uma alma além de Hunter, e as rosas. As mesmas rosas vermelhas aveludadas que ele lhe enviara de manhã ocupavam cada pedacinho da sala. Não era apenas um toque de cor, era um tsunami de textura e perfume.

Hunter girou e voltou com uma única flor.

— Para você.

Ele era tão bonito, tão másculo... Até demais. Ela olhou novamente todas aquelas flores e não pôde deixar de sorrir feito uma tola.

— Quem diria que você tinha um lado feminino...

A risada dele chamou a atenção de todos.

— Só você ousaria dizer uma coisa dessas — ele respondeu.

Ela diria mais do que isso se não tivessem plateia.

Os acordes de um piano tomou o espaço quando eles entraram. Ele passou o braço ao redor de sua cintura.

Um senhor se aproximou no mesmo instante, assim como um garçom com uma bandeja de bebidas.

— Sra. Blackwell, posso guardar sua bolsa?

Ela olhou para Hunter, que assentiu.

— Este é o Andrew, Gabi. Nosso funcionário pessoal. Você vai ter oportunidade de o conhecer melhor. — Em seguida abriu um sorriso suave e reconfortante. — Pode confiar nele — sussurrou em seu ouvido.

— É um prazer — disse Andrew, baixando levemente a cabeça.

Ela lhe entregou a bolsa e ele se afastou.

Hunter pegou duas taças de champanhe na bandeja e lhe entregou uma. Um estranho pânico a dominou. Ela tentou ignorar, mas não conseguiu. Em vez de dizer algo, ela lhe entregou sua taça e pegou a dele. Então se acalmou, e ele a olhou, intrigado. Ela sabia que Hunter tinha mil perguntas a fazer a respeito daquele simples gesto, mas, por sorte, não havia tempo para perguntar ou explicar.

— Blackwell, é ela?

— Frank Adams, quero que conheça a minha linda esposa, Gabriella Blackwell.

Gabi teve a mão puxada pela mão carnuda de Frank Adams. O sotaque dele era de um autêntico texano, e a piscadinha galante e cômica contrastava naquela sala, repleta de sofisticação. Ele estava de smoking e chapéu de caubói, e isso a fez sorrir.

— Minha Melissa vai ficar terrivelmente desapontada — disse Frank, erguendo a sobrancelha. — Imagino que muitas mulheres vão chorar quando souberem que você foi fisgado, Blackwell.

Gabi ficou logo atrás, observando enquanto Hunter conversava com o excêntrico texano antes de se afastarem.

Ela se inclinou para ele e comentou:

— Não sei se isso foi simpático.

Os lábios de Hunter quase roçaram a orelha dela quando ele falou:

— Eu já te disse que não tenho amigos.

Gabi varreu a sala com os olhos.

— Então, quem são todas essas pessoas?

— Colegas, inimigos... conhecidos.

Do outro lado da sala, ela viu Andrew de lado, observando-os.

— E o Andrew?

— Bem...

Então havia alguém que Hunter considerava um amigo.

Ela não teve tempo de pensar sobre o assunto e Hunter já a apresentava ao próximo grupo.

— Eles trabalham no meu escritório de Nova York — explicou enquanto se afastavam.

Gabi tentou gravar os nomes enquanto seguiam para o próximo grupo. Havia funcionários e parceiros de diversas áreas. Todos a olhavam com um misto de inveja e curiosidade. Bem, as mulheres, pelo menos.

— E você se lembra da Tiffany.

— Claro — disse Gabi, sorrindo para os olhos cansados da secretária de Hunter.

— Talvez agora que o sr. Blackwell tem uma esposa, você possa se certificar de que os ternos dele estejam passados e as flores encomendadas.

Hunter lançou um olhar à sua secretária que fez Gabi se encolher.

— Ou não — Tiffany disse antes de se afastar.

Hunter tirou o champanhe intocado da mão de Gabi e o deixou em uma bandeja próxima.

— Senador Fillmore, gostaria que conhecesse minha esposa, Gabriella.

Finalmente um rosto que ela reconhecia.

— Já nos conhecemos — disse ela, estendendo a mão.

— É mesmo? — disse o senador.

— Sim, no ano passado. Fui convidada de Carter e Eliza Billings no evento de arrecadação de fundos de Hollywood.

Carter era ex-governador da Califórnia; estava afastado da política por dois anos, enquanto ele e a esposa se adaptavam à vida de pais. A verdade era que Carter estava destinado a coisas maiores do que ser governador, e todos sabiam disso. E Eliza e Sam eram melhores amigas.

— Como é que eu não me lembro de você?

— Havia mais de mil pessoas no evento — recordou Gabi.

O senador sacudiu a cabeça de cabelos brancos.

— Não vou esquecer uma segunda vez — disse.

Hunter não lhes deu tempo e se juntaram a outro grupo de convidados.

Após muitas apresentações, Gabi estava pronta para uma trégua.

Ela se inclinou para ele e sussurrou:

— Onde é a toalete?

— No corredor, portas duplas para a suíte principal.

Pela primeira vez em quase duas horas, ela saiu do lado de Hunter.

O barulho da sala começou a desaparecer enquanto ela se dirigia à ala privada da casa. Ela empurrou as portas fechadas e se inclinou contra elas, absorvendo o silêncio.

Luzes se acenderam com o movimento. Uma luz suave inundou a parede atrás da enorme cama king size. Havia uma colcha cinza-chumbo drapeada sobre a cama, e obras de arte simples que reproduziam o horizonte de Nova York e Los Angeles em preto e branco eram as únicas peças na parede. As cortinas estavam abertas, deixando o quarto levemente frio. Atraída pela vista, Gabi foi até as janelas que iam do chão ao teto e mergulhou na visão.

Então é aqui que Hunter Blackwell dorme.

Ela sabia que ele também tinha uma residência em Nova York, com uma vista provavelmente mais mágica que a que estava à sua frente nesse momento. Perguntou-se brevemente se um dia a veria.

A paisagem urbana combinava com o mundo solitário, sem uma família, uma vida, um animalzinho de estimação.

No entanto, quando pensou melhor, Gabi percebeu que ela também vivia na cidade e não tinha nenhuma dessas coisas, muito menos essa paisagem.

Ela sempre quisera um cachorro quando criança, mas nunca tivera um. Depois que seu pai morrera, ela deixara de pedir. Ela era adolescente, e Val assumira o papel de homem da casa. Sua mãe não queria animais, e Gabi simplesmente esquecera isso.

A imagem da casa que ela e Hunter estavam comprando surgiu em sua cabeça. Talvez ela pudesse ter um cachorro, finalmente. Um animal que dependesse dela, algo pelo qual voltar para casa.

O piso de ardósia cinza e o balcão de mármore do banheiro privativo eram masculinos, mas harmoniosos. Havia uma orquídea florida entre duas cubas, um barbeador na tomada de uma delas. Distraidamente, Gabi abriu uma gaveta e viu o que era de esperar: escova de dentes, enxaguante bucal, artigos de higiene pessoal. Na outra, havia uma caixa aberta de preservativos.

Sentiu um forte desejo de contá-los, mas desistiu.

Em vez de se demorar no espaço de Hunter, voltou para o quarto e olhou mais uma vez para a cama.

Bem, talvez duas vezes.

Uma presença do outro lado das portas duplas a fez prender a respiração.

— Andrew.

— Desculpe assustá-la. Só queria garantir sua privacidade.

Ele recuou, dando-lhe todo o espaço de que ela precisava.

Deus do céu, uma bebida cairia bem.

— Pode me mostrar a cozinha, Andrew?

— Está meio agitado lá agora.

Ela pensou na multidão de funcionários que serviam bebidas e canapés.

— Prefiro pensar que não sou uma convidada.

— Claro.

Andrew girou e Gabi o seguiu.

A cozinha era tão elegante e moderna quanto o restante da casa. Uma cozinha doméstica agitada com um evento como esse.

— Acho que estão bons. O Murray não os teria mandado se não servissem!

Havia uma mulher e um homem de branco. Os chefs.

E um óbvio conflito de poder.

Pela experiência de Gabi, muitos chefs numa mesma cozinha sempre dava problema.

Ao contrário da ilha de seu irmão, os funcionários dali não seriam preocupação por muito tempo para ela.

O clique dos saltos ecoou na superfície dura do piso de mármore quando ela se dirigiu às bandejas de camarão sobre as quais os dois chefs discutiam.

Os garçons a notaram primeiro, seguidos pelos dois vestidos de branco.

— Qual é o problema? — Gabi perguntou.

— Problema nenhum. Os convidados ficam.

— Eu não sou *convidada* — disse Gabi, interrompendo a mulher, cujo cabelo loiro tingido estava tão fortemente puxado para trás que ela nunca precisaria de botox.

Gabi se aproximou da bandeja em questão e cheirou um camarão, tocou a superfície e rapidamente se voltou para uma lixeira aberta e esvaziou a bandeja.

A loira ofegou e os garçons pararam o que estavam fazendo.

— Algum desses já foi servido?

O segundo chef estalou os dedos, alertando um garçom em espanhol e mandando-o chamar o garçom que havia acabado de sair da cozinha.

— Estavam perfeitamente bons — disse a loira.

— É mesmo? — Gabi levantou uma bandeja e a passou debaixo do nariz da loira. — Coma um.

A mulher se manteve firme e não tocou na comida.

— Pode ir — Gabi a dispensou com um movimento de pulso.

— Como?

— Saia. Entre no carro e vá embora — disse Gabi, voltando-se para o segundo chef. — A quanto corresponde o pedido de camarão?

— Um oitavo.

Gabi olhou as outras bandejas e fez alguns cálculos.

— Metade da porção de espetos para manter as bandejas cheias. — E olhando para um garçom próximo: — Diga aos garçons das bebidas para manter o copo dos convidados cheio. — E voltando-se para o chefe que restara: — Suponho que a cota de álcool é o dobro do recomendado, certo?

— Sim — disse ele, engolindo em seco.

— Eu dou as ordens por aqui — disse a loira, que não havia saído, em protesto.

— Quem paga a conta dá as ordens. Obrigada por seus serviços, mas seu conhecimento sobre frutos do mar estragados é impressionante. Por favor, não me faça chamar os seguranças.

Com um suspiro exasperado, a mulher se voltou e saiu.

Sem pensar duas vezes, Gabi foi até a geladeira e encontrou uma garrafa de champanhe gelando. Pegou uma toalha no balcão e começou a tirar a rolha. Havia caixas de taças ao lado de um dos balcões. Ela pegou duas e as encheu.

Entregou uma para o chef restante.

— Qual é seu nome? — perguntou.

— Hector — disse ele, enxugando as mãos no avental e pegando a taça borbulhante.

— Você está fazendo um excelente trabalho, Hector — disse Gabi, dando uma piscadinha e levando o champanhe aos lábios.

Era saboroso, maravilhoso. Impecável.

Ela esvaziou a taça e se serviu de mais uma antes de sair da cozinha.

Andrew a seguia um passo atrás enquanto ela voltava para o mundo de Hunter Blackwell.

11

ELE ABAIXOU A MÃO COM toda a força, fazendo o notebook pular, assim como a Glock 40 carregada ao lado.

— Como assim, não posso mexer no meu dinheiro?

— Desculpe, *señor* Diaz, as senhas mudaram e não conseguimos entrar. Estou com mais um homem trabalhando nisso.

Diaz tamborilou o dedo no cabo da arma, considerando seriamente atirar no mensageiro. Ele odiava aquele magricela com a cabeça cheia de cocaína que estava à sua frente, mas Raul sabia mais de computadores que o restante de seus homens.

— Quem mudou a senha?

— Não sei. Só eu e o senhor temos acesso à conta.

Diaz contornou o gatilho, olhando para Raul com raiva. Levantou a arma, e Raul teve o bom senso de dar um passo para trás, com as mãos para cima.

— Eu não fiz isso. Por que procuraria o senhor se tivesse feito?

Raul teria fugido no meio da noite se houvesse comprometido o dinheiro de Diaz, mas ver o homem fritar alguns neurônios tentando argumentar para escapar da morte era divertido.

— O Picano está morto. Se quiser evitar o mesmo destino, tenha uma resposta para mim em vinte e quatro horas.

— Mas...

Diaz puxou o cão da arma, engatilhando-a.

— Vinte e quatro horas. Quero uma resposta em vinte e quatro horas.

Em seguida agitou o revólver, dispensando o homem.

O denso calor colombiano fazia o suor escorrer pelas costas de Diaz. Ele levou a bebida aos lábios, sorvendo-a num gole só. Puxou o computador para perto e clicou em outra conta. Quando apareceu o aviso "Acesso negado. Senha incorreta", apertou os dentes e tentou de novo, devagar.

Acesso negado!

Sem pensar duas vezes, descarregou a arma no computador.

O garçom que se aproximava com outra bebida gritou e deixou cair a bandeja, paralisado de medo.

Diaz empurrou a cadeira para trás, derrubando-a.

— Limpe isso aí — esbravejou, antes de voltar para o conforto de seu refúgio com ar-condicionado, nas profundezas da selva colombiana.

Gabi saiu da cozinha com um sorriso. O'Riley a interceptou no caminho, e os dois ficaram conversando. Quando ela inclinou a taça de champanhe nos lábios, Hunter se deu conta de que era a primeira vez que a via beber algo diferente de café, chá ou água. A lembrança da troca de taças no momento em que chegaram o fez questionar por quê.

Ela tinha problemas com bebida? Pelo que ele sabia, quem não bebia na idade dela não era capaz de fazê-lo sem problemas.

O'Riley disse algo que a fez rir, e Hunter sentiu uma pontada inesperada de ciúme.

Pediu licença e abriu caminho até Gabi.

— É mesmo? — ouviu Gabi dizer a O'Riley.

— É o quê? — Hunter perguntou, deslizando a mão possessiva pelas costas do vestido de Gabi e deixando-a descansar em seu quadril.

Ela tentou se afastar, mas Hunter manteve os dedos firmes e não a soltou.

— O Travis estava me dizendo que sua ausência no escritório de Nova York faz seus funcionários pularem sempre que te veem.

— Bem, *Travis* — disse Hunter, enfatizando o nome do outro e irritado por Gabi o usar. — Nunca te vi pulando.

— Mas eu pulo. Só disfarço melhor que a maioria.

Travis sabia que flertar com a esposa de Hunter resultaria em mais que um pulo. Pularia para a fila de desemprego se não tomasse cuidado.

— Vou lembrar de observar, *sr. O'Riley*.

Travis ergueu a sobrancelha e seu sorriso desapareceu.

Hunter se aproximou e sussurrou no ouvido de Gabi.

— Eu gostaria de fazer um brinde.

— Se nos der licença, Travis — disse Gabi, enquanto Hunter a afastava.

— Que falta de delicadeza — ela disse só para ele ouvir.

— Flertar com um funcionário meu não é uma atitude inteligente.

Ela riu.

— Conversar e flertar são coisas muito diferentes, Hunter.

Gabi passou por um garçom e sussurrou:

— O sr. Blackwell vai fazer um brinde. Tenha champanhe disponível para todos os convidados.

— Sim, sra. Blackwell.

Hunter a guiou até onde o pianista tocava e a observou fazer um sinal para que parasse de tocar. Em seguida notou que todos os garçons haviam trocado as bandejas de comida por outras repletas de espumante. Embora ele não conhecesse a habilidade de Gabi para ser a anfitriã perfeita, obviamente ela sabia conduzir um evento social.

Um garçom parou diante deles e, em vez de escolher uma taça para sua esposa, Hunter deixou que ela escolhesse primeiro. Ela pegou duas taças e lhe entregou uma.

Não demorou muito para que os murmúrios da multidão diminuíssem e a atenção dos convidados recaísse sobre ele.

Quando Gabi recuou para deixar o foco em Hunter, ele estendeu a mão para mantê-la a seu lado.

Ela sorriu e olhou ao redor da sala.

— Obrigado a todos por terem vindo tão em cima da hora — começou Hunter. — Agora que puderam conhecer a minha linda esposa, tenho certeza de que compreendem minha necessidade de mantê-la longe de quase todos aqui, até que eu conseguisse convencê-la a aceitar o meu pedido.

Houve risos baixinhos e mais anuências do que ele gostaria.

— Espero que a aceitem como se fosse a mim.

Ele se voltou, fazendo questão de olhá-la nos olhos durante as próximas palavras.

— A Gabriella Blackwell, que aceitou o desafio de me fazer um homem melhor.

Ela deu um sorriso travesso.

— Não acredito que essas palavras faziam parte dos nossos votos.

Quem a ouviu riu.

— A Gabi.

Ele ergueu a taça, bateu-a contra a dela e bebeu.

Ela ainda estava sorrindo quando ele tomou a taça de sua mão e a deixou sobre o piano de cauda.

Em questão de segundos, ouviu-se o tilintar de taças em todo o salão.

Gabi baixou o olhar, mas manteve o sorriso nos lábios quando Hunter se aproximou. Ele pousou a mão no rosto dela e fitou as profundezas de seus olhos escuros. Neles, viu aceitação em vez de medo, e baixou os lábios.

Ao contrário do primeiro beijo que trocaram, na esquina de uma rua qualquer, com o propósito de serem vistos, esse outro, embora tivesse a mesma finalidade, foi mais delicado. Ela abriu os lábios, convidando-o, e — meu Deus — ele sentiu um imenso desejo de explorá-la.

Ela gemeu quando ele se afastou e fez o inesperado. Puxou-o pela lapela e forçou um segundo beijo, provocando risos naqueles que os observavam. Foi um beijo breve, e, quando ela se afastou, passou o dedo sobre os lábios dele, removendo a evidência de sua presença.

Ele a olhou nos olhos, e por um breve momento nenhum dos dois piscou. Alguma coisa, ele não sabia bem o que era, havia mudado dentro dela. Ela ergueu os lábios em um sorriso suave e verdadeiro.

Hunter perdeu o fôlego, sentindo-se empalidecer, e Gabi pousou a mão em seu braço.

— Sra. Blackwell — um dos garçons disse quando os convidados retomaram as conversas.

Ela se voltou, aproximando-se para ouvir o que o garçom queria lhe dizer.

— Sim?

— Temos um pequeno problema na cozinha.

Ela assentiu com a cabeça.

— Já volto — disse a Hunter.

— Tudo bem. — Ele aproveitaria esse minuto sozinho para organizar os pensamentos.

Então observou sua esposa — sua esposa *temporária*, relembrou a si mesmo — se afastar, e Andrew tomar o lugar dela a seu lado.

— Não sei bem o que eu esperava — o velho homem disse num sussurro —, mas não era ela.

Hunter estava alheio e exausto.

Não dissera uma palavra nem dera a mão a Gabi desde que ela o puxara para aquele beijo inesperado.

Aos poucos os convidados foram embora, até que só restaram Tiffany e alguns seletos funcionários do escritório de Hunter em Los Angeles.

Gabi circulava por ali, dando instruções à equipe que limpava e arrumava tudo. Devagar, a cozinha foi voltando a ser a de um apartamento de um homem solteiro.

Gabi saiu da cozinha a tempo de ver quando o último hóspede de Hunter se despediu.

— Vou voltar na terça-feira — ele disse à secretária —, mas viajo de novo na quarta.

Tiffany fez um gesto com a mão. Seus olhos brilhavam por causa do champanhe.

— Tudo sob controle.

Hunter a observou melhor.

— Alguém vai te levar para casa?

Ela agitou o dedo no ar.

— Tudo sob controle também — disse e riu, o que pareceu surpreender Hunter.

Ela olhou por cima do ombro e sorriu para Gabi.

— Boa sorte.

Levemente embriagada, a secretária cambaleou sobre os saltos de cinco centímetros e saiu.

Tudo bem, talvez levemente fosse um eufemismo.

Quando a porta se fechou, Gabi chamou:

— Andrew?

— Sim, sra. Blackwell?

— Por favor, confira se alguém vai levar a Tiffany para casa.

— Vou avisar a portaria.

— Obrigada.

Ela foi andando e tirando os sapatos. Não eram onze horas ainda, mas a noite havia dado uma surra em seus pés. Com os sapatos na mão, ergueu um pouco o vestido e se dirigiu ao sofá de couro.

Largou os sapatos e foi até o que havia restado do bar.

— Marilyn, é isso?

— Sim, senhora.

— Obrigada. Você esteve ótima esta noite.

Se havia uma coisa que ser irmã de um bem-sucedido dono de hotel lhe havia ensinado, era a agradecer a todos os funcionários eficientes.

— Foi um prazer.

Gabi se despediu e se serviu de uma taça de champanhe. Estivera contida a maior parte da noite e ansiava por relaxar.

De soslaio, notou que Hunter tirava o paletó e puxava a gravata.

Hector e os demais saíram da cozinha.

— Está tudo arrumado — disse o chef.

— Você é casado? — Gabi perguntou, observando o dedo anelar do homem.

— Sou.

Gabi se voltou para as garrafas de champanhe restantes, pegou uma das muitas dúzias de rosas e entregou as duas coisas ao chef.

— Para sua esposa. Obrigada por garantir que os nossos convidados não passassem mal.

Hector abriu um sorriso luminoso, olhou para além dela e logo voltou a encará-la.

— Obrigado, sra. Blackwell. Por favor, nos ligue sempre que precisar de bufê.

— Obrigada. Farei isso.

Quando o último funcionário partiu e restavam apenas Andrew e Hunter, Gabi desabou no sofá.

— Já levaram a srta. Tiffany para casa. O carro dela está na garagem — anunciou Andrew. — Se não precisarem mais de mim, vou me retirar.

Gabi olhou para seu marido distante.

— Boa noite — disse Hunter.

— Obrigada, Andrew — disse Gabi.

Com um leve aceno de cabeça, Andrew deu um sorriso e saiu da sala.

Hunter foi para trás do bar e se serviu de algo mais forte que champanhe.

Sem dizer nada, ficou parado ao lado da enorme janela, com vista para LA. Seu corpo irradiava tensão.

— Você vai me dizer o que eu fiz de errado, ou vai ficar de cara feia a noite toda?

Em vez de responder, ele bebeu um longo gole e continuou olhando pela janela.

— Todo mundo te adorou — ele disse a seguir.

Ela baixou o copo no colo.

— Não era esse o objetivo da noite? Me apresentar, fazer com que os seus colegas me aceitassem?

Ele sorveu a bebida de um gole. Isso não era um bom sinal.

Ela deixou de lado a taça ainda cheia e se levantou.

— Vou chamar um táxi para me levar para casa.

— Não! — ele disse bruscamente.

Ela se sobressaltou.

— Nós acabamos de te anunciar como minha esposa. Você não pode ir embora esta noite.

Gabi sentiu como se as frias paredes daquele espaço moderno começassem a se fechar. Hunter deve ter percebido seu tom, pois recuou.

— Meu Deus, Gabriella, eu não vou te atacar. Pode sentar tranquila.

O sofá era uma opção melhor que cair no chão.

— Eu tenho quarto de hóspedes — ele disse. — Você pode dormir lá. Amanhã partimos para passar o fim de semana fora.

O coração e a respiração de Gabi se aceleraram.

— Fora? — Ela se levantou de novo, sentindo a cabeça girar.

— Um fim de semana. Uma lua de mel. Precisamos...

Ela sabia que Hunter ainda estava falando, mas sua cabeça estava em um tempo completamente diferente, em um lugar distante.

— Um fim de semana longe... Preciso compensar o tempo que estive fora — Alonzo disse ao lado dela, com um sorriso genuíno. — Quero me reaproximar da minha noiva.

Ela o beijou, ciente de que ninguém do pessoal dele estava por perto e ele não se incomodaria.

Então sentiu um frio no estômago e uma onda muito familiar. Quente... carente.

— Mais... Por favor.

Gabi sentiu a picada na pele. Sentiu a droga a dominar e desabou no chão.

Hunter largou o copo que tinha na mão, pulou a mesa e ainda conseguiu pegar Gabi antes que ela caísse.

— Gabi?

Ela tinha desmaiado. Os olhos estavam brancos, o rosto, pálido.

— Andrew!

Ele a levou até o sofá, sustentando sua cabeça com cuidado.

— Andrew! — gritou.

Ainda meio vestido, o homem correu para a sala.

— O que aconteceu?

— Traga uma toalha!

Andrew correu para atender ao pedido de Hunter.

Ele era um cretino mesmo. Conseguira assustá-la, mesmo com poucas palavras. Aquela mulher forte que ele vira andar pela sala a noite toda não podia ser a mesma que estava desmaiada em seus braços naquele momento.

Hunter se sentia péssimo.

Andrew passou a toalha úmida para Hunter, que a correu pela testa de Gabi.

— Vamos, acorde.

Ambos pairavam sobre ela.

Andrew começou a se inquietar.

— Devo ligar para a ambulância?

Hunter apoiou os dedos na garganta de Gabi, sentiu a pulsação estável, embora acelerada, e negou com a cabeça.

— Gabi? Acorde.

Ele inclinou a cabeça perto de Gabi, sentiu a respiração dela em seu rosto.

— Por favor.

Ele já ia dizer a Andrew para ligar quando ela começou a se mexer.

Hunter apoiou a testa na dela. Toda a energia que ele colocara em sua raiva desapareceu.

Ela abriu os olhos, mas seu olhar vazio indicou que ainda estava perdida.

No momento em que viu o medo em seu olhar, Hunter recuou, mas manteve as mãos nos ombros de Gabi para evitar que ela tivesse um sobressalto.

— Você está bem?

Gabi respirou fundo, olhou para Andrew e pestanejou.

— O que aconteceu?

— Você desmaiou.

Seu lábio inferior começou a tremer; ela continuou olhando para os dois, como se não soubesse o que tinha acontecido.

— Pode me arrumar um copo d'água? — pediu, com a voz trêmula.

Andrew não hesitou.

Hunter acariciava suavemente seus ombros nus, esperando que ela recuperasse a cor. Quando Andrew voltou, Hunter a ajudou a se sentar. Ela pegou a água e bebeu de olhos fechados.

— Obrigada — disse.

— Deseja mais alguma coisa, sra. Blackwell?

— Não, Andrew. Desculpe. Eu não queria incomodar.

Hunter ignorou o olhar de preocupação no rosto de Andrew quando o mordomo se retirou.

Gabi deixou o copo de lado e tentou sorrir.

— Tem certeza de que está tudo bem? — Hunter perguntou.

Ela balançou a cabeça.

— Não. Não está. — Gabi se afastou, e ele deslizou a mão pelo ombro dela. — Eu não vou a lugar nenhum com você, Hunter. Pelo menos, não ainda.

Tudo isso porque ela tinha medo de ficar sozinha com ele?

— Eu te dei a minha palavra de que não te faria mal algum.

— Eu quero acreditar em você.

— Então acredite.

— Não é tão simples assim. Minha cabeça diz que o raio não cai duas vezes no mesmo lugar, mas ninguém garante.

Ela estava tremendo novamente, e Hunter sentiu um forte desejo de puxá-la para seus braços.

— Do que você está falando? O que ele fez com você?

A dúvida tomava o rosto de Gabi.

— Eu não posso... Desculpe.

— Pare de pedir desculpa, Gabi. Estamos nessa pelo próximo ano e meio. Como vou saber o que não dizer se você não me contar o que aconteceu?

As palavras estavam ali, pairando entre eles. Com seus olhos escuros, Gabi buscou os dele.

— Por que você precisava se casar?

Então seria assim. Toma lá, dá cá. Ele ofereceu algumas migalhas.

— Meu irmão reapareceu.

Confusa, ela ergueu a sobrancelha.

— Meu irmão gêmeo. Parece que ele está se passando por mim. — *De novo...*

— Então, eu sou um álibi?

Hunter balançou a cabeça; não queria dar mais informações sem algumas respostas da parte dela.

— O que ele fez com você, Gabi?

Ela fez uma pausa e engoliu em seco.

— Ele me usou. Acabou com a minha dignidade.

Não satisfeito com a resposta ambígua, ele perguntou:

— Como?

— Ele fingiu que me amava e usou a ilha do meu irmão para traficar drogas.

O rosto de Gabi perdeu a cor novamente.

— E te machucou fisicamente — ele afirmou.

Ela assentiu com a cabeça e desviou o olhar. Havia mais, mas ele não a pressionou a contar.

Em vez disso, arriscou e segurou as mãos dela.

— Eu não sou ele, Gabi — disse. — Sem dúvida estou te usando, mas você tem conhecimento disso, e no fim vamos estar usando um ao outro. Eu também não confio facilmente nos outros. Meu irmão é apenas uma parte do motivo pelo qual eu precisava me casar.

— Que mais?

Foi a vez de Hunter desviar a conversa.

— Está pronta para me contar toda a história do seu falecido marido? — ele perguntou.

Ela estremeceu.

Era o que ele tinha pensado.

— Nós dois temos os nossos segredos. Talvez, com o tempo, a gente possa compartilhar, mas por enquanto eu preciso que você acredite que não vou te machucar. E não vou deixar que ninguém te machuque.

— Ainda assim, não posso viajar com você.

Ele tentou pensar rápido.

— E se você escolher o lugar? Preciso que o mundo saiba que estamos casados. Se não viajarmos por alguns dias, as pessoas podem desconfiar.

Ela olhou para o teto, como se as respostas estivessem ali.

— Eu não volto para a casa onde eu morava desde... — ela lutou para pronunciar as palavras — desde a morte do Alonzo.

— Na ilha do seu irmão?

— Sim.

— Você quer que eu vá para o território do seu irmão? O cara ameaçou me matar!

Pela primeira vez desde que desmaiara, Gabi abriu um leve sorriso.

Hunter sentiu o sangue se aquecer.

— Só se você me machucar. E, como você não vai fazer isso, não precisa se preocupar — disse ela.

Ele ainda estava segurando as mãos de Gabi quando ela as apertou.

— Flórida Keys?

Ela assentiu com a cabeça.

Até que não seria tão ruim...

— Tudo bem.

12

SOBREVOANDO ALGUM LUGAR DO TEXAS e desfrutando de seu segundo drinque — de jeito nenhum ele iria para Keys completamente sóbrio —, Hunter esticou as pernas e interrompeu Gabi, que folheava um livro.

— Estou subindo no seu conceito — disse ele, como se estivessem no meio de uma conversa.

Ela ergueu os olhos, mas não a cabeça, e logo os voltou ao livro.

— Não exagera.

— Você não pede para eu me jogar debaixo de um ônibus há pelo menos vinte e quatro horas.

O esboço de um sorriso surgiu nos lábios dela, mas rapidamente desapareceu.

— Não posso desejar que o seu piloto mergulhe na terra quando estou no avião, não é?

— Você não envenenou meu café da manhã — acrescentou Hunter.

Quando saíra do banho de manhã, Hunter sentira cheiro de comida saindo de sua cozinha. Considerando que nem ele nem Andrew eram capazes de fritar um ovo, foi incrível encontrar Gabi fazendo panquecas de aveia e ovos mexidos para os três.

Ela virou uma página.

— Eu gosto do Andrew. É um bom homem. Não sei que crime ele cometeu para trabalhar para você.

— Estou subindo no seu conceito — ele declarou de novo.

Ela grunhiu e continuou lendo.

— Você me beijou.

Ela baixou as mãos que seguravam o livro e lhe deu toda a atenção.

— Seu ego é monstruoso.

Ele deu de ombros.

— É verdade, mas você me beijou de bom grado.

— Foi o champanhe — disse ela, pegando o livro de volta e se ajeitando na poltrona.

— Você bebeu uma taça a noite inteira.

— Seus convidados esperavam aquilo, e eu atendi. Baixe a bola, Hunter. Na ilha do meu irmão, ninguém espera nada de nós.

Gabi explicara a Hunter que o resort Sapore di Amore primava pela privacidade de seus hóspedes. Não eram permitidos celulares, embora Hunter não tivesse a mínima intenção de desligar o seu. A ilha era a Vegas de Keys. O que acontecia no resort ficava no resort. A exclusividade e a seleção da lista de hóspedes garantiam privacidade para que playboys e esposas endinheiradas tivessem suas transas secretamente. De acordo com Gabi, cerca de metade dos hóspedes estavam lá com seus amantes, e a outra metade simplesmente queria privacidade. Na ilha inteira os paparazzi não tinham vez, e as celebridades podiam evitar os fãs que tanto os incomodavam, querendo fotos a cada segundo.

— E eu bebi duas taças.

A declaração de Gabi trouxe Hunter de volta à conversa.

Ele pensou na estranha reação dela quando lhe entregara o champanhe e teve de perguntar:

— Por que você trocou as taças?

Os músculos dos braços dela se retesaram.

— Não sei do que você está falando.

— Sabe sim.

Ela não respondeu. Em vez disso, fez uma pergunta:

— Por que você odeia o seu irmão?

— Eu não odeio o Noah.

— O nome dele é Noah? Noah e Hunter... Interessante.

O nome deles sempre foi o paradoxo da vida de Hunter.

— Por que você trocou as taças, Gabi?

Ela mergulhou a cabeça em seu livro, hesitante.

— Ele colocava drogas no meu vinho.

Que diabos! Ela não precisava explicar quem era esse *ele*.

— Isso é doentio — disse Hunter.

Ela virou a página muito rapidamente.

— Isso é um insulto às pessoas doentes. Ele sabia o que estava fazendo. — Ela murmurou alguma coisa em italiano e sacudiu a cabeça.

Mais um passo à frente, pensou Hunter. Ele fizera uma pergunta direta e ganhara uma resposta em troca. Talvez conseguissem ficar juntos um ano e meio, afinal.

Ela virou a página.

— Me lembre de te mostrar de que penhasco pular na ilha — disse ela.

Foi a vez dele de sorrir.

— Águas infestadas de tubarões?

Ela sorriu e deu de ombros.

— Nunca se sabe.

Gabi só estivera na ilha para o casamento de Val e Meg. Não tinha estômago para mais que isso. Sua terapeuta lhe havia dito que era completamente normal associar a ilha ao homem que a traíra. A maior parte do tempo que Gabi e Alonzo passaram juntos fora no resort.

Na última visita que Gabi fizera ao hotel, ela pedira para ficar em um bangalô. Não estava disposta a entrar nos aposentos que chamava de seus e que compartilhara com Alonzo.

Era horrível o fato de Alonzo ter tirado dela o seu lar. O lugar seguro, ao qual ela deveria se sentir livre para voltar, fora destruído por um homem que agora estava morto. Mas talvez, só talvez, dessa vez fosse diferente.

Quando o piloto de Hunter voltou para a cabine e pediu para tomarem seus assentos e se prepararem para pousar, Gabi sentiu as mãos suarem.

Hunter deixou o enorme e luxuoso sofá onde descansara a maior parte do voo e se sentou na poltrona ao lado dela. Pegou a mão de Gabi e a apertou. Por mais que ela quisesse se soltar, não conseguia. E, por alguma razão, foi invadida por uma onda de emoção.

— Quando foi a última vez que você esteve aqui? — ele perguntou.

— No começo da primavera. Quando meu irmão se casou.

Ele olhou para o mar abaixo.

— Você passou muito tempo aqui com *ele*, não foi?

Ela acenou com a cabeça, sentindo as palavras presas na garganta.

Hunter ficou sozinho com seus pensamentos por um momento.

— Você acredita em fantasmas?

— Tudo é possível — ela respondeu.

O avião começou a descer e os tímpanos de Gabi estalaram. Será que o espírito de Alonzo vagava na ilha, com as lembranças dela?

— Gabriella, eu gosto de ter o controle da minha vida, mas, se precisar que eu faça qualquer coisa por você aqui nesta ilha, saiba que pode contar comigo.

Ela sabia que uma declaração como essa era coisa rara nele e apertou sua mão.

— Contanto que não seja para mergulhar do penhasco... — ele brincou, e ela não pôde deixar de rir.

— Você falou *qualquer coisa.*

— Talvez eu faça você provar toda a minha comida antes de eu comer — disse Hunter.

— Será um prazer. O chef do Val é excelente.

— Estou ansioso. Nem sei dizer quando foi a última vez que tirei férias.

— Ocupado demais movimentando seu dinheiro pelo tabuleiro do Banco Imobiliário?

— Está mais para Risco do que para Banco Imobiliário.

A comissária pessoal de Hunter caminhou em sua direção.

— Estamos prontos para pousar, sr. Blackwell.

O avião chacoalhou um pouco e logo deslizou pelo pavimento. A distração de Hunter acabara com a ansiedade que a dominava desde que haviam decolado.

Ela se levantou e passou a palma das mãos na calça, desamassando-a.

Hunter esperou pacientemente. Ela pegou sua bolsa, sabendo que os comissários lhe entregariam a bagagem.

O comissário de bordo abriu a porta, deixando entrar uma onda de calor úmido do Caribe, e o piloto saiu da cabine.

— Espero que o voo tenha sido agradável — disse.

— Foi perfeito — Gabi respondeu.

Hunter levantou a mão.

— Esteja a postos se eu precisar dos seus serviços.

O piloto acenou com a cabeça e recuou, enquanto Gabi e Hunter saíam do avião. Na maioria dos dias, Keys tinha céus nublados, era quente, com chuvas ocasionais. Mas esse dia estava agradavelmente claro, dando ao ar um pouco menos de umidade do que Gabi esperava.

Hunter hesitou na porta, fingindo observar algo ali fora.

— Acho que ninguém está carregando um rifle.

Gabi pegou a mão dele e o arrastou para fora de seu mundo e para dentro do dela.

Val estava entre sua mãe e Meg, bem aprumado, vestindo um terno impecável. Meg acenou com entusiasmo, enquanto o vestidinho de verão esvoaçava e os cachos loiros e curtos escapavam da presilha que mal os prendia.

A mãe de Gabi olhou primeiro para Hunter, com olhos atentos, que pareceram ir lentamente dele para a filha. Em seguida seus olhos apertados se abriram e ela sorriu.

Gabi soltou a mão de Hunter e correu para sua mãe, de braços abertos.

— Que saudade — disse Gabi em italiano.

— Você está muito magra — sua mãe observou.

Val estava ao lado, sem tirar os olhos de Hunter, enquanto Meg se aproximava para o abraço seguinte.

— Ei, você!

— Veja só esse bronzeado. Você está linda!

— Boa comida, bom se...

A mãe de Gabi estalou a língua antes de Meg terminar de pronunciar a palavra "seco", e as duas começaram a rir.

— Bom serviço, Simona. Bom serviço!

— Pare de ir àquele médico e de tomar aquelas pílulas cor-de-rosa, e então você pode falar da sua vida sexual.

Gabi se perguntou se Hunter estava entendendo alguma coisa. Ela se voltou e o encontrou travando um duelo de olhares com seu irmão. Gabi os interrompeu, entrando na linha de visão dos dois.

— Não tem um beijo para a sua irmã?

Val pestanejou e sua expressão se suavizou.

— Estou feliz por você ter vindo, mesmo acompanhada desse canalha — disse em italiano.

— Ele não é tão ruim assim — ela se viu defendendo-o em sua língua materna.

Val resmungou.

— Bem-vindo ao Sapore di Amore, sr. Blackwell — Meg disse depressa, tentando ser agradável.

— Hunter, esta é a minha mãe, Simona Masini — disse Gabi.

— Parece que já nos conhecemos por telefone.

Telefone? O quê?

— Vocês já se falaram? — ela perguntou.

Hunter deu um sorriso.

— Chegamos a um entendimento.

Ela tentou atrair a atenção de sua mãe, mas não conseguiu.

— Vejo de quem a Gabi puxou esses olhos pensativos — disse Hunter.

Qualquer outro homem poderia mencionar a beleza, a elegância, mas não. Hunter mencionou os olhos. Era o único traço que ela e a mãe compartilhavam, sem sombra de dúvida.

Val entrou em cena, obviamente incomodado.

— Tenho certeza de que minha irmã o informou sobre as regras da ilha — disse, erguendo a palma da mão. — Seu celular, Blackwell.

Gabi não sabia como as coisas transcorreriam. Dois machos alfa no mesmo espaço era demais.

— Estou aqui pela Gabi — disse Hunter. — Só por isso.

Val manteve a mão estendida.

Gabi se voltou para seu marido temporário.

— A confiança precisa ser conquistada. Por favor.

Hunter parou de encarar Val, pegou o celular no bolso interno do paletó e o entregou.

— Se a Tiffany ou a Bridget entrarem em contato, preciso saber.

Meg bufou.

— São as secretárias dele — Gabi se viu defendendo-o pela segunda vez.

Isso pareceu aliviar a postura de Meg.

— Tudo bem.

Val guardou o celular no bolso e olhou para o avião.

— Imagino que providenciou a estada do seu piloto e da sua equipe em Miami.

— Sim — disse Hunter, já mais próximo —, mas gostaria que considerasse a possibilidade de eles ficarem aqui.

— Isso está fora de cogitação — foi a resposta, curta e grossa de Val.

Gabi sentia o jogo de poder, mas não pôde deixar de questionar as intenções de Hunter.

Ele endireitou os ombros e qualquer sinal de diversão abandonou seus lábios.

A atitude revelava poder, razão pela qual muitos homens se acovardavam em sua presença.

— Os fantasmas do passado da sua irmã estão aqui, sr. Masini. Se a qualquer momento durante nossa estada ela precisar partir, vou ajudá-la imediatamente. Creio que nós dois concordamos que ter meu piloto e meu avião à disposição aceleraria as coisas.

Val não esperava essa resposta.

Passou por sua cabeça empurrar Hunter do precipício, que, na verdade, não abrigava tubarões.

Val se manteve firme.

— Vou deixar meu helicóptero e o piloto aqui de sobreaviso.

Hunter acenou de leve com a cabeça.

— Vou dispensar meu pessoal, então.

Houve um suspiro.

— Espero que goste de massa, sr. Blackwell — disse a mãe de Gabi enquanto os conduzia para longe da pista de pouso da ilha.

— Por favor, pode me chamar de Hunter.

— Ainda estamos muito longe de nos tratar informalmente — disse a mãe de Gabi, abanando a mão.

13

A CABEÇA DE HUNTER ESTAVA afundando nas profundezas escuras do inferno.

Valentino o odiava. Seu olhar sombrio e atento e seu tom rude não precisavam de definição.

Margaret, ou Meg, como Gabi se referia à sua cunhada, era quase impossível de interpretar. A julgar por suas palavras e seu olhar atento, Hunter sabia que ela ficaria feliz em vê-lo partir.

E a mãe de Gabi, melhor esquecer. A mulher lhe dissera repetidamente que ele não era bom o bastante para sua filha. *Você não fala italiano. Qual é o seu problema? Por que tanto esforço para se casar com a minha filha se nem conhece a língua dela? Pode me chamar de sra. Masini. Tratamento informal é para amigos e família, e por enquanto você não é nem um, nem outro.*

A cabeça de Hunter estava inundada com os insultos da mulher.

Por um breve instante, ele quisera lhe recordar seu patrimônio líquido, mas sabia que ela não estava nem aí para seu saldo bancário.

Gabi. Ela só se preocupava com Gabi.

A estranha reviravolta foi da própria Gabi. Ela deixava sua família acertar alguns socos verbais e, sem negar ou concordar, ouvia e mudava o rumo da conversa. Talvez ele conseguisse comer enquanto estivesse na ilha, afinal.

Gabi e Hunter se acomodaram no bangalô de hóspedes especiais, ao lado da residência principal de Val. Ela havia sugerido que tivessem seu próprio espaço. A princípio, Hunter pensou que talvez ela o estivesse protegendo de um interrogatório por parte da família dela, mas depois se deu conta de que ela não queria ocupar o quarto que havia compartilhado com o ex.

Ele mal notou a vista para o mar antes de entrar no bangalô e começar a arrumar suas coisas dentro do banheiro que dividiria com a esposa.

Hesitou ao ligar o barbeador elétrico.

Esposa.

Como conseguira passar pela vida sem uma dessas?

Com um suspiro, balançou a cabeça, viu além do título e recordou o que Gabi era: uma aquisição para atender às suas necessidades, por um curto período de tempo.

Cabelos escuros e sensuais, olhos expressivos que mostravam mais emoção do que ela imaginava ser possível, inteligência e coragem que ele não esperava encontrar, um corpo que ele cobiçava mais que qualquer verso bíblico que já tivesse lido.

Uma aquisição, recordou a si mesmo. Temporária.

— Desculpe interromper.

Gabi estava do outro lado da porta do banheiro com um par de sapatos de salto nas mãos.

— O jantar é às seis. Vai querer tomar banho primeiro?

Traduzindo: "Eu quero tomar banho e você está no banheiro".

— Pode tomar.

Os olhos dela refletiram um sorriso genuíno.

— O jantar é casual. Você trouxe roupa casual, certo?

— Isto aqui é uma ilha tropical. Eu não trouxe uma mala cheia de ternos.

Aqueles seus olhos escuros o seguiram quando ele saiu do banheiro e ela fechou a porta.

Quando ela abriu o chuveiro, ele imaginou sua esposa nua.

Gabi...

Sim, seria melhor pensar em outra coisa.

Enfiou a mão no bolso lateral do paletó e deu um tapinha nos bolsos dos fundos. Ah, sim. Seu celular estava em um cofre do hotel, ou melhor, nas mãos do irmão de Gabi, que devia estar procurando seus contatos, talvez lendo suas mensagens.

Tamborilou os dedos na coxa.

Lembrou que seu telefone tinha senha.

Difícil bisbilhotar tendo senha.

Ou não?

Hunter ouviu quando a água do chuveiro parou de cair, e seu pensamento correu de celulares para o corpo de Gabi.

Eles tinham quatro noites na ilha. Quatro.

Hunter já havia estado em ambientes mais hostis que esse. Quatro dias não era tanto tempo assim.

— O banheiro é seu — Gabi gritou do outro lado do bangalô.

Ela havia ficado com o maior dos dois quartos. O banheiro tinha duas portas: uma para o quarto que ela ocupava e outra para o restante da suíte.

Ele entrou no banheiro. O vapor se colava em sua pele, assim como o perfume do sabonete floral que Gabi havia usado.

A porta do quarto dela estava aberta, e ele a viu enrolada em uma grande toalha de banho, andando pela suíte.

Ombros e joelhos nus não deveriam fazer cada músculo de Hunter se retesar, mas foi exatamente isso que aconteceu.

Sentindo-se um pervertido espionando, fechou silenciosamente a porta e se despiu.

Banho frio e clima quente.

Quatro dias, recordou. Não podia ser tão difícil.

Que inferno. Quatro dias?

Ela saiu de seu quarto com um vestido simples de seda, de alcinhas, que dançava sobre suas curvas e as tornava quase imperceptíveis. Mas não eram.

O cabelo de Gabi estava displicentemente preso no topo da cabeça; ele sabia que muitas mulheres pagavam cerca de duzentos dólares para um penteado desses. A maquiagem era discreta: um leve brilho nos lábios, um pequeno toque nos olhos, e ela não precisava de mais nada.

— Estou com o rosto sujo? — ela perguntou quando percebeu que ele a observava.

Ele pensou em desviar o olhar embasbacado, mas decidiu não fazê-lo.

— Você está linda.

Ela deixou cair a mão que levara ao rosto para limpar a sujeira fictícia e corou.

Antes que pudesse dizer alguma coisa, ele acrescentou:

— Esta ilha já te fez relaxar, e estamos aqui há apenas duas horas.

Ela olhou para o chão e para as enormes portas de vidro que desapareciam quando abertas.

— É difícil ver essa paisagem e não sentir o coração acalmar.

Já quanto ao coração dele...

Hunter enfiou a mão no bolso da calça de linho, deu um passo na direção dela e lhe ofereceu o braço.

Em vez de aceitá-lo, ela levantou os olhos escuros para Hunter.

— Não precisamos fingir afeto aqui — recordou.

Ai, essa doeu.

— Você não pode me dar uma facada nas costas estando do meu lado — ele disse. — E neste momento você é a única pessoa nesta ilha que me sugere pular de um penhasco.

Um suave sorriso começou a erguer os lábios de Gabi.

— E isso é o bastante para você ter certeza de que ninguém vai te empurrar de lá?

Ele estremeceu.

— Vou ficar longe das beiradas.

Ele ofereceu o braço para ela novamente, e dessa vez ela o aceitou.

— Gostei dele — Simona declarou.

Meg estava ao lado da sogra, observando os recém-casados, enquanto Gabi apresentava Hunter a um dos chefs, que os interceptara quando entraram no salão de jantar.

— Como assim, gostou dele? Você acabou de conhecê-lo — disse Meg.

— Primeiras impressões são importantes. A Gabriella saiu do avião sorrindo, coisa que não vejo há muito tempo.

— Pode ser que não tenha nada a ver com o Hunter. O Val não suporta esse cara.

Simona bufou.

Nenhuma das duas expressou o que ambas sabiam. Afinal, Val gostava de Alonzo, coisa que ainda o assombrava.

O casal deixou o chef e foi até elas.

Meg olhou ao redor, se perguntando por que Val se atrasara. Ele estava a caminho do salão de jantar quando ela concordara em acompanhar Simona.

O restaurante principal do resort era uma exuberância de arranjos florais tropicais e linho branco. Vários hóspedes acabavam de comer, ao passo que outros chegavam para jantar.

Meg e Val às vezes almoçavam ou jantavam ali. Simona insistia em torturar — ou ensinar, como costumava dizer — Meg a cozinhar.

Se havia uma coisa que Meg não era capaz de fazer, era cozinhar. Conseguia fazer macarrão, por medo de morrer prematuramente pelas mãos da sogra, que nunca descansava da tarefa de capacitar Meg a preparar uma típica comida italiana.

A única coisa boa na educação forçada se reduzia à garrafa de vinho que ela secava em cada nova aula de massas.

Gabi deu um beijo em sua mãe quando chegaram à mesa.

— Parece que eu nunca saí daqui.

— Então, volte para casa — sugeriu Simona.

Gabi olhou para Hunter e depois para a mãe.

— Ainda não, *mamma*.

Simona resmungou, um som tão familiar para Meg que ela riu. A velha deu um tapinha na cadeira a seu lado.

— Você senta aqui, sr. Blackwell. E a Gabi, do outro lado.

Um sorriso divertido surgiu no rosto de Hunter enquanto ele puxava as cadeiras.

— Vou ver por que o Val está demorando — disse Meg, pedindo licença a todos.

Ela o encontrou na entrada da sala de jantar, cumprimentando alguns hóspedes. Isso não era novidade, mas Val estava se demorando muito para um homem que costumava ser inquieto.

A mesma preocupação que ela vira gravada nos olhos dele quando soubera do casamento de Gabi estava tatuada ali.

Ela deslizou o braço pela cintura dele e entrou na breve conversa.

Val conversava amigavelmente enquanto passava o braço nos ombros da esposa.

— Que bom que gostaram da estada.

— Já estamos planejando nossa volta para cá, sr. Masini.

Acabados os cumprimentos, o casal de idosos entrou.

— Todos já estão à mesa — sussurrou Meg.

Ele resmungou. Não era como o grunhido da mãe, mas quase.

— Não gosto dele, *cara*. Como vou conseguir comer na companhia dele?

Ela o abraçou mais forte.

— Vamos lá, sua mãe já separou os dois. E eu vou sentar ao lado do Hunter para servir de mediadora.

Val deu um beijo no alto da cabeça de Meg e tomou-lhe a mão enquanto caminhavam até a mesa.

Hunter se levantou brevemente quando Val puxou a cadeira para Meg — um gesto normalmente reservado para pessoas mais velhas ou de lugares bem distantes das costas de Keys. Meg notou o olhar apreciativo de Simona. Até Gabi olhou para seu marido temporário e esboçou um sorriso.

— Ainda não tive tempo de me acomodar, Val. Mas, pelo que estou vendo, você tem uma ilha espetacular aqui.

O elogio, comumente oferecido por todos os hóspedes, não foi aceito tão facilmente vindo de Hunter Blackwell.

— Serve a seu propósito.

Meg colocou a mão no joelho de Val por baixo da mesa. Ele estava totalmente tenso. Contraía a mandíbula e fitava os olhos de Hunter sem nem pestanejar.

Meg mudou o rumo da conversa.

— Me conte o que está acontecendo na Califórnia — disse a Gabi.

— Tudo tranquilo. Bem, exceto pela saúde da Jordan.

Meg sabia que a irmã de Sam não estava bem.

— Como a Sam está?

— Não a tenho visto muito — Gabi respondeu. — Nós nos falamos algumas vezes. A Eliza passa bastante tempo ao lado dela.

A conversa girou em torno da irmã de Sam, e isso quebrou um pouco a tensão entre Val e Hunter, apesar de o humor na mesa não se alterar muito.

O garçom chegou com duas garrafas de vinho. Val tomou um gole da bebida e acenou com a mão, em aprovação.

— Ouvi dizer que você está entrando no ramo do petróleo, Blackwell.

Hunter ergueu a taça recém-servida.

— Sim. Oleodutos, na verdade.

— Com o país investindo tanto em energia solar, petróleo não é um risco? — Meg perguntou.

Val não deu a Hunter tempo para responder.

— Na verdade, não, Margaret. Há muito petróleo aqui, falta apenas infraestrutura para levá-lo até as refinarias.

— Você é investidor? — Hunter perguntou.

Val deu de ombros, mas Meg notou o olhar pensativo do marido.

— Estamos comendo, Valentino. Os negócios podem esperar — disse Simona. E, voltando-se para Hunter: — Me fale sobre a sua mãe.

Hunter bebeu metade da taça de um gole só.

— Prefiro falar de petróleo.

Pela primeira vez desde a chegada de Hunter, Val riu.

Simona fez cara de desaprovação, mas não insistiu em retomar o assunto depois que Gabi rapidamente mudou o rumo da conversa.

Mais tarde, depois de Hunter e Gabi alegarem cansaço em virtude da viagem e da correria da semana, Meg se sentou na varanda de sua casa na ilha.

Estava deitada em uma espreguiçadeira, com os braços acima da cabeça, quando Val apareceu.

O mar batia na encosta, e o clima, mesmo em meados de novembro, era ameno, permitindo ficar ao ar livre de camisola e robe.

Meg deu um tapinha a seu lado na cadeira, convidando o marido a sentar.

Ele tirara o paletó e a gravata. Ainda estava com a camisa engomada, mas aberta, exibindo o alto do peito sexy e cinzelado.

Com um suspiro pesado, ele a puxou para a segurança de seus braços. Ela não esperou muito para dizer o que ambos estavam pensando.

— Você está começando a gostar dele.

Ele grunhiu, assim como sua mãe, e Meg teve de se segurar para não rir alto.

— Ele não quis falar da família.

Meg deu de ombros.

— Você já conheceu a minha? Não é exatamente digna de menção.

Val beijou o topo de sua cabeça.

— Eu não quero gostar dele, *bella*.

— Ele é atencioso com a Gabi. Assim que ela começou a bocejar, ele pediu licença para se retirarem.

— Para ficar sozinho com ela.

Meg balançou a cabeça e observou a lenta dança da lua no céu sem nuvens.

— Se ele quisesse ficar sozinho com ela, não a teria trazido para cá. Além disso, não está acontecendo nada entre eles.

Ainda.

— Como você sabe?

— Sua irmã é muito mais transparente do que você imagina. E o Hunter estava tenso demais para um homem que está se dando bem.

Val rosnou de novo.

Dessa vez, Meg riu.

— Por que você sempre fica me fazendo pensar na minha irmã e em sexo?

— Ela é adulta, Val. Provavelmente a última experiência que ela teve foi com aquele idiota do Alonzo. Isso é uma pena!

Meg notou que Val estreitava os olhos.

Ela levou a mão ao peito dele e massageou seus músculos com a ponta dos dedos.

— Eu não quero gostar desse cara. Ele intimidou a minha irmã a se casar. Eu sei disso.

Sim, Meg pensava a mesma coisa.

— Mesmo assim, ele não sabe de nada. Se soubesse, não a teria trazido para cá. Ela está segura aqui, mesmo que ainda não se sinta assim. Se Hunter Blackwell realmente quisesse fazer mal à sua irmã, este seria o último lugar aonde ele a traria para uma falsa lua de mel.

— A menos que ela não lhe deixasse escolha.

Meg dobrou o joelho sobre a perna esticada de Val.

— Se for esse o caso, você precisa dar crédito à sua irmã. O Blackwell está fora do território dele aqui.

Ela colocou os dedos por baixo da camisa dele e acariciou sua pele.

— Chega de falar da sua irmã e do marido dela.

Meg capturou o grunhido de Val com os lábios e o fez esquecer tudo, exceto eles dois.

Remington estava no meio do Aeroporto Internacional de Miami, com a passagem na mão. O telefone tocou várias vezes, e por fim ouviu a voz de Blackwell.

Uma gravação.

Porra.

Esperou o bipe.

— A Colômbia é uma merda nesta época do ano. Espero receber uma indenização por isso. Verificando a conta número um. Logo chegaremos à conta número dois.

Ele hesitou e então sorriu, prosseguindo:

— A Itália parece uma boa ideia. É melhor me ligar logo se não quiser que eu vá para lá. O dinheiro é seu.

Remington desligou e sorriu. Ele amava seu trabalho.

14

AS ÁGUAS CALMAS NÃO TINHAM ondas, por isso Gabi nadou uns oitocentos metros para longe da costa, antes de virar para boiar.

A água era alimento para seu corpo. A água salgada na pele, na língua, tinha o gosto de casa.

Ela sentia falta disso.

A interferência da família e o constante interrogatório da noite anterior haviam mantido um sorriso em seu rosto durante toda a noite. Ela até sonhara com isso.

O sol ainda estava baixo no horizonte quando saiu do bangalô depois da primeira noite de sono decente desde que concordara em se casar. Seu marido ainda dormia profundamente no quarto dele.

Ela permitiu que as águas tranquilas a acalmassem enquanto boiava. A maré a aproximou mais da costa.

A água enchia seus ouvidos, mascarando o som ao redor.

O som de um arquejo e vários golpes fortes na água a tiraram da posição relaxada, levando-a a um estado de alerta máximo.

Ela ouviu chamarem seu nome.

Hunter nadava em direção a ela, mas só quando chegou perto ela pôde ver que ele tinha uma expressão atordoada, que também a deixou assustada.

— O que aconteceu?

Ele segurou firme seu braço.

— Você está...? Que droga, você estava tão imóvel. Eu te chamei várias vezes!

Gabi bateu levemente os pés, mantendo-se à tona.

— Você pensou que...

Ele a segurou mais forte.

— Você não respondia.

Ela levou a mão livre para o braço que ele segurava.

— Eu gosto de nadar de manhã — ela disse, olhando em volta. — Além do mais, os tubarões não ficam deste lado da ilha — brincou.

— Não tem graça, Gabi.

Ele estava preocupado. De verdade.

— Eu passei muitos anos da minha vida nestas águas, Hunter. Estou bem.

— Eu vi você flutuando.

Ela sorriu.

— E veio me resgatar.

Hunter se manteve à tona e cobriu os olhos com as mãos.

— Você está me matando, mulher.

— Você sempre tenta ser durão, estar no controle de tudo...

Ele balançou a cabeça e a fitou.

— Achei que você seria alimento de tubarão aqui.

Ela riu, batendo os pés.

— Águas infestadas de tubarões não seriam um bom negócio para os hóspedes do meu irmão.

Por um momento, ficaram nadando no mesmo lugar, um olhando para o outro.

Pela transparência da água, Gabi percebeu que Hunter tinha pulado só de cueca. Notou roupas empilhadas cuidadosamente na areia.

— Você nada bem? — ela perguntou.

— Eu me viro.

Ela começou a nadar.

— O último a chegar faz o café da manhã — disse, submergindo e emergindo, para ouvi-lo dizer:

— Eu não sei coz...

E saiu atrás dela sem terminar a frase.

À meia distância da costa ele a alcançou, com seus braços mais fortes, suas braçadas tomando a água e usando-a para se impulsionar para a frente.

Ainda assim, a vantagem da familiaridade dela com aquelas águas a mantinha no páreo. Mas Hunter conseguiu chegar rastejando na praia de areia branca antes dela.

Ele se sentou com os braços apoiados nos joelhos, puxando o ar.

As ondas suaves a levaram à praia com certa graça. Ela sentiu os olhos de Hunter a observando quando saiu do mar. O biquíni não havia tido muita utilidade desde que ela deixara a ilha de seu irmão. O fato de as tiras de tecido não abraçarem suas curvas tão bem como antes era prova do peso que ela havia perdido. E recuperá-lo não havia sido sua prioridade.

Em vez de pensar na condição de seu corpo, ela se sentou ao lado de Hunter e deixou que a areia branca tomasse sua pele.

— Da próxima vez, vou querer dois segundos de vantagem — disse ela.

— Cinco — respondeu ele.

Hunter mergulhou o olhar em seus seios, demorando-se neles.

Ela não pôde evitar a inquietação. Quando fora a última vez em que alguém, além do médico, a vira tão pouco vestida?

— O que você prepararia para mim, se tivesse perdido?

Ele levou a atenção dos seios para os olhos.

— Crepes. Talvez um waffle belga.

Foi a vez de Gabi fitá-lo. A expressão franca e a apresentação decidida das opções de cardápio a deixaram aturdida.

— Crepes?

Nem ela sabia muito bem como fazer crepes.

Um esboço de sorriso surgiu no canto dos lábios dele e se espalhou. Pela primeira vez desde que o conhecera, os olhos dele refletiram o sorriso.

— Queria que você visse a sua cara... — disse ele.

— Crepes?

Ele não conseguiu segurar e caiu na risada.

Ela fechou os olhos e viu o menu do serviço de quarto de Val.

Passou a mão pela areia, erguendo uma nuvem de poeira sobre ele.

— Ei! — ele disse, jogando areia nela em retaliação.

— Você sabe fazer alguma coisa na cozinha? — ela perguntou.

— Serve café?

Ela revirou os olhos. *Pega leve*, disse a si mesma.

— Se quiser cair nas graças da minha mãe, diga que não sabe cozinhar. Ela é louca por homens indefesos na cozinha.

— Está me dando dicas para agradar a sua família?

Ela se recostou sobre os cotovelos, imitando-o.

— Vamos estar nessa durante um ano e meio. Seria bom vivermos em paz.

— Hummm...

Ela inclinou a cabeça em direção ao sol.

— Além disso, sinto falta da ilha — ela disse e o pegou olhando-a pelo canto dos olhos.

Ele desviou o olhar para o oceano.

— Nem sei quando foi a última vez que me sentei na areia — disse.

— Difícil ficar sentado na areia quando se está brincando de ser milionário.

Ele riu.

— Desculpe, bilionário — ela corrigiu.

Era difícil imaginar o patrimônio dele. Dinheiro nunca havia sido uma necessidade em sua vida, mas, bem, ela sempre o tivera. Gabi havia lido o arquivo dele, sabia que ele fizera sozinho grande parte de sua fortuna.

— Um zero a mais — disse ele.

— Dois. Eu mesma fiz uns cálculos.

Hunter rolou para o lado, apoiou o rosto na mão cheia de areia e a fitou, com ar divertido.

— Que cálculos?

— Podemos começar com a aquisição da Carlton, o projeto mais lucrativo até hoje.

O leve sorriso de Hunter desapareceu.

— A Sam sugeriu que eu investigasse um pouco mais a fundo esse projeto. Parece que tinha muito mais motivos para a fusão da Blackwell com a Carlton do que se podia imaginar.

Ele baixou os olhos para a areia, desenhando círculos com os dedos quase secos.

— Eu tinha acabado de me formar quando aconteceu a fusão com a Carlton.

— Vocês se fundiram e depois acabaram com ela.

— Eu não acabei com nada.

Não; ele suspendera a venda de munição para muitas redes de varejo e passara a fabricar e vender quase exclusivamente para o governo. A Carlton mantinha a maioria do estoque para vendas domésticas. Só que o governo precisava de munição, a empresa fechou contratos com os Estados Unidos, e as vendas domésticas foram as mais baixas do milênio. Em dois anos, a Blackwell encampou a Carlton completamente.

— A Carlton sabia do risco. Ela não apostou usando o cérebro.

— Se não usou o cérebro, usou o quê?

Ela queria saber de verdade. Olhando de fora, parecia que Hunter sabia que surgiriam os contratos com o governo e se apossou da Carlton quando as vendas estavam baixas.

— Ela nunca apostou que as pessoas perderiam a vontade de ter armas. Quando as pessoas correram para comprar munição, não tinha nada disponível no mercado.

— Por causa dos seus contratos com o governo.

Agora fazia sentido.

— A Blackwell não é a única fabricante de munições — ele disse em tom defensivo.

— Não. Imagino que não.

Ele franziu o cenho, ainda desenhando círculos. Alguns tomaram a forma de balas.

— Você vende para fora do país?

Ele deu de ombros.

— Não tenho contato diário com a Blackwell/Carlton.

Traduzindo: sim.

— Isso não te incomoda?

Ele deixou a mão na areia e olhou para ela.

— Seu irmão oferece um destino de férias exclusivamente para americanos ou italianos?

Ela ficou de queixo caído, mas prontamente se recuperou.

— São negócios, Gabi. A Toyota vende na América, o McDonald's vende na Índia.

— Não estamos falando de carros e hambúrgueres. Estamos falando de munição — ela argumentou.

— Se o país é aliado, qual é o problema?

Alonzo surgiu na cabeça de Gabi. Por mais que ela quisesse esquecê-lo, não conseguia.

— Um aliado hoje pode ser um inimigo amanhã.

Hunter fez uma pausa e esperou que ela olhasse para ele.

— Eu conheço o futuro do que acontece no mundo tanto quanto você.

Nisso ele tinha razão, ela supôs.

— Você ainda conseguiu o direito de fusão com a mudança dos ventos políticos.

— Eu lia os jornais; o Carlton não. Me processa.

— Você jogou com seus milhões como se fossem dados num cassino. Saiu do mercado imobiliário meses antes da quebra. Perdeu menos de cinco por cento com a quebra do mercado de ações.

Ele sorriu.

— Quatro vírgula...

— Sessenta e dois, eu sei.

Até os centavos, ela pensou.

— Subiu dois vírgula oito em onze meses. Enquanto todo mundo estava tentando impedir que suas empresas quebrassem, você prosperou.

Ela ficaria impressionada se não imaginasse como ele conseguira isso. Os números estavam ali. O que ela não conseguia encontrar era todo o suporte por trás deles. Muitas pastas eram simples nomes de países e empresas estrangeiras.

A mente de Gabi corria, pensando em números.

— Você tem contas no exterior.

Não foi uma pergunta.

— Tenho uma filial em Londres.

— Em Londres não — disse ela, inclinando a cabeça. — Mas, claro, isso faria sentido.

O dinheiro convertido em mais de duas moedas perdia valor quando chegava aos Estados Unidos. Sim, o governo queria sua parte. Mas quanto Blackwell poderia esconder antes que o Tio Sam pusesse a mão?

Era uma pena que Gabi não tivesse seguido essa linha de raciocínio antes de se encontrar com Hunter pela primeira vez. Mas que importância tinha isso? Ele tinha um trunfo sobre ela.

Seria melhor ela se preocupar com suas próprias contas no exterior — das quais ela sabia muito pouco, ao contrário das de Hunter.

— O que faria sentido? — ele perguntou.

Ela pousou os olhos nele, desafiando-o a falar.

— Suas contas não batem, Hunter. Eu sei, você sabe.

Ele parou de brincar com a areia e não tirou os olhos dela.

— Minhas contas são legítimas.

Gabi apontou para o peito dele.

— Cada um tem um talento, Hunter. O meu é com números. Suas contas não estão certas. Sim, você tem mais do que a maioria pode contabilizar, mas há discrepâncias.

Discrepâncias que poderiam alimentar aldeias.

— Minha empresa tem muitos braços. Não duvido que haja alguns milhares de...

Ela riu, sem poder evitar.

— Por favor, não me insulte — disse.

Ele abandonou a posição relaxada e se sentou, descansando os braços nos joelhos.

— Como você ficou boa com números?

Ela estranhou a pergunta.

— Simplesmente sou boa nisso.

E em idiomas também. Bem, não em muitos, mas estava trabalhando para expandir seu conhecimento de línguas estrangeiras.

— Como é que eu não sabia dessa sua habilidade?

— Tem muitas coisas que você não sabe sobre mim — disse ela.

Ele percorreu o corpo dela com os olhos, fazendo-a perceber que estava quase nua. Com apenas um olhar, ele a fez perder o fio da meada.

Gabi fechou os olhos e tentou manter as mãos na lateral do corpo e não cobrir o ventre nu.

— A Alliance me rejeitou porque minhas contas não batem?

— A Alliance analisa muitos aspectos nos quais os candidatos devem ser aprovados. Todo mundo tem segredos financeiros, esse não foi o fator decisivo.

— Mas foi um deles. Você acha que o meu balanço não fecha.

— Está muito longe de fechar. Mas o de quem fecha?

Hunter parecia furioso.

— O que mais vocês analisam?

— Reuniões no exterior, homens com passado duvidoso...

Ele balançava a cabeça, como se as palavras dela não significassem nada.

— E também o fator imbecil.

Ele esboçou lentamente um sorriso.

— Fator imbecil?

— Arrogante. Egoísta. Imbecil. Acho que a Meg classificaria você como um babaca.

— A Meg?

— Ela pode não morar na Califórnia, mas ainda trabalha para a Alliance.

Hunter sorriu como se ela tivesse acabado de elogiá-lo.

— Sou um babaca arrogante cuja empresa de bilhões de dólares tem divisões em que os números não batem.

Falando assim, o problema parecia até banal.

— Você me chantageou — ela recordou.

Ele observou a praia vazia e baixou a voz.

— Imagino que existem coisas no passado de nós dois das quais nos arrependemos.

Ela não sabia o que dizer.

— Mas aqui estamos nós, casados, desconfortáveis um com o outro — disse ela.

— Eu não acho que você vai me matar enquanto eu durmo — disse ele.

Ela sorriu.

— Você não usa laranja, lembra? — ele provocou, com um sorriso malicioso nos lábios.

— Laranja está na moda.

Gabi e Meg estavam sentadas bem pertinho uma da outra, com o ouvido sintonizado nos sons que saíam da cozinha.

— Está errado. Faça de novo.

— Eu não sou cozinheiro, sra. Masini — disse Hunter pela enésima vez na última meia hora.

Quando Gabi espiou no território de sua mãe, havia farinha cobrindo todo o balcão e metade do chão — sinal de que a massa estava em andamento. Ou pelo menos uma mistura de ovos e farinha. Pelo andar da carruagem, não havia garantias de que alguém fosse comer aquilo.

— Quebre o ovo *suavemente*.

Quando a mãe de Gabi gemeu, Meg começou a rir.

— Eu queria ter uma câmera ali dentro — disse, esticando o pescoço e tentando ver a bagunça.

— Faça de novo.

Meg cutucou o braço de Gabi.

— Quanto tempo você vai deixar isso continuar? — perguntou.

Gabi se recostou e cruzou as pernas.

— Não tenho nada para fazer.

— Não, não, não — disse Simona, baixando o tom. — Finja que o ovo é uma mulher frágil, não uma tampa de cerveja.

Gabi e Meg prenderam a respiração e esperaram.

— Melhor assim. Agora, mais três ovos.

Silêncio.

Suspiro.

Silêncio.

— Que droga! — A paciência de Hunter estava quase se esgotando.

Gabi se levantou do sofá.

— Distraia a minha mãe — disse.

— Você vai tirar o Hunter de lá? — Meg perguntou.

— Eu já o castiguei o suficiente mandando ele ter umas lições de culinária com ela. Acho que ele aprendeu a lição.

As duas entraram na cozinha e Meg começou a rir no mesmo instante.

Hunter estava parado em frente à pia, as mãos pingando ovos e farinha.

A mãe de Gabi estava fazendo um montinho com a farinha do balcão.

Hunter olhou subitamente para Gabi, fazendo-a recuar.

— Talvez eu deva...

— Ajudar? — sugeriu sua mãe. — Esse seu marido é um inútil.

Meg foi até Hunter e deu um tapinha em seu braço, solidária.

Em seguida, foi até Simona e a instou a sair dali.

— Que tal uma pausa?

Simona fitou as duas.

— Não faça isso, Gabriella. Ele precisa aprender.

— Sim, *mamma*. Mas por que você não descansa?

Gabi ofereceu a garrafa aberta de vinho à sua mãe antes que Meg a levasse para fora da cozinha.

Gabi e Hunter ficaram parados até ouvir a porta se abrir para o pátio. Ele deixou cair os ombros.

— Sua mãe é uma nazista na cozinha.

Como era bom rir...

Mas Hunter não estava achando graça.

— Você armou para mim.

Gabi jogou as mãos no ar.

— Tudo bem, eu admito. Isso foi por você fingir que sabia fazer crepes.

Ela encontrou um avental limpo e o amarrou na cintura.

Hunter ia tirar o dele, mas ela o deteve.

— Calma aí, Wall Street. Eu disse para a minha mãe que ia te ajudar, não fazer por você.

— Eu não sei cozinhar.

Ela se aproximou e abriu a torneira para lavar as mãos.

— Pare de choramingar.

Ela não sabia bem de onde surgira sua confiança. Talvez fosse o monte de farinha que cobria a frente do avental de Hunter e a maior parte de sua camisa. Talvez ver seu rosto sujo, a mecha de cabelo caindo nos olhos ou constatar aquele homem completamente fora de seu ambiente a fizesse se sentir poderosa.

Ele desamarrou o avental e ela apontou o dedo para ele.

— Coloque isso de volta.

— Ah, Deus, a cria da nazista da cozinha.

— Eu posso chamar a minha mãe de volta.

— Você está me provocando, Gabi.

Ela deu de ombros.

— O que você vai fazer, se divorciar de mim?

Ele gemeu.

— Foi o que pensei. Além disso — ela encontrou uma tigela limpa e vazia —, minha mãe não vai parar enquanto você não dominar alguns passos.

Ele a seguiu com os olhos enquanto ela completava a montanha de farinha e abria uma cratera do tamanho de um punho no meio, para colocar os ovos crus.

— Deixe eu adivinhar. — Ela pegou um ovo com uma mão. — Minha mãe te mostrou assim.

Com um suave e minúsculo floreio do pulso, Gabi quebrou a casca e deslizou o ovo na farinha.

Hunter suspirou.

— Você faz parecer fácil — disse.

Ela sorriu, se aproximou dele e lhe entregou um ovo.

— Use as duas mãos e quebre o ovo na tigela. Assim, não vai estragar o que começou se a casca decidir que deseja fazer parte do nosso jantar.

Ele bateu na tigela com muita força, o ovo se derramou pelo balcão e a casca caiu dentro do recipiente.

— Pareço um idiota.

— Parece que você está se esforçando bastante.

Ela enxaguou a tigela e pegou outro ovo.

— Coloque as mãos sobre as minhas.

Hunter se aproximou, e o calor de seu corpo se infiltrou entre os dois.

Talvez não seja uma boa ideia.

Procurando a confiança que estava ali um instante atrás, ela tentou ignorar os ombros largos de Hunter e seu perfume picante. Quando as mãos dele cobriram as dela, fazendo-as desaparecer instantaneamente, ela estremeceu.

Quebre o ovo.

— Devagar e delicadamente — disse.

As mãos dele eram um sussurro sobre as dela enquanto ela quebrava o ovo e separava a casca da clara e da gema.

Hunter não se afastou quando ela se mexeu para jogar fora a casca e despejar o ovo na farinha.

Tentando ignorar a presença silenciosa de Hunter e se recusando a olhar para ele, ela lhe entregou um ovo.

Colocou as mãos sobre as dele.

Gabi não sabia bem se Hunter estava cantarolando para se concentrar ou se era outra coisa. Essa outra coisa que a impedia de olhar diretamente para ele.

— Devagar — ela advertiu quando ele levantou as mãos para quebrar o ovo.

Perfeito.

— Não foi difícil, foi? — ela perguntou, olhando para ele enquanto tirava as mãos.

A raiva e a frustração que ele sentira momentos antes foram substituídas por algo muito mais perigoso. O coração dela batia com força no peito, fazendo-a recordar sentimentos proibidos e desejos arriscados.

Ele abriu levemente os lábios, captando sua atenção.

Ela se surpreendeu fitando-o. O silêncio na cozinha era um convite aberto para algo mais que cozinhar.

Nenhum deles avançou ou se afastou. Talvez fosse a química da cozinha ou uma combinação de nervosismos, mas a atração mútua estava ali. Uma atração indesejada e completamente proibida, mas atração mesmo assim.

— O que estamos fazendo, Gabi? — Hunter perguntou, quase sussurrando.

Ela pestanejou, afastando os olhos daqueles lábios entreabertos.

— Cozinhando.

Ela recuou um pouco, quase derrubando a tigela com os ovos.

Eles começaram a misturar a farinha e os ovos até transformá-los numa massa. O ar entre eles ficou carregado de eletricidade.

Hunter brincava com sua porção de massa, sem tirar os olhos das mãos dela.

— Nós nunca vamos comer se você não se concentrar — disse ela.

Com a mão, ele a impediu de continuar sovando.

— Acho que devemos conversar sobre o que está acontecendo aqui.

Ela engoliu em seco.

— Estamos cozinhando.

— Gabi, olhe para mim.

Ela balançou a cabeça, escolhendo a saída mais fácil. Se ela visse a mecha de cabelo caindo nos olhos dele novamente, talvez tivesse que colocá-la de volta no lugar.

— Gabriella? — A textura suave de sua voz era como mel na língua dela.

Com a mão grudenta, Hunter a pegou pelo queixo, forçando-a a olhar para ele.

Então se aproximou, emoldurando o corpo dela ao seu e fazendo-a recuar até o balcão.

Ela não conseguia respirar.

Ele passou o polegar por seu lábio inferior.

— Não é uma boa ideia — falou em voz alta, exatamente o que ela estava pensando.

Ela assentiu.

— Péssima.

Ela se segurou na lateral do balcão para não tocar em Hunter.

Ele inspirou profundamente.

— Você tem cheiro de flores.

— Vou trocar de xampu.

Ele foi baixando a cabeça, mas ela continuou falando:

— Um almiscarado, assim você não vai notar.

— Acho que não vai dar certo.

Ele estava tão perto que ela pôde sentir seu hálito fresco de hortelã.

— Eu nem gosto de você — ela disse, erguendo a perna e roçando a dele.

— Eu não confio em você — ele disse, levando a mão dos lábios ao pescoço.

— Você me chantageou.

— Você me enganou para cozinhar com a sua mãe.

Ela sorriu.

— As duas coisas não se comparam.

Em vez de pousar os lábios nos dela, ele desviou para a lateral de seu pescoço e continuou falando, roçando sua pele com a respiração.

— Você conheceu a sua mãe?

— Mas que bob...

Ele pousou os lábios no pescoço dela.

Ela gemeu e fechou os olhos. *Que péssima ideia deliciosa...*

Ela deixou a cabeça cair para trás, dando-lhe espaço para fazer o que quisesse.

— Ora, ora. — A voz de Meg encheu a cozinha silenciosa.

Gabi ficou paralisada.

Hunter enrijeceu a mão no pescoço dela.

— Sua mãe está voltando. Ainda bem que eu vim avisar.

O calor tomou conta da garganta de Gabi.

— Não é o que você está pensando — ela conseguiu dizer.

Meg simplesmente riu e saiu dali.

15

COMIDA BOA E VINHO. MUITO, muito vinho.

Que diabos ele estava fazendo? A última coisa de que precisava era seduzir sua esposa. Por acaso tinha esquecido os termos do contrato? A parte que dizia que uma criança concebida entre eles custaria metade de tudo pelo qual ele trabalhara a vida inteira?

Gabi estava sentada diante dele na mesa de jantar, brincando com a comida no prato. Comida que eles tinham conseguido fazer juntos, sob o olhar atento da nazista da cozinha.

Meg mantinha o sorriso; Val parecia levemente irritado com a tensão na sala. Ainda era meio-dia, uma hora estranha para uma grande refeição, mas Hunter comeu mesmo assim. Aquilo tinha mais a ver com o fato de que ele realmente fizera a comida do que com qualquer outra coisa. Se alguém lhe dissesse que faria macarrão partindo do zero em algum momento da vida, ele teria apostado uma soma de seis dígitos contra.

Quem diria?

Meg empurrou o prato de lado.

— Nada mau para uma primeira tentativa.

Minha única tentativa.

Bastou Hunter olhar para a sogra para guardar as palavras para si.

— Não creio que eu vá me candidatar a um cargo de chef tão cedo — disse.

O primeiro sorriso de Val brilhou em seu rosto.

— Bem — a sra. Masini disse, afastando-se da mesa. — Eu preciso de uma soneca.

Quando ela se levantou, Hunter foi ajudá-la. Ela bateu com a mão repleta de manchas senis na dele.

— Obrigado por me ensinar algo novo — disse ele. — Mas vamos demorar um pouco para repetir a experiência, não é?

Ela deu um riso maroto.

— Eu já não sou tão jovem. Minha paciência só dá para uma aula por mês.

Ainda bem que ela morava do outro lado do país.

— Gabriella — a sra. Masini chamou. — Venha comigo até o meu quarto.

Gabi foi até sua mãe e tomou-lhe o braço. Olhou timidamente para os outros por sobre o ombro antes de sair.

Em vez de queimar sob o olhar perscrutador de Meg e Val, Hunter disse:

— Eu gostaria de fazer algumas ligações.

— Todos os telefones da ilha funcionam.

Hunter tinha certeza de que funcionavam e de que eram rastreados também.

— Meus contatos estão no celular.

Val se levantou e pegou o paletó.

— Pode usar o meu escritório.

Caminharam no calor de Keys, e Hunter seguiu Val até um carrinho de golfe, o único meio de transporte na ilha.

— Você sobreviveu à minha mãe. Sou obrigado a lhe dar pontos por isso, Blackwell. Não pensei que conseguiria.

Viraram em uma rua de duas pistas, em direção ao edifício principal da ilha. Na estrutura de três andares ficava o escritório de Val e quartos destinados a funcionários que precisassem dormir na ilha. As longas varandas contornavam o prédio, com enormes janelas que se abriam para uma sala de jantar e para as cozinhas. As piscinas e o spa do resort ficavam para além de um extenso gramado, delimitado por algumas cercas. Uma casa noturna e áreas de convivência comuns completavam as partes inferiores do edifício.

— Sua mãe não me deixou escolha.

Val assentiu.

— Ela tem seus meios.

— Teimosa, muito parecida com a sua irmã.

Val parou e se voltou para Hunter.

— É de família.

— Então temos isso em comum. Quando eu decido alguma coisa, raramente desisto enquanto não conseguir.

— Por exemplo, a minha irmã. — A observação de Val não podia estar mais perto da verdade.

— Meu relacionamento com a Gabi não é assim.

O olho de Val pulsava.

— O último homem que eu permiti se aproximar dela quase a matou. Espero que compreenda minha necessidade de protegê-la.

Quase a matou? Espera aí...

— Picano?

— Eu confiei nele. Todos nós confiamos.

— Até a sua mãe?

Val desviou o olhar.

— Minha mãe nunca gostou dele — disse, murmurando alguma coisa em italiano. — Acho que ela não liga para você também.

Hunter não tinha tanta certeza. Pegara Simona quase sorrindo pelo menos duas vezes enquanto ele destruía a cozinha dela.

— O Picano já cozinhou com a sua mãe?

— Por Deus, não! Ela não teria se dado o trabalho.

Interessante. Mas se dera o trabalho com ele.

Quando Hunter estava prestes a sair do carrinho de golfe, Val o deteve.

— A Gabriella te contou sobre o Picano?

Todas as respostas pareciam estar apenas a uma pergunta de distância. Então, por que ele hesitava?

— Não tudo.

Val abriu a boca para falar, mas Hunter o interrompeu:

— Ela vai me contar quando estiver pronta. Pela primeira vez em muito tempo, vou esperar que ela me conte a verdade.

Val o olhou em silêncio.

— Você me surpreende, Blackwell.

Hunter saiu do carrinho.

— Provavelmente não vai demorar muito para isso acontecer.

Ele pensou no que Blake lhe dissera e decidiu que podia fazer uma pergunta sem descobrir muito sobre o passado de Gabi.

— Quem atirou nele?

Val hesitou.

— Não importa. — E se tivesse sido a irmã dele? Não devia ter perguntado. — Vou esperar que a Gabi me conte.

— Acho que ela não sabe. Ela não estava lá quando aconteceu.

Hunter ficou confuso. Ele pensava que...

— Mas eu estava.

— Foi você que atirou nele?

Val sacudiu a cabeça.

— Se pelo menos eu tivesse um revólver na mão... Mas não. Não tive esse prazer. Entre a guarda costeira, o Neil, o Rick e a minha esposa, não sobrou muito para mim.

Meg... A esposa loira e sarcástica de Val?

— Vejo que você tem mais perguntas que respostas.

Realmente.

— Eu já disse isso antes, mas vou repetir. Não vou machucá-la, Valentino. Você tem a minha palavra.

Val enfiou as mãos nos bolsos, e seu olho parou de tremular.

— Espero que não — disse.

Hunter acenou com a cabeça e seguiu Val até o escritório.

Quando ficou sozinho, checou suas mensagens. Primeiro as de Tiffany. Ela disse algo sobre gostar de Gabi e se perguntar se ainda estaria empregada na segunda-feira. Hunter não se lembrava de ter visto uma secretária beber e falar tanto em um coquetel. Tiffany era um caso raro.

A segunda mensagem era de Andrew.

— Você recebeu uma mensagem. Aquela que estava esperando.

Droga. Isso não era bom.

A terceira mensagem era de Remington. Enquanto o homem divagava sobre a Colômbia e a Itália, Hunter segurava a cabeça nas mãos. Precisava fazer seu investigador parar de procurar fatos pessoais sobre Gabi e se concentrar nas contas no exterior. A confiança que ele estava construindo com sua esposa temporária seria quebrada com um telefonema se ela soubesse que ele estava pagando alguém para descobrir sobre seu passado. Por alguma estranha razão, ele queria ganhar a confiança dela.

Queria confiar nela.

Ele ligou para Remington primeiro, mas caiu na caixa postal. Com cautela, foi para a varanda de Val e olhou para baixo. Quando se certificou de que estava sozinho, deixou uma mensagem concisa:

— É o Blackwell. Preciso que largue o que está fazendo e descubra com quem esse Picano se relacionou na Colômbia. Alguém acessou essas contas, preciso saber quem foi. A mesma coisa na Itália. Se encontrar o nome da Gabriella em qualquer outro lugar, entre em contato comigo imediatamente.

Enviou uma mensagem para Tiffany, dizendo que a veria na segunda-feira. Andrew atendeu ao primeiro toque.

— Como está a Flórida? — perguntou.

— Quente, abafada e linda. Diga.

Andrew suspirou e, antes que abrisse a boca para confirmar, Hunter já sabia o que ele ia dizer.

— O teste de paternidade deu positivo.

— Ah, amiga... Você tem algumas explicações a dar! — Meg brincou, quando a sogra terminou o interrogatório.

Não havia como evitar essa conversa, mas Gabi precisava tentar.

— Podemos fazer de conta que você não viu nada?

Meg balançou a cabeça.

— Claro que não! Quero detalhes, garota, muitos detalhes.

Gabi olhou para a escada e fez sinal para Meg.

— Que tal uma caminhada?

— Boa ideia. Sua mãe está tentando me engordar. Massa no jantar? Quem faz isso?

— Nós somos italianos.

Elas seguiram até a praia, deixando os sapatos perto da entrada da casa de Meg e Val.

— Achei que era um casamento só de fachada — Meg começou.

— E é. Eu nem gosto desse cara.

Meg levantou as sobrancelhas.

— Bem, na maior parte do tempo.

— O corpo dele estava colado ao seu, e não parecia que você o estava afastando.

— Ele é muito atraente — defendeu-se Gabi.

— Ãhã.

Gabi pensou nele respirando em seu pescoço e suspirou.

— Extremamente atraente.

— Existem muitos homens atraentes por aí, Gabi. Por que o Hunter?

Gabi puxou os cabelos para trás para evitar que o vento os lançasse em seu rosto.

— Ele é conveniente.

Meg riu.

— O taxista também. Você não fez mais que piscar para os homens que se aproximaram desde o...

Foi gentileza de Meg evitar dizer o nome do canalha.

— Desde o Alonzo.

— Sim.

Elas caminharam em silêncio um pouco mais.

— Posso te perguntar uma coisa? — Meg disse. — Sobre o Alonzo?

Ele era *aquele que não devia ser nomeado*, pelo menos desde que morrera. Mas ouvir o nome dele tantas vezes no último mês tivera o efeito contrário ao dos dias passados. Era mais fácil agora com Hunter ali, para irritá-la e distraí-la.

— Acho que sim.

— Se não quiser responder, não tem problema.

— Não vou desmoronar por causa de uma pergunta — comentou Gabi.

— Como eram as coisas... você sabe, sexualmente... entre vocês?

Fazia muito tempo que Gabi não pensava em sexo. Mesmo com Hunter atiçando seus hormônios, ela nunca pensava em seu relacionamento na cama com Alonzo.

— Bem... antes.

Gabi balançou a cabeça.

Meg pousou a mão brevemente no braço de Gabi enquanto caminhavam pela praia deserta.

— Era satisfatório.

— Satisfatório?

Era difícil lembrar o tempo que haviam passado juntos como algo diferente de uma mentira. Ela dissera a si mesma que não tinha vida sexual por causa da traição da qual fora vítima.

— Estamos falando de satisfatório como se fartar de um belo filé-mignon ou de um sanduíche de mortadela?

Gabi fitou o horizonte, tentando se lembrar.

— Tenho que admitir que eu sempre continuava com um pouco de fome depois.

Meg entrelaçou o braço no de Gabi.

— Isso é muito errado.

— Eu sei. Agora posso ver.

Elas desviaram da água que invadia a praia.

— E com o Hunter?

— Ah, nós não... Quer dizer... o que você viu na cozinha... nós não fizemos...

Como era possível que, mesmo sendo adulta, ela tivesse tanta dificuldade de falar sobre sexo?

— O que eu vi na cozinha parecia bem quente.

Gabi sentiu o rubor lhe tomar as faces.

— E foi — respondeu, ofegante.

Meg riu.

— Não quero comparar, mas aquele canalha já fez você sentir o que o Hunter te fez sentir hoje?

A resposta de Gabi foi rápida:

— Não. De jeito nenhum.

— Hummm...

— Mas isso não pode acontecer — se apressou Gabi, expressando em voz alta a cautela que a preocupava desde que deixara a companhia de Hunter.

— Por que não? É óbvio que ele também se sente atraído por você. Vocês estão presos nesse casamento por um ano e meio, e sexo selvagem sem amor é melhor que sexo morno do tipo papai e mamãe.

— Não pode haver sexo de jeito nenhum. Não sou o tipo de mulher que transa sem amor.

— Você já tentou? Parece que o Val sempre te protegeu muito.

— É verdade — concordou Gabi. — Mas eu tive mais oportunidades do que o Val imagina. Simplesmente não corri atrás.

Meg comprimiu os lábios, numa expressão divertida.

— Como foi essa experiência para você?

— O que você está sugerindo, Margaret? Que eu transe com o meu marido para apagar o fogo?

Meg deu de ombros e assentiu.

— Você disse que ele é atraente. E o meu palpite é que tudo ali funciona.

Gabi deu um leve empurrão em Meg, fazendo-a se desequilibrar na beira da água.

— Não posso confiar nele.

O sorriso de Meg desapareceu.

— Você acha que ele pode te machucar?

— Não. Fisicamente, não. De jeito nenhum.

— Então, emocionalmente?

Gabi não conseguia explicar a essência dos próprios pensamentos.

— Como uma pessoa transa com alguém de quem não gosta?

— Os homens fazem isso o tempo todo — respondeu Meg.

— Eu não tenho tudo o que os homens têm para agir desse jeito.

Foi a vez de Meg empurrar Gabi.

— Você sabe o que eu quero dizer. Escuta, não estou sugerindo que você não dê importância ao que pensa. Mas não tenha medo de curtir. Você sabe que ele quer te levar para a cama. Vocês já estão casados, e o relacionamento tem prazo para acabar. Pode ser exatamente isso que você precisa para se satisfazer sexualmente. Parece que o Alonzo não ajudou muito nisso.

E eu confiava nele, Gabi pensou.

— Se isso ajuda... eu gosto do Hunter. Sim, ele é meio bruto, e eu não o teria aceitado como cliente da Alliance. Mas ele está se saindo muito bem com todos nós. E, considerando o dinheiro que esse homem tem, acho que ele não precisaria fingir.

— Ele até fez o jantar — disse Gabi.

Elas voltaram para casa de braços dados.

— Acho que eu nunca vou esquecer a imagem dele todo coberto de farinha — disse Gabi.

— Não foi brincar de cozinhar com ele que te deixou corada. Foi porque ele tentou te pegar.

16

NA COLÔMBIA, REMINGTON ESPERAVA DESCOBRIR pistas rapidamente. Mas não foi bem isso que aconteceu. Era seu terceiro dia naquela úmida selva urbana, de plantão junto a um velho edifício que ele considerava um banco. Não era o banco onde Picano movimentava sua conta, mas ali havia um caixa que abria a boca a cada nota de cinquenta dólares que Remington balançava à sua frente. Era bastante útil ter uma carteira recheada como a de Blackwell.

Juan saiu do prédio em ruínas e observou a rua movimentada. Antes que seus olhos encontrassem Remington, um homem magro e inquieto o interceptou. Remington soltou a fumaça do cigarro para cima e levantou o jornal que tinha nas mãos para observar um pouco mais. Juan dissera que tinha um amigo no ramo de Picano que se encontraria com os dois. Remington tinha algumas notas de cem dólares consigo, e mais algumas no quarto do hotel, escondidas atrás do vaso sanitário. A julgar pela falta de limpeza, não seriam descobertas antes do próximo milênio.

Os dois homens trocaram um aperto de mãos e pareceram manter uma conversa amigável. Em poucos minutos, Juan estava escrutando a rua novamente. Com algumas perguntas, Remington teria a resposta sobre quem poderia estar por trás da atividade que alimentava a conta bancária de Picano; o problema era que, na Colômbia, era impossível saber em quem confiar.

Remington não confiava em ninguém.

Enfiou o jornal debaixo do braço, jogou a ponta do cigarro no chão e atravessou por entre os carros, pedestres e alguns cachorros que vagavam pela rua. Uma criança de não mais de três anos cutucou-lhe a perna, estendendo os dedinhos sujos para pegar qualquer coisa que Remington pudesse lhe oferecer. Ele passou pelo garoto sem olhar. Se lhe desse uma moeda, o menino se multiplicaria como um maldito gremlin na água. E Remington não queria chamar atenção.

— Aí está você — disse Juan, repuxando os lábios num sorriso. — *Señor* Remington, este é o meu amigo Raul, de quem lhe falei.

Remington ergueu o queixo e estendeu a mão.

— Você fala inglês? — perguntou.

O homem estendeu a mão suada e balançou a cabeça como se um boneco tivesse se apossado de sua estrutura esquelética.

— É a língua internacional, não é? — disse.

Remington puxou a mão o mais rápido possível. A julgar pelo jeito como Raul passava o peso do corpo de um pé para o outro, estava à beira de um ataque cardíaco por causa do medo ou precisava urgentemente de uma picada.

— Banqueiros colombianos precisam falar inglês — disse Juan, cutucando seu parceiro. — Certo, amigo?

— *Sí, sí.*

Remington indicou um restaurante alguns quarteirões abaixo. Já havia observado a área e sabia de duas rotas de fuga, se precisasse abandonar seus novos amigos rapidamente.

Os três adentraram a sombra de um pátio. Remington se sentou de costas para a parede, com uma saída à direita, e seus *amigos* à esquerda. Uma garçonete se aproximou no segundo em que se sentaram. Não querendo correr riscos, ele pediu uma garrafa de cerveja e esperou até que ficassem sozinhos.

Raul passou a mão debaixo do nariz antes de falar.

— O Juan me disse que você está procurando alguém.

— Pode ser um alguém ou vários. Você é quem vai me dizer — disse Remington.

Juan entrelaçou os dedos enquanto Raul observava o restaurante.

— Quem quer saber?

— Talvez eu.

Raul se inclinou para a frente e pestanejou.

— A informação tem um preço, *señor.*

A garçonete voltou com três cervejas e desapareceu em seguida.

— Você tem informações para mim? — Remington perguntou.

Raul esfregou o lábio superior novamente. Sem dúvida, o homem havia cheirado a melhor cocaína da Colômbia — ou talvez a mais vagabunda. Difícil dizer olhando de fora.

— Se você tem dinheiro, eu tenho informações.

Remington tirou duas notas de cinquenta dólares do bolso, certificando-se de que o homem visse as de cem que tinha atrás.

— Preciso de um nome.

— E se eu disser que o Picano está movimentando a conta?

Remington ergueu a mão, segurando o dinheiro.

— Não brinque comigo, Raul. O Picano está morto.

Raul se recostou na cadeira.

— E a sra. Picano?

Remington se levantou. O homem estava atrás de dinheiro fácil. Ele não sabia de nada.

Juan se levantou, acompanhado de Raul.

— Espera, espera... Eu posso...

— Você pode sair do meu caminho. Eu não negocio com quem me fazem perder tempo.

— Mas...

Remington empurrou o homem e deixou os dois para trás.

De volta à estaca zero. Ele afastou as crianças que o cercavam com as mãos estendidas. Enfiou a mão no bolso, pegou umas moedas e as jogou a alguns metros de distância. Como um bando de pássaros atrás de migalhas, elas se espalharam para pegar o que pudessem enquanto Remington corria. Subiu os degraus imundos do hotel e entrou no quarto. Enfiou todas as coisas na mochila e pegou o dinheiro atrás da privada. Apalpou o bolso direito de trás em busca do celular.

Então ficou paralisado. Verificou o bolso esquerdo e os bolsos da frente.

— Filhos da puta.

Hunter não sabia bem quem estava evitando quem. Ele e Gabi se animaram com a oportunidade de passar um tempo na boate em vez de se retirarem ao bangalô particular.

Ele não confiava em si mesmo.

Mesmo com a cabeça em uma centena de lugares diferentes, o único lugar onde ele queria estar era com a esposa.

Isso era perigoso. Para os dois.

Do outro lado do salão, Gabi dançava com seu irmão. Os dois riam, obviamente curtindo a companhia um do outro. Hunter não podia culpá-lo por ser tão intransigente. Se ele próprio tivesse uma irmã mais nova que aceitasse um casamento temporário, não ficaria sentado, de braços cruzados.

Meg apareceu a seu lado.

— Você não parece do tipo solitário — disse ela.

Ele afastou os olhos de Gabi.

— Estou só observando — respondeu.

— Eles estão ótimos.

Ele assentiu.

— Não vejo a Gabi dançar desde antes de o Alonzo morrer. Mesmo no nosso casamento, ela só cumpriu uma obrigação, mas não estava feliz — disse Meg.

Hunter não podia deixar de se perguntar por que Meg estava se abrindo com ele.

— Eu nunca gostei dele.

— E por que está me dizendo isso? — Hunter perguntou.

Ela tomou um gole de sua bebida.

— Não sei direito.

Ele passou os dedos pelo copo úmido.

— Deixe eu adivinhar: agora você vai me avisar que, se eu machucar a Gabi, vou ter que me ver com você.

Meg levantou as sobrancelhas.

— Eu pensei nisso. Mas não, eu não teria a oportunidade — disse.

— Tem muitas pessoas na fila na sua frente?

— Exatamente.

Ambos observavam seus respectivos cônjuges na pista de dança, até que Hunter ergueu a mão.

— Vamos dançar?

As mulheres adoravam dançar. Hunter aprendeu isso cedo. A música era bastante animada, o suficiente para evitar muito contato corporal. Ainda assim, sentiu os olhos de Val sobre ele enquanto dançava com Meg.

Quando o ritmo da música mudou, Val deu um tapinha no ombro de Hunter e os dois trocaram de parceiras.

O aroma tropical do cabelo de Gabi o atingiu primeiro.

Quando ela pegou a mão de Hunter e levou a outra até seu ombro, ele precisou de toda a força de vontade para evitar colar seu corpo no dela.

Depois de alguns passos inseguros, ela se aproximou mais.

— Você dança bem — disse ela.

Ele conduzia com estilo.

— Eu namorei uma aluna de teatro na faculdade. Tive que aprender ou ficaria para trás.

Gabi sorriu.

— E quanto tempo você namorou essa atriz?

— Dois meses.

Ela levou a mão às costas dele. A sensação dos dedos de Gabi em seu ombro o distraiu e o fez perder o passo, mas ele rapidamente se recuperou.

— Dois meses não é namoro. É mais uma aventura.

— Foi na faculdade — ele argumentou.

— Mas você manteve esse estilo de namoro a maior parte da vida — apontou Gabi.

Ele baixou os olhos, estreitando-os.

— Isso fez parte da checagem de antecedentes?

— Eu parei de procurar nomes depois que cheguei no número trinta — disse ela.

— Trinta? Os tabloides deturpam a verdade.

— Então não foram trinta?

Hunter nunca havia contado. Até ele sabia que contar namoradas antigas dançando com outra mulher — sua esposa — não era uma atitude inteligente.

— Nada perto de trinta.

Ela riu.

— Vou pegar minhas anotações e podemos comparar — disse.

Ele a distraiu com alguns giros rápidos, afastando-a e puxando-a de volta. Fred Astaire aplaudiria.

As pessoas ao redor abriram um pouco mais de espaço, e ele viu Val e Meg.

— Agora é oficial. Toda a sua família ameaçou acabar comigo se eu te machucar.

Gabi respirou fundo antes de apoiar a testa em seu peito.

— Eu deveria me desculpar.

— Eles não sabem como você é forte.

— Eu não sou tão forte assim — ela disse baixinho, num tom quase inaudível por causa da altura da música.

Então ele a segurou um pouco mais apertado.

A música terminou, o ritmo aumentou, e Hunter a conduziu para fora da pista de dança. Em algum momento, percebeu que não havia largado a mão dela. Jesus! Quando fora a última vez que segurara a mão de uma mulher?

Meg interrompeu o silêncio.

— Já vamos indo — disse ela.

Gabi soltou a mão de Hunter e abraçou a cunhada.

— Não acredito que você vai embora amanhã. Nem pudemos conversar direito — disse Meg.

— Eu estou a um avião de distância — recordou Gabi.

— Sim. Me avise quando assinar o contrato da casa. Vou te ajudar a comprar os móveis.

Val riu.

— Espero que o limite do seu cartão seja tão alto quanto você afirma, Hunter.

Faz parte do acordo, ele quis dizer, mas não disse.

— Acho que é — respondeu.

Gabi deu dois beijos em seu irmão e os observou sair.

Agora sozinhos, Hunter sentiu o pulso acelerar.

Nervoso? Desde quando?

— Quer ir embora? Ou quer outra bebida?

Gabi olhou para o bar e franziu o nariz.

— Já é tarde.

Ele lhe ofereceu o braço, e ela aceitou.

O perfume da ilha e do mar se mesclava ao ar quente da noite. Ainda ouviam a música da boate até passarem o edifício principal e descerem o caminho para o bangalô.

— Seu irmão construiu uma coisa realmente especial aqui — disse ele.

Ela suspirou.

— Depois que o nosso pai morreu, ele teve que cuidar de nós. O resort não podia fracassar.

Hunter entendia. A motivação, a determinação de avançar, vencer o próximo obstáculo.

— Ele já pensou em expandir os negócios para outros lugares?

A mão de Gabi estava relaxada no braço dele enquanto caminhavam.

— Uma vez ele falou sobre isso. Mas daí...

Suas palavras ficaram presas na garganta — sinal indiscutível de que estava pisando em território alheio, de Alonzo.

A varanda externa do bangalô dava de frente para o mar. O céu estava claro, deixando o reflexo da lua dançar na água como diamantes lapidados. Em vez de entrar, Hunter puxou uma espreguiçadeira e convidou Gabi a se sentar. Por mais que quisesse levá-la para dentro e continuar de onde haviam parado na cozinha, ele sabia que fazer isso nesse momento seria um enorme erro.

Ele tirou os sapatos e se recostou, a exemplo de Gabi.

Podia ver a mente dela girando. Lembranças de Alonzo? Preocupação pelo que estava acontecendo entre eles? Que inferno! Hunter não sabia ao certo o que estava se passando com ele. Depois de tanto planejar, não esperava se importar com ela. Ainda assim, Gabi lhe despertava atenção e um sentimento de que precisava ser protegida. Isso era uma coisa natural nela, não era uma habilidade desenvolvida.

— Você fica tensa quando pensa nele — Hunter disse, ouvindo-a respirar fundo. — Hoje, seu irmão e eu conversamos um pouco.

— Ah, não.

— Não — ele disse rapidamente. — Mesmo morrendo de vontade de perguntar, eu não pedi detalhes sobre tudo o que aconteceu com você. — Imediatamente ele notou o alívio dela ao suspirar. — Tenho uma confissão a fazer.

— Eu vou querer saber?

— Provavelmente não. Mas vamos estar nessa por um tempo. Para o bem ou para o mal, como dizem. Só quero evitar pisar num campo minado, se é que isso é possível.

Ele não estava completamente pronto para revelar alguns segredos, mas outros...

— Bem, agora que começou, vá em frente. Não existe confissão sem crime — ela disse, enquanto ele observava as ondas suaves que quebravam na beira da praia.

— Eu contratei um investigador particular para descobrir tudo o que pudesse sobre você.

Ela se acalmou.

— Eu esperava que você não cumprisse essa ameaça.

— Sou um homem de ação, não de ameaças.

— Então você já conhece os meus segredos — ela disse com a voz tensa.

Ele balançou a cabeça.

— Não. Coisas pessoais não. Meu investigador estava trabalhando nisso até este fim de semana.

Até aquela tarde, precisamente, mas Hunter achava que a confissão não precisava desse pequeno detalhe.

— E em que ele está trabalhando agora?

O restante da confissão não era uma admissão de culpa, de modo que as palavras fluíram.

— Eu prometi desvincular seu nome do Picano e das contas bancárias. Ele está tentando descobrir quem está por trás do dinheiro no exterior.

Quando as palavras de Hunter encontraram o silêncio, ele arriscou um olhar. Encontrou Gabi encarando-o. Seu olhar era suave, seu sorriso, fácil e convidativo.

Genuíno.

Ela abriu a boca para dizer alguma coisa, mas logo a fechou.

— O que foi? — ele perguntou.

Ela hesitou.

— Por quê? Por que desviar a atenção do seu investigador das informações que você procura?

A resposta se resumia numa palavra: *confiança*. Hunter queria que ela confiasse nele. Só que revelar isso agora, no início do contrato, dava poder demais a ela. Se Gabi soubesse que ele queria sua confiança, ela poderia cair fora, e como ele ficaria? Não. Por mais que isso o matasse, deixou a palavra de fora da explicação.

— Responda quando estiver pronto — disse ela.

Ele a ouviu mexer as pernas na espreguiçadeira.

— Você é impossível de interpretar, sabia? — ela comentou.

Ele sentiu um sorriso crescer nos lábios.

— Eu tento.

— Ah, não acredito. Acho que é natural. Como um dom que Deus lhe deu.

— Eu sou como todo mundo. Só um pouco mais empenhado em conseguir o que quero.

— Mesmo que tenha que fazer chantagem para conseguir.

Ele estremeceu.

— Parece muito feio quando você fala assim.

Ela riu.

— Mas é feio.

Ele deu de ombros. Não podia mudar isso e, a julgar pela semana anterior, não achava que fizera a coisa errada.

A conversa foi morrendo, até que ele pensou que talvez houvessem esgotado todas as palavras por aquela noite.

— Ele era um canalha manipulador.

Hunter praticara a fina arte do silêncio, e as portas se abriram.

— Nosso encontro "casual", que mais tarde eu soube que não tinha sido tão casual assim, foi num evento beneficente do qual eu e meu irmão participamos. Ele foi atencioso, e o Val gostou dele. Eu também.

Hunter notou a dor na voz dela.

— Como a Meg disse, eu sempre fui muito protegida morando nesta ilha. Não que eu me importasse. Mas, quando o Alonzo apareceu na minha vida, eu estava mais do que pronta para explorar outros lugares além deste.

Hunter sabia que a história havia acabado mal e procurava palavras para que ela continuasse falando.

— E foi o que você fez.

— Sim. Ele vinha para a ilha, trazia caixas e mais caixas de bons vinhos de presente para o meu irmão. O Val não precisava desses vinhos, mas os hóspedes pareciam gostar.

As peças do quebra-cabeça estavam se encaixando.

— Supostamente, ele estava montando nosso futuro lar nos vinhedos da costa da Califórnia. Suas terras na Itália já eram prósperas... Bem, foi o que eu pensei. E, quando ele sugeriu que começássemos nossa vida juntos nos Estados Unidos, eu fiquei radiante. Eu tinha passado um tempo na Itália, mas a ideia de ficar tão longe da minha família não me agradava.

— Deixe eu adivinhar: o Alonzo contava com isso.

Hunter a observava. As emoções em seu rosto, a voz mais baixa quando falava de si mesma.

— Eu era um alvo fácil. Foi só quando a Margaret e o Michael chegaram à ilha que tudo ficou claro.

Havia um nome ali que Hunter ainda não tinha escutado.

— Michael?

— Michael Wolfe, o ator.

Pela primeira vez na conversa, Hunter ficou pasmo.

— O que a Meg e o Michael Wolfe têm em comum?

— A Meg é a melhor amiga da Judy, irmã do Michael.

Ele tentou acompanhar, gravando os nomes e torcendo para conseguir ligar os pontos.

— Então, o Michael e a Meg estavam aqui de férias, e ela acabou ficando com o seu irmão?

Gabi estava sorrindo. Parte da tensão anterior deixara seu corpo.

— A Meg estava aqui checando a privacidade da ilha para os clientes da Alliance.

— Ah, entendi. — Fazia sentido. — Então, a Meg e o Michael vieram para a ilha. E depois?

— O Michael entende muito de vinho.

— Então ele ouviu falar do vinho do Picano?

— Não, não. Quando o Alonzo descobriu que o Michael estava bebendo seu vinho de rótulo falso, tornou a estadia deles aqui um inferno — disse Gabi.

— Rótulo falso?

Hunter estava perdido.

— O Alonzo tinha terras na Itália, onde de fato tinha plantação de uvas, mas não produzia vinho. Ele usava seu suposto status de vinicultor para traficar drogas.

— Ah... — Hunter já acompanhava com relativa facilidade. — Ele passava as drogas com o vinho que trazia para a ilha.

Gabi ficou em silêncio por alguns instantes.

— Eu poderia ter destruído tudo o que o meu irmão construiu aqui.

— Duvido que você soubesse alguma coisa sobre as drogas.

— Mesmo assim, a culpa foi minha.

O desejo de abraçá-la era enorme.

Ela quase se curvava sobre si enquanto falava, sem dar nenhuma indicação de que precisava de conforto.

— O que aconteceu depois?

Eles ainda precisavam chegar aos fatos pessoais, a parte que ferira a mulher à sua frente.

Gabi abraçou os joelhos, olhando fixo para o oceano.

— Enquanto a Meg, o Michael e o Val estavam na Itália em busca da verdade, eu estava alheia a tudo. O Alonzo me levou para passar o fim de semana no iate dele. — Gabi ficou pálida e estremeceu. Engoliu em seco e continuou: — Eu cresci nestas águas... Bem, talvez não tenha crescido, mas certamente nunca fiquei doente com elas.

Hunter percebeu que ela apertava o braço da cadeira.

— Desde o instante em que pisei no iate, não me senti bem. Nós comemos, bebemos... — Seu riso nervoso deixou Hunter gelado. — Eu adormeci. Acordei para tomar uma aspirina. — Ela riu de novo, e Hunter apertou os dentes. — Ele disse que era para a minha dor de cabeça. — Ela olhava firme para a água. — Então tudo ficou borrado.

Hunter estava sentado na beirada da espreguiçadeira, muito perto da cadeira dela. Queria tocá-la, mas não o fez. Esperou que as palavras lhe dissessem o pior. Sabia que a história terminaria em tragédia.

— Na manhã em que nos casamos, eu estava lúcida. Bem, meio grogue, mas não posso dizer que não sabia o que estava fazendo. — Ela olhou para ele por um instante, pestanejando, mas logo desviou o olhar. — Seria mais fácil se eu soubesse que ele tinha falsificado a certidão de casamento. — Ela apoiou a cabeça nos joelhos. — "Vamos nos casar", ele disse, "hoje, agora." Ele falava que aquilo era muito romântico, e eu aceitei. — Ela suspirou. — Eu aceitei.

Hunter só conseguiu articular:

— Você o amava.

Ela balançou a cabeça.

— Eu pensava que o amava.

Algumas ondas se quebravam na areia.

— Só consigo lembrar de algumas coisas a partir daí. Uma refeição, a cabine. As náuseas. Achei que estava doente. Depois, os médicos disseram que os remédios que ele colocava no meu vinho, na minha água, eram o triplo da quantidade recomendada.

Hunter não pôde evitar de estender a mão para o tornozelo dela. Foi um gesto de conforto que ela não rejeitou.

— Sinto muito por isso.

Ela balançou a cabeça e uma lágrima rolou.

— Ele não parou nos comprimidos.

As narinas de Hunter se dilataram e ele sentiu a pele gelar.

— O Alonzo traficava heroína. Só lembro do capitão espetando uma agulha em mim.

Puta que pariu. Hunter teve de forçar a mão a relaxar para não quebrar os ossos delicados do tornozelo de Gabi.

Ela fitou o céu repleto de estrelas.

— Fui encontrada sozinha em um pequeno bote no meio do mar. Não lembro como fui parar lá ou quanto tempo fiquei à deriva. Só lembro de um helicóptero, e depois mais nada, até acordar na UTI de um hospital em Miami. Eles me contaram o que o Alonzo tinha feito comigo e por quê. Ele soube que a Meg e o meu irmão estavam atrás dele, então forçou a barra e me usou.

— Meu Deus!

Não era de admirar que todos que conheciam Gabi ameaçassem matá-lo se ele lhe fizesse mal. Que inferno, ele não hesitaria em fazer o mesmo depois de ouvir aquela história.

Hunter tirou o casaco e arriscou.

Deslizou para perto de Gabi e cobriu os dois. A necessidade de lhe dizer tudo, a razão pela qual precisava dela como esposa, esperava em seus lábios.

Mas ele não podia. O risco de ela cair fora, e ele a deixar ir, era grande demais.

— Que bom que ele está morto — disse Hunter muito tempo depois.

Ela se aconchegou no peito dele e por fim sua respiração se acalmou.

— Ah, é?

— É... Eu também não fico bem de uniforme laranja.

17

ELES ESTAVAM VOANDO A QUASE dez mil metros de altura. O livro estava aberto no colo de Gabi, mas ela não o lia. Ela e Hunter haviam adormecido sob o céu aberto na noite anterior. Algum tempo depois, ele a pegara no colo e a levara para o quarto dela. A porta que ligava os quartos ficara aberta; dava-lhe privacidade, mas não a isolava. Aquilo talvez fosse uma das coisas mais meigas que alguém já fizera por ela.

O que mais a surpreendia era a falta de sonhos, de memórias. Sempre que ela passava algum tempo falando sobre seu trágico passado, os sonhos a atormentavam durante muitas noites.

Mas ela sonhara com Hunter coberto de farinha.

Com a respiração de Hunter em seu pescoço.

Com Hunter na pista de dança.

Ele havia deixado o bangalô antes que ela se levantasse e tomasse um banho para a viagem de volta para casa. A conversa entre eles fora educada, se não fria. O calor gerado na cozinha de sua mãe era uma lembrança distante.

Não deveria ser surpresa para ela. Sua imagem com uma agulha no braço também a deixava nauseada.

Gabi desistiu do livro e se levantou.

— Deseja alguma coisa, sra. Blackwell? — a aeromoça perguntou com um sorriso, ao sair de um nicho em um dos cantos do avião.

— Não se preocupe, obrigada.

A moça desapareceu novamente, deixando Gabi à vontade. Ela não estava com fome, mas precisava fazer alguma coisa com as mãos; começou a encher um copo com gelo e um pouquinho de vodca. Talvez conseguisse dormir.

O som do jornal de Hunter chamou sua atenção.

Ele estava olhando para ela com uma expressão tão indecifrável quanto a daquela manhã.

Contar-lhe o que acontecera com ela parecera bom na noite anterior, mas agora ela se sentia arrependida. A distância entre eles se estreitara, mas agora parecia se estender como o Grand Canyon.

Hunter balançou a cabeça e desviou o olhar.

— Viajo amanhã à noite para Nova York. Vou ficar lá até sábado.

Ela não sabia o que dizer. Uma semana atrás, teria aplaudido. Mas, agora, se sentia rejeitada.

— Ah.

— Preciso que você me encontre em Dallas no sábado para jantarmos com os Adams.

Ela bebeu a vodca, desejando ter se servido de mais.

— Tudo bem.

— O jatinho vai estar pronto para você sábado de manhã. Te encontro no Hyatt.

Parecia que ele estava falando com Andrew.

— Quer que eu faça uma reserva? — ela perguntou.

— A Tiffany vai cuidar disso.

Maravilha. Ela terminou a bebida e serviu outra.

— O que você está fazendo, Gabi?

Ela não o olhou nos olhos enquanto erguia o copo.

— Tomando um drinque. Quer um?

Ela se voltou e abriu o armário que abrigava os copos de cristal, mas com um pouco de força demais. O vidro chacoalhou quando ela jogou gelo no copo.

Ela não o vira se aproximar, e só parou quando a mão dele cobriu a sua. Então retrocedeu como se tivesse sido queimada. Ele recuou.

— Você está chateada.

— Não — disse ela. — Eu estou puta da vida. Comigo mesma.

Esse era o pior tipo de raiva.

— Por quê?

Ela segurava o copo firmemente enquanto se afastava.

— Eu nunca devia ter te contado sobre o Alonzo.

— Por quê?

Todo seu nervosismo a impedia de se sentar. Ela girou o gelo dentro da bebida, olhando para o copo como se ali estivessem as palavras certas.

— Porque eu preferiria suportar seu ódio a sua fria tolerância ou pena.

— Fria tolerância? — ele disse, erguendo a voz. — Estou tentando te dar espaço.

— Você está enojado com os fatos. Não tente me dizer o contrário. Eu já vi esse olhar antes.

No espelho, durante meses depois da morte de Alonzo.

Ele passou a mão pelos cabelos.

— Você tem razão. Estou enojado.

Ela se encolheu, com vontade de chorar.

— Mas com aquele canalha. E comigo mesmo.

— Comigo — disse ela.

— Não! — ele gritou.

— Então por que você está tão frio?

A mão de Gabi ficou imóvel. Com os olhos, ela seguiu Hunter, que se movimentava.

— Eu não sei mais o que fazer.

— Parecia saber, na noite passada.

Ele parou de andar e olhou para ela por cima do ombro. Parte da raiva dela desapareceu ao ver seu olhar angustiado.

— Porra, Gabi, não me olhe assim!

— Assim como?

— Como se confiasse em mim.

Gabi confiava nele? Talvez um pouco mais do que quando se conheceram.

— Você não pode confiar em mim. Eu vou pisar na bola. Sempre piso.

Agora era a vez dela de sentir pena... pena dele.

— Hunter...

Ele levantou a mão, interrompendo-a.

— Ontem à noite, enquanto você dormia, eu fiquei ali deitado, tentando descobrir um jeito de te libertar.

Em vez da alegria que ela esperava, uma forte sensação de negação correu por sua espinha.

— Então, o filho da puta que eu sou apareceu, e não posso te deixar ir. Não agora... Ainda não.

Ela largou a bebida e cruzou os braços.

— Então você decidiu me tratar como sua bagagem.

Seus olhos cinza sustentaram o olhar dela.

— Eu sei como lidar com a minha bagagem. Mas não sei como lidar com você.

Ela deu um passo à frente e enfiou dois dedos no peito dele.

— Bem, deixe eu te dar uma dica, Wall Street. Não deixe eu me abrir com você, especialmente depois do que aconteceu na cozinha da minha mãe, e então acordar no dia seguinte como se nada tivesse acontecido.

Ela afundou a unha um pouco mais no peito dele.

Ele pegou a mão dela e a apertou.

— O que aconteceu na cozinha da sua mãe é exatamente a razão por eu estar sendo o cretino que sou agora.

Ela tentou se afastar, mas não conseguiu.

— A imagem que você tem de mim é diferente agora. Eu entendo. É difícil ver além de uma agulha depois que você visualiza a cena.

— O quê?

A insegurança deixava que Gabi falasse coisas grosseiras. Alonzo havia tirado fotos dela; aquelas fotos comprometedoras que ele mandara para Val brilharam em sua mente.

— Eu não te culpo — ela disse, puxando a mão novamente.

— Você está falando em culpa? Você acha que a minha necessidade de te tocar desapareceu por causa do que aquele canalha fez com você?

Ela não olhava nos olhos dele.

Ele puxou a mão de Gabi para mais perto e a fez girar em direção à porta fechada da suíte. Em um segundo estava grudado nela.

O corpo duro se moldou ao dela, a ereção crescente pressionando firme sua barriga. Os dedos longos soltaram sua mão e correram para o seu pescoço. E então seus lábios estavam no exato lugar em que estiveram antes que Meg os interrompesse. A insegurança voou como o vento que açoitava o avião a mais de trezentas milhas por hora.

Os lábios de Hunter eram quentes, abertos, enquanto ele passava os dentes ao longo do pescoço de Gabi. Ela bateu contra a porta.

Sentiu a mão livre de Hunter correr por sua cintura e quadril.

— Pareço um homem que não te deseja? Um homem preocupado com o seu passado? — ele sussurrou, com o hálito quente em sua orelha.

Ele aproximou mais os quadris, e sua ereção a pressionou, em submissão.

— Não.

Ele mordiscou seu queixo, o canto de seus lábios.

— Nunca pense, nem por um minuto, que eu não te quero... desse jeito.

Ela o abraçou pela cintura, tentando se aproximar mais.

Ele gemeu, com a respiração pesada.

— Você não está pronta para mim — disse.

Gabi tinha certeza de que estava. O cheiro de seu desejo se mesclava ao dele.

— Você me odiava na semana passada — ele disse, com os lábios em seu rosto. — E vai me odiar de novo.

Ela balançou a cabeça.

— Vai sim. — Ele diminuiu a pressão contra ela, mas não se afastou por completo. — Eu posso lidar com seu ódio por mim. Mas que odeie a si mesma por me deixar entrar... Acho que com isso eu não posso viver.

A rejeição dele ainda era pungente, mesmo fazendo sentido.

Em vez do beijo ardente que ela esperava, que desejava mais que ao ar, ele beijou sua testa e se afastou.

Fiel à sua palavra, ele ficou longe da esposa por quase uma semana inteira. No entanto, encontrava um motivo para ligar para ela todos os dias. *A escritura da casa está conforme o planejado? A imprensa desistiu? Você sabe aonde ir para pegar meu jatinho para Dallas?*

Mas ela não era boba. Na sexta-feira, enviou uma mensagem:

> A escritura vai estar pronta na semana que vem, provavelmente na quinta-feira. Só saí em um tabloide hoje. Você saiu em dois. O carro vai estar aqui às oito para me levar ao aeroporto... E, antes que pergunte, o tempo está bom.

Ao ler a mensagem, ele sorriu. E, antes que pudesse responder, outra chegou:

As flores são lindas.

A floricultura sabia de cor o número do cartão de crédito de Hunter.

Ele tamborilou os dedos na mesa, procurando uma razão para ouvir a voz dela.

Ela atendeu ao primeiro toque.

— Não consegue se controlar, não é? — Ela riu.

— É importante — ele respondeu, recostando-se na cadeira e fitando o horizonte de Nova York.

— Estou esperando.

— O que você está vestindo?

— Como é?

Ele riu do próprio deslize.

— Em Dallas, o que vai vestir?

— Legging e top. E você?

Ele estreitou os olhos. A imagem dela com essa roupa disparou direto para suas bolas.

— Deve ficar bom.

— Um vestido, Hunter. Vou usar um vestido.

— De que cor?

— Qual é a sua com a moda feminina? Vai comprar uma loja de departamentos? A Macy's?

— Acho que o mundo da moda não me aguentaria.

Ela riu, e o som o aqueceu mais do que deveria. Ele estava fazendo um jogo perigoso, mas não conseguia se conter.

— Eu estava pensando em preto. Ou vermelho. Vermelho é uma cor poderosa, e, uma vez que você está fazendo negócios com os Adams, acho que uma cor forte seria ótimo.

Caramba, isso era inteligente. Ele relembrou seus primeiros anos lidando com aquisições, quando ouvira um consultor de imagem dizer quase a mesma coisa.

— Seu irmão te ensinou isso?

O breve riso dela lhe disse o contrário.

— Eu que ensinei para ele. Ele levou a ideia a outro nível, mas passei um tempão lhe explicando a necessidade de se vestir como se já fosse o chefe.

— Vá de preto.

— E se eu quiser ir de vermelho? — ela bufou.

Mais uma vez, ele lembrou que ela não era sua funcionária.

— Por favor.

— Dói dizer isso, não é?

— Profundamente.

— Bem, se essa era a sua pergunta *importante*, preciso ir.

— Tem um encontro?

— Você descobriu, Hunter. Já estou te traindo.

Ela o estava provocando; então, por que os pelos de sua nuca estavam em pé?

— Qual o nome dele?

— Dale — ela disse sem hesitar.

Silêncio.

— Blooming*dale*. Parece que estou precisando de um novo vestido preto.

— Você vai me pagar por isso.

— Não, você vai pagar. Vou usar o seu cartão de crédito.

Não só pode como deve, ele pensou.

— Dirija com cuidado — disse ele.

— Pule de um prédio — respondeu ela.

Hunter desligou com um sorriso nos lábios.

Ele se voltou para deixar o celular no suporte para carregar quando o aparelho tocou. Pensando que fosse ela, atendeu, rindo.

— Não consegue se controlar, não é?

Houve um momento de silêncio, depois um som que lembrava um fax. Hunter olhou a tela e viu que a ligação era de Remington.

Ele ouviu alguns segundos de zumbido e guinchos contínuos, depois desligou.

Tentou retornar a ligação, mas os mesmos ruídos agrediram seus ouvidos. Sem pensar muito no assunto, encerrou a chamada.

18

ELA CHEGARA AO AEROPORTO DE Dallas/Fort Worth, e uma grande limusine a conduzira até o hotel. Ela estivera nesse aeroporto uma ou duas vezes no passado, mas nunca visitara a cidade. Era mais verde e muito mais plana do que imaginava. De modo geral, era agradável para os olhos. Ruas largas, comparadas às da Flórida, onde ela passara um tempo, e certamente mais ampla que a região de Los Angeles.

Sendo o Texas, ela esperava ver caipiras a cavalo, com armas na cintura. Havia muitos chapéus de caubóis e botas, mas não cavalos. Bem, exceto nos poucos campos que haviam sobrevoado antes de pousar.

A cobertura de dois dormitórios do Dallas Hyatt era duplex. Um duplex em um hotel. Gabi tentou não se impressionar, mas foi impossível.

Hunter ainda não havia chegado, no entanto já estava na cidade.

Flores, rosas amarelas, enfeitavam a mesa no centro da sala de jantar da suíte. Havia um cartão ao lado, com seu nome. Ela se encostou em uma cadeira e o abriu.

> ***Pensei que a flor do Texas fosse a rosa amarela. Mas acho que não prestei atenção nas aulas de geografia. Lupinos são um pouco mais difíceis de cortar e pôr num vaso. Espero que estas sirvam.***

Ela se inclinou para sentir o perfume das flores.

Hunter a estava cortejando. Ela o sentia deslizar um pouco mais fundo dentro dela a cada botão de flor.

São só flores, Gabi, não se esqueça disso.

Ainda assim, eram mais que isso.

Ela sabia.

E ele também.

Ela entrou e pegou o quarto de cima. Seu vestido não tivera que esperar na bagagem e não precisava ser passado a ferro. Depois de desfazer a mala de roupas para alguns dias — mais do que ela precisava —, voltou para a sala principal e abriu as enormes persianas.

Abaixo, via-se uma cidade vibrante; os carros cruzavam as vias, as pessoas corriam para cumprir prazos e obrigações.

Ela observava em silêncio.

Como é que chegara até ali? À cobertura de um hotel em Dallas, à espera do marido bilionário, mesmo que fosse só de fachada?

Bem, talvez não fosse *só* isso.

Ele flertara com ela ao telefone, embora sob o manto da necessidade.

Ainda assim, ela não estava tão por fora da dança do acasalamento a ponto de não reconhecer quando um homem tentava se fazer de desinteressado.

As constantes flores e os telefonemas eram a parte mais inesperada da perseguição de Hunter. O fato de ele a perseguir era chocante. Por que se dar o trabalho? Eles eram casados, estavam presos um ao outro por um tempo, pelo menos.

Sim, seria mais fácil para ambos se pudessem encontrar um jeito confortável de fazer isso.

Se duas semanas antes alguém lhe dissesse que ela estaria ansiosamente esperando a chegada dele e imaginando como ele a receberia quando aparecesse, Gabi teria discutido. Mas ela queria vê-lo. Queria testemunhar a interação dele com seus parceiros de negócios. Ela havia estado tensa demais na noite em que anunciaram seu casamento para prestar muita atenção no modo como ele falava com seus colegas.

Seria arrogante? Confiante? Exigente?

Sim, pensou, todas as alternativas. De que outra forma um homem da idade dele poderia ser tão bem-sucedido?

Talvez precisasse de uma esposa para suavizá-lo um pouco, ou pelo menos para parecer que tinha um lado mais sensível em sua personalidade.

Se o motivo da necessidade de ter uma esposa fosse algo assim tão simples, ela já saberia. Não, Hunter precisava dela em sua vida por alguma coisa maior. Mas o quê?

Ela havia pensado nesse *o que* a maior parte da semana. Queria morrer por não contratar seu próprio investigador particular para descobrir.

Ela havia confiado nele a ponto de lhe contar seus segredos e esperava que ele revelasse os dele.

O som da fechadura da porta se abrindo, acompanhado de um bipe, chamou sua atenção.

Ele estava de terno, que lhe caía perfeitamente bem nos ombros largos.

Os dois se fitaram.

O carregador caminhou a seu lado.

— Quer que leve isto para cima, sr. Blackwell?

Ele ainda a fitava.

— Não. Aqui está bom.

Hunter pegou a carteira, tirou uma nota e a entregou.

— Estou à sua disposição, sr. Blackwell. Para qualquer coisa.

Ele o dispensou.

— Obrigado.

A porta se fechou atrás do homem, deixando-os sozinhos.

Gabi notou Hunter flexionar as mãos algumas vezes, mas seus pés não saíram do lugar.

— Você faz ideia do que deu para aquele homem?

Ele balançou a cabeça.

Ela riu.

— Não é educado encarar, Hunter.

Ele deu alguns passos em direção a ela; parecia um leopardo perseguindo a presa.

Gabi se deslocou para não ficar de costas para a janela. Não que estivesse tentando escapar. Pelo menos, foi o que disse a si mesma.

— Onde está a sua roupa de ginástica? — ele perguntou.

Com uma cara séria, ela disse:

— Escondida na mala.

Ele rosnou, e seu nariz se dilatou.

Ela andava ao redor da mesa; seis cadeiras a separavam dele, que a seguia.

— As flores são lindas.

Ele não mudou seu curso nem seu olhar.

Gabi parou e deixou que ele avançasse. Os pelos de seus braços estavam arrepiados, e sua boca, seca.

— Hunter? O que você...

Ele cobriu o espaço entre eles em dois passos e a puxou para si, escondendo o nariz em seus cabelos.

— Obrigado — ele disse, sem fazer nada além de abraçá-la.

— Por quê?

— Por não mudar de xampu.

Ambos ficaram calados.

Ele a abraçou, descansando a cabeça na dela. Era uma boa acolhida.

Ela quebrou o silêncio alguns momentos depois.

— Vejo que você não pulou de um prédio.

Ele riu, chacoalhando os ombros.

— Ia fazer muita bagunça.

— Seria ruim para a sua imagem?

— Ãhã...

Ele tomou a cabeça dela nas mãos e, por um breve momento, ela pensou que ele a beijaria.

Mas ele não a beijou.

— Eu senti mais saudade do que deveria — ele confessou.

— Você ligou todos os dias.

— Não foi suficiente.

Ele passou o polegar sobre o lábio inferior dela antes de soltar um suspiro sofrido e se afastar.

O ataque lento e frenético da frustração sexual começou a dominá-la. Isso não deveria acontecer, advertiu a si mesma. Hunter estava demonstrando contenção, e ela deveria fazer o mesmo.

Independentemente de quão difícil fosse.

Gabi afrouxou uma mecha do coque, formando um cachinho.

Estava com uma maquiagem um pouco mais pesada, batom vermelho-sangue — algo que agradeceria se pudesse tirar.

O vestido de tricô tinha gola alta e meia manga. Abraçava suas curvas, terminando alguns centímetros acima dos joelhos. A cinta-liga e as meias sete oitavos haviam sido uma decisão de última hora. Provavelmente estúpida.

Quando fechou o último gancho e passou as mãos pelas laterais do corpo, ela admitiu, mesmo que só para si, que esperava que Hunter descobrisse a peça sensual que estava usando. Por mais que adorasse frustrá-lo, ela poderia viver das ondas sexuais que permeavam cada conversa entre eles. Provocá-lo, fazendo-o esquecer o próprio nome, era um poder que ela nunca tivera sobre um homem antes.

E ela gostava disso. Muito!

Olhou-se pela última vez no espelho, apagou a luz e saiu da suíte.

Hunter se afastou das janelas panorâmicas como se estivesse em câmera lenta. Em vez de gravata, ele usava uma blusa de tricô fina de gola alta. Sobre ela, um blazer preto. Se ela não soubesse, juraria que haviam combinado a roupa. As calças dele combinavam com o blazer, e os sapatos tinham o tom perfeito de preto. O cara realmente sabia se vestir. Casual, confiante, bilionário.

Ela não teve pressa para descer a escada, sentindo os olhos dele a seguindo.

Sem palavras. Gabi gostava desse lado de Hunter; muito melhor que o de canalha conivente que praticamente a forçara a assinar a certidão de casamento.

— Eu meio que esperava que você usasse vermelho.

Ela parou ao pé da escada e deixou que ele se aproximasse.

— Eu pensei nisso.

Ele esboçou um sorriso enquanto contornava os móveis que os separavam. Pegou uma caixa que havia em uma mesinha lateral e a estendeu para ela.

— O que é?

— Abra — ele pediu, com um persistente esboço de sorriso.

Seus dedos se roçaram enquanto Gabi tirava o estojo de joias das mãos de Hunter.

Ela sentiu os pelos dos braços se arrepiarem e os dedos tremerem quando abriu a tampa. Ali, no veludo preto, havia um par de brincos de rubi. As pedras em forma de pera eram do tamanho da unha do dedo mindinho; uma série de minúsculos diamantes brancos cravados no que parecia ser ouro branco brilhavam na parca luz.

— Ah, Hunter...

— Um toque de poder.

Ela mirou seus olhos, sentindo o coração se partir.

— Você não devia... — disse. E, antes que ele pudesse responder: — Mas adorei, obrigada.

— Ponha os brincos para mim.

Ela sorriu.

— Acho que vão ficar melhor em mim do que na caixa, mesmo.

Havia um espelho acima da mesa do hall de entrada. Ela tirou as argolas de ouro e as substituiu pelos rubis e diamantes.

O peso dos brincos era prova do quilate das pedras. Depois de pôr o segundo, balançou levemente a cabeça. Eles refletiram a luz e cintilaram.

Hunter se pôs atrás dela e viu seu reflexo no espelho. Passou as costas dos dedos por um dos brincos.

Ela ficou perfeitamente imóvel, observando as emoções que passavam pelo rosto dele.

— Você está linda, Gabriella.

Ela inclinou a cabeça involuntariamente.

Sentiu o corpo dele roçar o seu por trás e cintilar no espelho.

— Eu não te mereço — ele sussurrou.

O pedido para ser libertada descansava em seus lábios, impronunciado. A verdade era que ela não se sentia viva assim desde... desde sempre. Ser libertada agora significaria a ausência das emoções que sentia por dentro.

Viver um dia de cada vez fora sua vida desde que deixara a Flórida. Talvez fosse hora de começar a viver de novo.

Ela levou a mão até o rosto dele.

— Obrigada.

Ficaram se olhando através do espelho.

— Temos que ir — ele disse, sem se mexer —, antes que eu mande a conta do Adams se danar, junto com o pacto que fiz comigo mesmo a respeito de você.

— Pacto consigo mesmo? — ela perguntou, rindo de leve.

Os lábios dele se aproximaram perigosamente do seu pescoço, até que ele se afastou, com um rosnado.

Ele a pegou pela mão e a puxou.

— Vamos embora. Já.

O luxuoso restaurante ficava no coração de Dallas e era frequentado por milionários, celebridades e empresários que queriam impressionar. O dinheiro em Dallas contava muito, assim como na costa Oeste. As pessoas ali não se importavam se alguém fizera seus milhões sozinho ou se os recebera como herança. No máximo, um homem que se fizesse sozinho tinha um fio de cabelo a mais de influência.

Hunter conduziu Gabi ao bar enquanto aguardavam seus companheiros de jantar. Alguns homens a olhavam com interesse. No caminho até o restaurante, ele ficara longe dela na limusine. Mas agora procurava se certificar de que alguma parte de seu corpo tocasse o dela. Era o jeito de garantir que qualquer um que os visse entendesse que ela estava acompanhada.

Hunter não sabia bem de onde vinha o ciúme. Ele nunca se preocupara com os olhares masculinos sobre as mulheres que o acompanhavam em seus encontros.

Era a aliança, concluiu. Gabi usava a aliança dele, e, de alguma forma, isso o fazia sentir ciúme; exigia, até. Ele alimentava os pensamentos com essa besteira para evitar pensar em qualquer coisa mais profunda.

Encontraram uma mesa alta, e Hunter a convidou a sentar.

— O que você vai beber?

— Dry martíni. Duas azeitonas.

Ele se afastou e obteve a atenção do barman. Enquanto esperava as bebidas, ficou de olho em sua esposa.

Com a postura muito ereta, os brincos pendiam sobre o pescoço esguio e brilhavam a cada movimento de cabeça. Os seios fartos preenchiam o vestido, bem acinturado. Ele baixou o olhar e percebeu que ela batia o pé ao ritmo da música. Realmente, ele não a merecia. As palavras que ele pronunciara no quarto de hotel eram sinceras. O pensamento de deixá-la ir era uma faca de dois gumes, pronta para decapitá-lo. Ele devia se afastar dela emocionalmente.

No entanto, só pensava nela desde que deixara LA. Ele pensara que a distância aliviaria o fogo que ardia dentro dele, mas, em vez disso, havia um sopro constante de ar que alimentava essa chama.

O barman tocou-lhe o braço. Hunter jogou uma nota no balcão e pegou as bebidas. Quando se voltou, viu que alguém se aproximara de Gabi e estava inclinado sobre a mesa.

Hunter atravessou por entre pessoas que se aglomeravam no bar e interrompeu o estranho, que dizia:

— Eu certamente poderia apagar o seu...

Hunter não sabia bem o que o texano estava sugerindo apagar, mas largou as bebidas e fez algo que nunca havia feito; passou o braço nos ombros de Gabi e olhou furioso para o homem.

— Bem — o homem disse tão alto quanto suas botas lhe permitiam. — Parece que você tem um homem preso a essa aliança — e sorriu.

— Eu tentei lhe dizer — disse Gabi, indo para o lado de Hunter.

O homem estendeu a mão, e, para evitar uma cena, Hunter não teve escolha senão apertá-la.

— Você é um homem de sorte — disse o texano, soltando a mão de Hunter e dando uma piscadinha para Gabi antes de se afastar.

Ao lado de Hunter, Gabi riu discretamente.

— O que foi isso? — ele perguntou.

— Uma tentativa frustrada — disse ela.

Hunter olhou fixamente para as costas do homem que havia dado em cima de sua esposa, mas o toque de sua mão o fez voltar.

— Pare de rosnar.

Ele parou e, quando focou nela novamente, ela estava rindo.

— Você está se divertindo com isso, não é?

— Mais do que você imagina — ela respondeu, levantando seu drinque para um brinde. — Você sabe o que dizem sobre vingança — provocou.

Ele voltou a rosnar.

19

ÀS VEZES, GABI PEGAVA HUNTER a observando. Estavam sentados ali, diante de Frank e Minnie Adams, e ele fitava sua mão segurando a taça de martíni e se demorava ali. Ela acariciava a haste da taça mais que o necessário, até que Hunter delicadamente a cutucou debaixo da mesa.

Ah, o poder... Quem diria que ela se sentiria tão revigorada com ele?

O velho casal texano era tudo que Gabi imaginava ser um casal feliz entrando na segunda fase da vida adulta. Pelo que Gabi supôs, a única filha deles, Melissa, tentava encontrar seu lugar na empresa do pai.

Eles estavam pedindo café e decidindo que sobremesa dividir, quando o sr. Adams abordou o assunto de negócios.

— Eu gosto de você, Blackwell — disse, inclinando-se sobre a mesa. — Mesmo que você seja duro na queda e, pelo que os meus advogados falaram, alguém em quem não se pode confiar.

— Frank! — disse Minnie, cutucando o marido.

— Eles disseram que você vai assumir a minha empresa, quebrar a parte de produção de petróleo e se dedicar só a novos oleodutos.

Ao lado de Gabi, Hunter ouvia, de olhos focados no homem à sua frente.

— Oleodutos são o futuro.

— Sem petróleo, para que serve um oleoduto? — Frank argumentou.

Hunter se recostou.

— Todo produtor de petróleo do Texas, para não dizer dos Estados Unidos, precisaria passar pelos oleodutos Adams/Blackwell para entregar seu material bruto. Vamos ganhar dinheiro em cada barril fabricado, independentemente da origem.

— Monopólios são malvistos.

— Não vamos ser um monopólio por muito tempo. Vamos ser criadores de tendências — disse Hunter, inclinando-se para a frente. — Pense no telefone que você tem aí no bolso. Os primeiros conceitos de celular eram nada mais que radioamadores, dispositivos usados em guerras e tratores. Até que a Motorola expandiu o conceito, e em uma década outros emergiram. Então veio o analógico, o digital... A Bell manteve o monopólio, mas não para sempre. Os oleodutos americanos são o futuro do petróleo nos Estados Unidos, Adams. Nós dois sabemos disso.

— É arriscado.

— A vida é arriscada.

Frank se recostou. Gabi estava absorta, observando o marido trabalhar.

— Quero mais dez por cento — disse Frank.

— Eu vou pôr o capital — argumentou Blackwell.

Frank deu de ombros.

— Você precisa de mim ou não estaria aqui. Preciso proteger a minha família. Se eu lhe der o controle, não há nada que o impeça de chutar minha gente para o Golfo. Eu quero uma fusão, Blackwell, não uma aquisição.

Gabi notou que Hunter apertava e relaxava o punho debaixo da mesa. Obviamente, seu plano não era esse.

Incapaz de se conter, Gabi interveio:

— O que você está disposto a fazer por esses dez por cento extras, Frank?

Ele lhe ofereceu um sorriso apaziguador que a incomodou, mas ela o ignorou.

Olhou Frank nos olhos e sustentou o olhar, até que ele se encolheu.

— Tenho conexões aqui no Texas, outros petroleiros que podem ser persuadidos a se associar, a estabelecer a infraestrutura para entregar o material no duto principal.

— Você já me disse isso — recordou Hunter.

— Conheço políticos...

— Eu também — disse Hunter, fitando-o.

Gabi deixou os pensamentos correrem.

— Eu acho que oleodutos são o plano perfeito para o futuro do nosso país. Meu palpite é que o Carter apoiaria uma direção sólida para acabar com a nossa demanda por petróleo estrangeiro. E, se não me engano, ele tem um tio no Senado.

Ela estava pensando em voz alta, e isso captou a atenção de todos à mesa.

— Do que você está falando? — Frank perguntou.

Gabi voltou a atenção para Hunter.

— A Samantha é uma grande amiga do Carter e da Eliza Billings. Ele deixou recentemente o cargo de governador da Califórnia. No bloco republicano corre o boato de que ele pode concorrer à Casa Branca daqui a seis anos.

— Pode? Essa palavra não significa nada para mim — disse Frank.

Hunter se recostou de novo.

— O que a minha esposa quer dizer é simples, Frank. Você conhece pessoas, nós conhecemos pessoas, a diferença é que eu tenho capital para levar isso adiante e começar a comprar terras e todos os direitos. Meu alcance é maior que o seu.

— Sem mim, você não tem nada.

Hunter blefou.

— Sem você, vai demorar mais.

A mesa ficou em silêncio.

— Preciso proteger a minha família — Frank disse por fim.

Hunter se recostou, aproximou-se mais de Gabi e colocou a mão no encosto da cadeira dela.

— Eu entendo, mas dez por cento é muita coisa. Nossos advogados podem renegociar os números até nós dois ficarmos satisfeitos.

Era essa uma das razões pelas quais Hunter precisava de uma esposa? Um estratagema para mostrar que entendia o que era uma família?

Se fosse isso, quanto valiam os oleodutos? A pergunta teria de esperar.

O garçom estava servindo o café quando Hunter pegou o celular no bolso interno do blazer e olhou a tela. A expressão agradável que tinha no rosto desapareceu, e em cinco minutos ele encerrou o encontro.

— Vou pedir para o meu pessoal te ligar na segunda-feira — Hunter disse a Frank enquanto chamava o garçom.

— Está com pressa, de repente? — Frank perguntou.

Sim. Algo que vira no celular o afastava de Dallas. Vendo Hunter hesitar, Gabi tirou o guardanapo do colo e colocou a mão sobre a dele. Com um sorriso ensaiado, inclinou-se para a frente.

— Desculpem. É que ainda somos recém-casados, e o Hunter teve que passar a semana em Nova York enquanto eu fiquei presa em Los Angeles.

Minnie cutucou o marido e deu um sorriso.

— Vão, então. Deixem a conta conosco.

Mas Hunter já estava pegando o cartão e entregando ao garçom.

Enquanto esperavam a cobrança, Minnie perguntou:

— Como vocês se conheceram?

Hunter se voltou para Gabi.

— No Starbucks — disse ela.

— É mesmo? Quais as chances disso?

Hunter pegou a mão de Gabi e a beijou.

— Muito altas, se você toma café — respondeu.

A cabeça de Hunter zumbia; uma dor de cabeça se aproximava. Ele e Gabi mantinham relativo silêncio desde que saíram do restaurante. Havia tantas conversas que ele precisava ter com ela, mas nenhuma que precisasse começar no banco de trás de uma limusine.

— Onde você está? — Gabi perguntou.

Boa pergunta.

— Quer a verdade?

— Você ainda precisa perguntar?

Ele respirou fundo.

— Em algum lugar entre a verdade e a salvação, o purgatório e o inferno.

— É um longo caminho — ela comentou.

Como se fosse uma deixa, o carro parou diante do hotel e o monte de confissões teve de esperar.

Os dois chamaram atenção enquanto ele a guiava até o elevador. Frequentemente havia olhos por trás do flash de uma câmera quando ele passava mais de duas noites em um hotel. Não demoraria muito até que a mídia seguisse Gabi aonde quer que ela fosse. Especialmente quando a notícia vazasse.

Gabi parou à porta e tirou os sapatos. Hunter foi direto para o bar.

— Quer beber alguma coisa?

Gabi caminhou em sua direção com os sapatos pendurados nos dedos.

— Não sei. Quero?

Ele lhe serviu uma vodca antes de tirar o blazer e sentar em uma ponta do sofá.

Ela o acompanhou, largando os sapatos ao lado de uma cadeira e sentando--se sobre os pés. Esperou.

Onde diabos estava sua língua? Ele não podia mais esperar. Estava em rota de colisão, aquela que o levara a adquirir rapidamente uma esposa. Mais que isso. A mulher que esperava pacientemente que ele se abrisse provocava algo inesperado dentro dele.

Ele não merecia sua confiança e seu respeito, mas estava empenhado em conquistá-los.

— Me fale sobre sua verdade e salvação — disse ela, vendo que ele permanecia em silêncio.

— Não posso fazer isso sem falar do purgatório e do inferno.

— Você tem que começar por algum lugar. Por que não começa com o que te distraiu durante o jantar?

Ele pegou o celular no blazer, que havia lançado displicentemente no encosto do sofá, abriu a foto e o entregou a Gabi.

Ela se inclinou para a frente e pegou o celular.

— A menos que essa foto tenha sido tirada ontem, não vejo problema — disse Gabi, devolvendo-lhe o telefone.

— Foi tirada três meses atrás, numa festa. O nome dela é Sheila Watson.

— Vocês parecem íntimos.

Hunter olhou a foto novamente e viu coisas que Gabi não via.

— As aparências enganam. Não sei bem como essa foto foi tirada, mas uma coisa é certa: foi tirada de propósito. Assim como as outras.

— Outras?

Ele encontrou o e-mail escondido em uma pasta e abriu um punhado de fotos que haviam começado a chegar logo depois que conhecera Sheila. Mais uma vez, Hunter entregou o telefone a Gabi e lhe disse para rolar as fotos.

Gabi olhava todas elas, algumas mais sugestivas que outras, com uma expressão neutra.

— Quanto tempo durou o caso de vocês?

A única pergunta era: por que ele havia embarcado naquela dança para o inferno?

— Nós não tivemos um caso. Não sou eu.

Gabi ergueu o telefone e ampliou as fotos.

— É o meu irmão, Noah.

— Com quem você não se dá bem.

— É um eufemismo, mas sim — disse Hunter, rolando o gelo no copo e tomando um gole da bebida.

— Uau! Vocês dois são idênticos.

— Meu irmão não usa só o fato de sermos iguais. Ele teve um caso com a Sheila.

Gabi ofegou.

— Ah, não. Se fazendo passar por você?

— Não. Não que eu saiba. Tenho certeza que a Sheila sabia exatamente com quem estava transando e por quê. A foto na festa foi comigo. Foi quando eu a conheci. Todo mundo viu que nós nos conhecemos lá. Mas, para piorar as coisas, ela apareceu no meu escritório de Nova York implorando para falar comigo. Foi muito insistente para o meu gosto. Mas toda a satisfação quando alguém se sente atraído por você some rapidamente quando você percebe que a pessoa é desequilibrada.

— Você acha que ela invadiu o seu escritório porque estava apaixonada por você? — Gabi perguntou.

— Não. Ela fez uma cena. Queria que as pessoas nos vissem juntos.

— Por que ela faria isso?

— Chantagem — disse ele, tomando a bebida de um gole só. — O que é irônico, quando penso no que eu tive que fazer para frustrar os objetivos dela.

Gabi se endireitou na cadeira.

— É aí que eu entro.

Ele se levantou do sofá e se serviu outra dose de uísque.

— Eu não estava mentindo quando disse que precisava de uma esposa para afastar mulheres que alegavam que eu lhes tinha prometido casamento.

— Tenho certeza de que isso é verdade, mas, sinceramente, duvido que casar fosse a única solução para esse seu problema — disse Gabi.

Ele deu um meio sorriso.

— Exceto que algumas estavam determinadas a lucrar com essas acusações. Olha só, a Sheila teve um filho nove meses atrás. Filho do meu irmão gêmeo. Eu não sei o que veio primeiro, a criança ou o plano. Mas, na verdade, não importa.

— Ah, não...

Hunter podia ver os olhos de Gabi cintilando.

— A Sheila fez com que tirassem algumas fotos nossas na festa, depois apareceu de surpresa no meu escritório, me cercou durante um almoço... E então chegou um recado do Noah: "Parabéns, papai". São palavras que nenhum homem gostaria de ouvir, mas que cada um de nós merece escutar pelo menos uma vez na vida. Mas não de uma mulher na qual nunca encostamos.

A confissão ficou ali, pairando entre eles por alguns segundos, até que Gabi perguntou:

— Você precisava arranjar uma esposa para a Sheila não poder te chantagear para se casar com ela?

Ele odiava a ironia dos fatos.

— Em parte, mas ela nunca teria conseguido. E ter um contrato matrimonial certamente acabou com os planos dela com relação a isso.

— Como é que ela pode atribuir essa criança a você se não for sua?

— Pelo DNA. Eu e o Noah somos geneticamente idênticos em todos os aspectos. Semana passada recebi a notícia de que o teste de paternidade provou que eu sou o pai.

— Provou que um de vocês é o pai — corrigiu Gabi. — Certamente alguém com sua riqueza e influência pode encontrar um jeito de contestar a alegação dessa mulher.

Os olhos de Hunter colidiram com os de Gabi.

O sorriso forçado que ela mantinha lentamente desapareceu.

— A menos que você não queira — disse ela, incrédula.

— Meu inferno vai ser o inferno do Noah. Como ele se atreve a usar uma criança por dinheiro?

As primeiras lembranças das tramoias que seu irmão fizera para reivindicar algo que não era dele inundaram a mente de Hunter. Sim, eles haviam usado o fato de serem gêmeos idênticos na escola, de comum acordo; quando estavam na metade do ensino médio, a mãe deles desaparecera e o pai fora facilmente persuadido a seguir qualquer caminho financeiro que Noah sugerisse. O que Blackwell pai não percebia — ou, se percebia, não ligava — era a natureza egoísta de Noah. O dom de Noah era evitar responsabilidades e fingir ser alguém que não era. Outro dom era o de agradar a todos que porventura conhecesse. Não havia uma alma viva que dissesse que ele era um mau sujeito. Ele reservava seu lado desagradável para Hunter.

Muitas vezes no passado, Noah pedira dinheiro para alguma coisa, para financiar uma "ideia brilhante". Era fácil dar o dinheiro quando se tinha, mas, com o passar do tempo, Hunter pôde ver que não estava fazendo a coisa certa.

Ele deixara de ser o banco e o capacho de seu irmão e se afastara. Menos de três meses depois, Noah abrira uma linha de crédito usando o nome de Hunter — gastara mais de cem mil dólares antes que Hunter soubesse da tramoia. Depois, Hunter cortara relações com ele, e seus contadores ficaram de olho em qualquer coisa que estivesse relacionada a crédito.

A recompensa de Hunter por não passar a mão na cabeça de Noah era um filho de quem ele não era pai. Vingança era uma merda.

Gabi levou a mão à boca.

— Você vai ficar com a criança.

— É uma jogada que nenhum deles espera.

Ela deixou cair a mão no colo, apertando a mandíbula.

— Isso não é um jogo de xadrez. Estamos falando de uma criança, Hunter.

Ele sentiu os pelos da nuca se arrepiarem.

— Uma criança que está sendo usada como um peão pelos próprios pais. Que tipo de vida ela vai ter? Minha mãe forçou meu pai a se casar, alegando que estava grávida. Ela nos abandonou a primeira vez quando estávamos no terceiro ano e, depois que voltou, ficou brincando de ir e vir até o ensino médio. Meu irmão sabe que eu não vou sustentá-lo, então bolou um plano para eu sustentar o filho dele. Só que ele pensa que eu vou fazer isso lhe dando dinheiro todo mês para evitar ser responsabilizado como o pai da criança.

Hunter não podia mais ficar sentado; foi até as janelas e fitou as luzes da cidade abaixo. Ele nunca falava de sua mãe. A maioria das pessoas pensava que estava morta. Para ele, estava mesmo. E, depois da armação de Noah, seu irmão estaria morto para ele também.

— Sinto muito.

— Não quero sua compaixão.

— Que pena. Ser abandonado pelos pais não é fácil em nenhuma idade. Meu pai morreu, e mesmo assim eu me senti traída. Se ele tivesse escolhido ir embora e nunca mais voltar, seria uma traição sem limites. O que eu não entendo é por que você não me contou tudo isso antes.

— Antes do casamento?

— Sim.

— Você teria acreditado em mim? — ele perguntou, olhando-a por cima do ombro.

Ela balançou levemente a cabeça.

— Não. Acho que não.

— Então, aí está a sua resposta. — A falta de amigos e de lealdade o impedira de se abrir e esperar que as pessoas fizessem o que era certo. Hunter voltou o olhar para o horizonte.

— Você é um homem muito impaciente, sabia?

— Não gosto de perder tempo.

— O que te torna impulsivo e te faz forçar mulheres desavisadas a se casar com você.

Como ele podia responder a isso? Felizmente ela continuou falando, o que o poupou.

— Você faz ideia de como vai trazer essa criança para a sua vida? Do que é preciso para ser pai?

Até Gabriella aparecer na vida dele, Hunter só pensava nisso.

— Não mais que qualquer homem que de repente descobre que vai ter um filho.

— Você vai mesmo assumir o filho do seu irmão?

— O Hayden não merece viver com pais que só o tiveram para ganhar dinheiro com o seu DNA. Não estou louco, sei que não vai ser fácil.

— E você está disposto...

A imagem que ele tinha do garoto surgiu em sua cabeça. Hunter se voltou para olhar para Gabi. Ela estava sentada na cadeira, com os pés plantados no chão, como se estivesse pronta para sair correndo dali.

— Ele ainda não tem nem dez meses. A babá, a creche, o que quer que seja, não é muito diferente de um orfanato. A Sheila o pega de vez em quando, mas passa a maior parte do tempo com o Noah, e ele não nasceu para ser pai. Não pode cuidar nem de si, quanto mais de outra pessoa.

— Bem, e onde eu me encaixo nesse cenário?

— Eu tenho uma equipe de advogados e investigadores particulares trabalhando para provar que a Sheila é incapaz como mãe. Como um homem estável, casado, é fácil não só me livrar da alegação da Sheila de que concordei em me casar com ela, como também que o tribunal use as provas e o meu estado estável atual para me conceder a custódia. Acho que daqui a um tempo e com um pouco de dinheiro, ela vai sair de cena.

— E se ela não fizer isso?

Hunter apostava que faria.

— Penso nisso quando acontecer.

— E o Noah? — ela perguntou.

— Ele não vai ganhar nada com isso. Se eu ceder a qualquer exigência dele agora, o que me garante que ele não vai aprontar de novo?

— Nada.

— Exatamente.

— Você tem uma foto do Hayden?

Hunter tirou a carteira do bolso enquanto Gabi caminhava em sua direção.

Ela viu um tufo de cabelos escuros sobre o rosto gordinho da criança, que tinha o punho na boca enquanto a baba escorria pelo queixo.

Gabi levou a mão à foto.

— Ele é lindo.

Sim. Hunter pensara a mesma coisa da primeira vez que o vira.

— Não tem culpa de nada o pobrezinho.

Com um suspiro, Hunter devolveu a foto à carteira e a enfiou no bolso.

— O que eu faço com você? — Gabi sussurrou.

Ele a fitou e percebeu que seus olhos estavam úmidos.

— Seria prudente manter distância.

Em vez de se afastar, ela diminuiu o espaço entre eles e colocou a mão em seu peito.

— Uma hora você é a personificação do maior canalha do mundo, e outra está salvando bebês de pais malvados.

— Não sou nenhum herói, Gabi. Não estou nem perto disso.

— Não — ela concordou. — Você não é nenhum santo. Suas táticas são cruéis, insensíveis, e parece que você nem se dá conta disso. É impaciente, ganancioso e egoísta.

Ele franziu o cenho.

— Além de tudo é cínico, desagradável... — ela continuou.

Ele levou a mão ao peito.

— Assim você me mata!

— Eu ainda não terminei! — Ela afastou a mão de seu peito e sorriu. — Você é determinado, o que não é ruim. É influente e um pouco brilhante.

Afinal, convenhamos: quantos homens aos trinta e seis anos entram na lista de solteiros bilionários da *Forbes* sem ser por herança de família?

Ele suavizou a expressão.

— Você tem medo da sinceridade, mas quem não tem? É difícil revelar certas verdades quando não sabemos se o outro vai usá-las contra nós. É difícil confiar em alguém quando seu próprio irmão está te ferrando.

Ele levou a mão ao ombro dela.

— Eu não... — começou.

— Ainda não terminei.

Ele suspirou, sorrindo.

— Você é sexy, e as mulheres da sua vida seriam tolas se não tentassem conseguir a atenção que pudessem de você.

Sim, ele estava exercitando os músculos do rosto com seu sorriso.

— Você provavelmente arrasou corações de Los Angeles a Nova York e Europa. Que Deus te ajude se mais de uma mulher chegar com uma criança no colo.

— Eu sempre usei camisinha.

Gabi colocou o dedo nos lábios dele, silenciando-o.

— E, embora seja impaciente diante das muitas fusões, aquisições e casamentos, você demonstrou um incrível autocontrole em relação a seu sobrinho e sua esposa. — Ela parou, e seu sorriso desapareceu. — E isso, Hunter Hayden Blackwell, é o que te coloca no caminho de ser um herói.

Ele apertou seu ombro. A confiança que ela transmitia nos olhos era poderosa demais para as palavras terem lugar ali.

— Meu autocontrole em relação a você é comparável a uma corda de violino. Um toque e ela se rompe — ele disse.

Ela subiu os dedos delicados por seu peito largo e os passeou por seu pescoço.

— Meu Deus, espero que sim — confessou, puxando a cabeça dele para perto e o beijando.

Diante de seu toque, a corda se rompeu.

20

HUNTER ESTAVA AFLITO; GABI SENTIA isso em seu beijo.

A hesitação durou apenas uma fração de segundo antes de ele a envolver em seus braços fortes e jogar seu peso na união dos lábios. Ela foi imediatamente dominada por diversas sensações. Ele tinha gosto de uísque, cheirava a pecado e a beijava como o diabo que garante partir seu coração. Mas não tinha volta. Depois de ficar adormecida por tanto tempo, ela não queria resistir a ser devorada por um homem tão poderoso quanto Hunter.

Não mais.

Ela se abriu para que a língua dele pudesse penetrá-la e ficou na ponta dos pés para saboreá-lo. Não havia movimentos cuidadosos. Ambos estavam muito ansiosos para sentir o próximo movimento de prazer. Hunter passou a mão pelas costas dela para pegar seus cabelos.

Soltou os lábios para dizer:

— Deixe eles soltos. Quero te ver de cabelo solto.

Ela abriu os olhos para ver os olhos dele estreitados.

Com ambas as mãos, abriu a fivela e soltou os cabelos, que caíram em ondas sobre seus ombros.

Hunter rosnou e enfiou as mãos por entre eles, percorrendo os fios sedosos. Então segurou o rosto dela e a fitou.

— Eu nunca desejei tanto uma mulher como desejo você.

Gabi não teve tempo de responder — não que soubesse o que dizer, depois da confissão que acabara de ouvir. Ele roçou os lábios nos dela com desespero.

Quando Gabi levou uma mão ao quadril e outra ao traseiro dele, Hunter a pressionou contra a enorme janela e segurou suas mãos. Ele as ergueu acima da cabeça e se inclinou sobre ela, ambos colados dos ombros aos joelhos. Ele não permitiu que ela o tocasse a fim de controlar a própria capacidade de retardar o momento.

Uma espera ao mesmo tempo sensual e frustrante.

Embora ainda estivessem completamente vestidos, a extensão do desejo de Hunter pressionava a barriga dela.

Ele a beijava continuamente; beijos ardentes e urgentes que deixavam Gabi sem fôlego.

Com as mãos presas, ela enroscou a perna na dele.

Ele afastou os lábios.

— Se você continuar me tocando desse jeito, vou fazer amor com você aqui mesmo, com a cidade inteira assistindo.

Ela girou a cabeça, tentando ver as luzes atrás de si. Não estava pronta para tanto exibicionismo.

— Então sugiro arranjarmos uma cama.

Ele soltou uma das mãos e pegou o rosto dela.

— Tem certeza, Gabriella? — perguntou.

Precisa perguntar?

Ele estava lhe dando a chance de cair fora — coisa que ela não queria mais.

— Na sua cama ou na minha? — ela perguntou com um sorriso.

Em um segundo, estava nos braços dele.

— A minha é mais perto.

Ele puxou o edredom e a colocou sobre os lençóis brancos.

Gabi o recebeu novamente em seus braços, dando continuidade ao beijo que ele evitara durante mais de uma semana.

O peso e a força dele a deixavam tonta. Ou talvez fosse a falta de ar. Gabi ergueu o queixo, forçando a atenção dele para seu pescoço.

Ela tirou a camisa dele de dentro da calça. Não era possível tirá-la por completo, pois não havia espaço entre eles. E nesse momento Hunter usava a ponta da língua para explorar a parte de trás da orelha dela.

Quando, com a ponta dos dedos, ela encontrou a pele dele, deixou as unhas se arrastarem por ali.

Hunter perdeu a concentração e gemeu.

Com os lábios perto da orelha dele, ela sussurrou:

— Adoro quando você perde o controle.

— Ahhh.

Ela riu e deixou os dedos deslizarem para dentro da calça dele.

Ele ergueu o vestido dela. A sensação dos dedos dele passando pela borda das meias sete oitavos a fez sorrir.

Ele ficou paralisado e ergueu o corpo de leve, afastando-se do calor que emanava dela. Então ergueu ainda mais o vestido e viu suas coxas.

Ela percebeu quando os olhos dele se deliciaram com a cinta-liga.

— Meu Deus, Gabi. O que você está usando?

— Se precisa perguntar... — ela deixou as palavras sumirem quando notou a reação dele à lingerie.

Ele passou a mão sob o fecho, mas não o abriu. Em vez disso continuou a explorá-la.

— Você é irresistível. Como o Natal.

Excitada pelo toque, pelas palavras e pelos olhos dele, ela o convidou:

— É hora de abrir o presente.

Ela se sentou e levou as mãos às costas. O zíper do vestido não deslizava facilmente, de modo que Hunter assumiu.

Ela o ouviu correr suavemente, sentiu os dedos dele roçarem sua pele quando o ar frio tocou sua carne. Ainda sentada, esperou enquanto Hunter tirava devagar o vestido de seus ombros.

Quando a peça caiu amontoada ao redor de sua cintura, Hunter deixou de fitá-la e se inclinou para a frente, para tocá-la. Ele se demorou nos ombros de Gabi, roçou os lábios no topo dos seios dela, ainda presos no sutiã preto de renda. Tentou tirar seu vestido enquanto ela puxava a camisa dele. Ambas as peças chegaram ao chão ao mesmo tempo.

Gabi sabia que Hunter tinha um belo corpo, mas agora podia admirá-lo. Uma visão sobre a qual pensara muito desde que o vira pela primeira vez na praia da ilha de seu irmão.

Com liberdade, ela o tocou. Tudo nele era força e confiança.

Hunter saiu da cama durante os dois segundos que demorou para tirar a calça. Jogou a carteira no criado-mudo e voltou só de cueca.

Passou as mãos pelos seios dela, segurando-os antes de abrir o sutiã.

— Natal e aniversários — ele sussurrou enquanto atirava longe as roupas dela.

Ela sentia os seios pesados pela necessidade de seu toque.

Não precisou pedir. Hunter substituiu as mãos pela boca. Algum dia ela já se sentira tão completamente pronta para aceitar um homem dentro dela? Algum dia já se sentira tão apreciada?

Essa não devia ser a palavra certa, mas era a única que passava por sua cabeça. Hunter estava fazendo amor com ela, não simplesmente tentando penetrá-la. Afastando qualquer dúvida sobre as intenções dele, ela se recostou nos travesseiros e se entregou completamente.

Ele não teve pressa, até vê-la selvagem e se contorcendo. Ainda não havia tocado suas partes mais necessitadas, que gritavam por atenção. Hunter foi descendo pela cintura de Gabi, até chegar ao quadril.

Quando ela ergueu os quadris, ele riu.

— Agora sou eu quem está morrendo — disse ela.

Ele ergueu uma perna dela, a dobrou e se ajoelhou.

O primeiro fecho da cinta liga pulou, pegando-a de surpresa. O segundo já era esperado.

Ele fez a meia rolar para baixo e se voltou para a outra perna. Quando tirou as duas, levou os dedos numa dança lenta até as panturrilhas, depois até as coxas, olhando cada parte que tocava. Quando ela sentiu que ele aliviaria parte da imensa tensão de seu corpo, com os dedos ele contornou seu sexo, pegou a liga e a puxou. Ela prendeu a respiração quando ele a tirou completamente. Gabi nunca ficara tão exposta a um homem, mas, em vez de se sentir envergonhada, a palavra "venerada" passou por sua cabeça.

— Por favor — murmurou.

Hunter disparou o olhar para o corpo dela com tanta luxúria e paixão que seu coração deu um salto.

— Eu não te mereço — ele disse.

Ela se assustou, pensando que ele fosse parar.

— Você me trouxe até aqui, Hunter. Seria crueldade me deixar agora...

Com os olhos fixos nos dela, ele levou as mãos à parte interna das coxas de Gabi.

— Antes de entrar no quarto já não tinha mais volta, Gabriella.

Ele baixou a cabeça. O primeiro toque foi com a língua.

Gabi gritou, agarrando os lençóis.

Hunter não precisava que ela lhe dissesse onde tocar, o que provar. Ele estava ali, completamente consumido por ela.

— Ah, Hunter.

Fazia tanto tempo... Ela estava indo rápido demais. Ergueu os quadris da cama e explodiu.

Literalmente viu estrelas enquanto o orgasmo a dominava.

Hunter não se afastou. Só se mexeu para jogar a cueca no chão e pegar o preservativo. Gabi pegou a mão dele enquanto ele colocava a camisinha e sorriu. Seu membro era impressionante.

Então ela se abriu para Hunter. Passou os braços pelo pescoço dele. Ao sentir que ele a cutucava, ela sorriu.

— Última chance, Gabi.

— Achei que já tínhamos passado o ponto de voltar atrás — ela disse com um sorriso.

Ele rosnou, inclinou os quadris e lhe ofereceu uma amostra.

— Você tem razão — e a penetrou. — Já passamos.

Sim.

Então ele a preencheu. Cada espaço vazio estava agora marcado com o cheiro e o toque de Hunter.

Ele a puxou para seus braços, tomou seus lábios mais uma vez e lentamente começou a se mexer. O êxtase de Gabi foi crescendo mais devagar dessa vez, e Hunter não teve pressa.

Ele murmurou sobre a beleza dela, disse várias vezes que não a merecia e que a sensação de penetrá-la era incrível.

O ritmo deles se acelerou, até que não era mais possível se beijarem, toda a atenção no ponto onde estavam intimamente unidos.

Com as unhas ela o puxou para mais perto. Estavam a um passo do orgasmo. Quando ela estava quase perdendo o controle, ele sussurrou:

— Goza para mim.

E ela gozou.

Hunter logo a seguiu, com um rosnado que ela já conhecia muito bem.

Remington não dormira no avião; o sol de Roma era brilhante demais.

Ele saiu do aeroporto e foi até o ponto de táxi, grato por não estar mais na Colômbia. Aquele lugar tinha olhos, e ele não podia deixar de se perguntar quem exatamente o estaria observando. Exceto pelo fato de as crianças terem levado seu celular, ele não tinha sido assaltado.

A única pista sobre as contas de Picano eram os dois bancários. Depois que Remington os deixara, as informações secaram.

Acomodado em um hotel barato — o equivalente a uma espelunca americana —, Remington ligou para Blackwell. Era madrugada nos Estados Unidos, de modo que, quando a ligação caiu na caixa postal, ele transmitiu os detalhes importantes.

— Ah, Roma. Que bela cidade! A Colômbia foi um fracasso. Eu poderia jurar que quem pôs as mãos nessa conta tem um alcance muito além daquelas fronteiras. Ninguém abriu o bico sobre nada. De qualquer forma, recuperei o celular, mesmo número. Se tentou me ligar antes, azar o seu. Malditas crianças — murmurou. — Estou me passando por seu agente pessoal. Confirme isso. Esses italianos não são tão rápidos para abrir o jogo, o que me faz perguntar até onde vou chegar. Talvez eu precise arrumar outro par de orelhas, ou alguém que fale essa maldita língua. — Remington bocejou e tirou os sapatos. — Não se incomode de ligar antes das seis da tarde. Não vou atender — continuou, afastando-se da cama e fechando as cortinas. — Já te falei como adoro viajar por sua conta?

E desligou.

Ele acordaria ao anoitecer para encontrar o contato que fizera antes de pegar o avião. E, depois de uma boa noite de sono, estaria no banco de manhã.

Quando a cidade em volta acordou, Remington fez o possível para abafar a luz e o barulho. Caiu na cama e imediatamente sentiu o corpo afundar. Seu último pensamento antes de adormecer foi: *Preciso de alguma informação amanhã, senão posso dar adeus ao meu trabalho.*

Hunter acordou assustado e olhou para o lado.

Gabi ainda estava ali, os cabelos espalhados no travesseiro, os olhos fechados e os lábios ligeiramente entreabertos, dormindo.

Eles tinham acabado de complicar tudo.

Mas Hunter estava tranquilo. Ainda estava escuro, e o relógio no criado-mudo indicava que passava das três da manhã.

Gabi se virou na cama; Hunter a abraçou pela cintura e se aproximou. Quando sentiu o perfume floral dos cabelos dela, Hunter finalmente se permitiu relaxar.

Ele já tinha ouvido falar de sexo alucinante, orgasmos de abalar o universo, e, sim, ele já tinha tido sua cota de encontros que achava que podia definir nesses termos.

Mas estava errado.

Talvez fosse a coisa da conquista — a realidade de que a mulher que dormia em seus braços lhe dissera uma vez que ele não poderia tocá-la.

Talvez fosse ela.

Talvez o desejo tivesse envenenado seu cérebro.

Ele começou a cochilar quando Gabi encaixou a perna entre as dele. O corpo de Hunter respondeu a seu leve toque. Ele pensou em tomá-la de novo, mas decidiu que uma amante bem acordada seria melhor que uma meio adormecida.

O sol nasceria em poucas horas. Ele podia esperar.

21

HUNTER SE SENTOU DIANTE DE Gabi, que estava de roupão, bebendo chá e desfrutando o serviço de quarto.

Ela estava tão apaixonada de manhã quanto na noite anterior. Se tinha dúvidas sobre o que acontecera, não havia sinal disso em sua voz ou em suas atitudes.

E desde quando ele queria falar sobre sexo depois de ter feito? Desde que acordara, aparentemente.

— Sou eu, ou estes ovos estão incríveis? — Gabi perguntou enquanto levava uma garfada de ovos mexidos à boca.

Ela lambeu os lábios, pegando com a ponta da língua um pedacinho de ovo.

— Ver você comer é que pode ser classificado como incrível.

Ela inclinou a cabeça, dando um sorriso meio envergonhado.

— Estou faminta. Não fico acordada tanto tempo à noite desde... — ela baixou o garfo e olhou para cima — acho que desde nunca.

Meu Deus, ela sabia acariciar o ego dele. E também havia aberto a porta para a conversa que ele tinha na cabeça desde o banho.

— Algum arrependimento sobre ontem à noite?

Ela o olhou nos olhos.

— Talvez. Mas ainda não se manifestou.

A resposta foi sincera.

— E você? — ela perguntou, colocando mais ovos na boca.

— Estou mais preocupado com você. Você era totalmente contrária à ideia de intimidade.

Ela baixou o garfo e se recostou na cadeira.

— Eu não te conhecia. E provavelmente ainda não conheço. Pelo menos não completamente.

— Mesmo casais que estão juntos há vinte anos descobrem segredos sobre o outro — disse ele.

Gabi limpou a boca com o guardanapo que tinha no colo, antes de falar.

— Eu aprendi muito mais sobre Hunter Blackwell no mês passado do que jamais imaginei. Mas intimidade ainda é algo que me assusta. Acho que você pode entender por quê.

Ele se inclinou por sobre a mesa e pousou a mão sobre a dela.

— Não tenho medo de você — ela confessou. — Mas talvez devesse ter.

Isso doeu, mas ele teve de concordar.

— Talvez devesse mesmo.

Ela sorriu ao ouvir as palavras.

— Obrigada por não ignorar o elefante na sala.

— Você é minha esposa — ele recordou. — Não é alguém que eu possa ignorar.

Ela afastou a mão e continuou comendo.

— E se nós tivéssemos acabado de nos conhecer, se não tivéssemos nenhum contrato de casamento? Você me ignoraria depois da noite passada?

— E hoje de manhã? — ele acrescentou.

A mão que segurava o garfo hesitou e as bochechas de Gabi ficaram rosadas.

— E hoje de manhã — ela repetiu.

— Se fosse outra mulher, talvez. Eu não conquistei minha reputação só com especulação.

Ela pareceu respeitar a resposta dele, de modo que Hunter prosseguiu:

— Mas Gabriella Blackwell exige algo mais, e não simplesmente pelo sobrenome. E acho que nenhum de nós pode dizer que já teve um caso com o cônjuge.

— Isso é tão estranho! — ela exclamou.

— E tem outra maneira de dizer?

Ela continuou mastigando, e ele deu de ombros.

— Um caso soa melhor que uma transa de uma noite. É isso que aconteceu com a gente? — ela perguntou.

Ele ergueu a xícara de café e, levando-a aos lábios, murmurou:

— Uma transa de uma noite? Acho que não. Mas não sei dizer que diabos estou fazendo.

Ela desistiu do café da manhã, largou o guardanapo no prato e disse:

— Eu também não. Mas acho que precisamos de algumas regras.

Ali estava ela: a mulher que invadira o escritório dele com um contrato que só um tolo assinaria.

Um tolo como Hunter.

— Que tipo de regras?

— Nós dois temos problemas com confiança, certo?

— Sim. Acho que sim.

— Então, sinceridade acima de tudo. Eu começo. Quando coloquei a cláusula sobre casos no contrato, foi mais para te irritar que por me importar que você transasse com qualquer mulher por aí. Mas enquanto eu e você estivermos... — disse ela, olhando para a porta fechada atrás dele.

— Tendo intimidade? — ele arriscou.

— Sim. Enquanto formos íntimos, não quero dividir você com mais ninguém.

Ele engoliu em seco. Hunter não concordava com esse tipo de relacionamento desde o colegial. E por quanto tempo? Duas semanas? Mas, por outro lado, não havia pensado em outra mulher desde que conhecera e encontrara aquela força chamada Gabriella.

— E se um de nós sentir atração por outra pessoa, vamos ser sinceros com o outro — disse ela.

A ideia de ela ficar com outro homem o fez gelar mais do que ele gostaria.

— Posso concordar com isso.

Ela o encarou.

— Não importa quanto isso possa machucar o outro.

— Eu prometi que não te machucaria — disse ele.

Mas poderia cumprir a promessa se alguém aparecesse? Deus, ele era um idiota.

— Essa promessa tinha a ver com me machucar fisicamente. Cabe a mim proteger meu coração, Hunter. Isso não é responsabilidade sua. Sim, doeria se você dissesse que ontem à noite foi legal, mas não vai ter uma segunda vez. Mas é melhor que fingir atração quando não existe.

Ele não pôde evitar de rir.

— Eu não usaria a palavra *legal*, e *não vai ter uma segunda vez* não faz parte do meu vocabulário.

— Então estamos de acordo. Fidelidade e sinceridade. Mesmo que doa.

— E mais uma coisa — ele acrescentou. — Nosso contrato continua de pé. Dezoito meses.

— Dezessete meses e dois dias — ela pontuou.

— Eu perdi duas semanas?

— Nós assinamos o contrato antes de casar. Você devia ler as letrinhas pequenas, Wall Street.

Ele ficou feliz ao vê-la sorrir.

— Está certo — disse ele, estendendo a mão por sobre a mesa, como se estivesse conversando com seu advogado. — Selamos nosso acordo com um aperto de mãos?

Em vez de estender a mão, Gabi se levantou e tirou o cinto do roupão.

A visão do corpo dela, inteiro, nu, parado no meio da sala de um hotel em Dallas, deixou-o com a boca completamente seca.

— Tenho uma ideia melhor — disse ela, dirigindo-se até a escada.

Demorou um minuto para o cérebro de Hunter reagir, mas, quando o fez, ele rosnou e saiu atrás dela.

A papelada da casa ficou pronta na sexta-feira seguinte, e, no sábado, a irmã de Samantha, Jordan, teve falência respiratória e foi ligada a aparelhos. Em vez de se mudar para a casa nova, Gabi estava cuidando de todos os atuais e antigos membros da Alliance, em um esforço de ajudar Samantha e Blake.

— Tem alguma coisa que eu possa fazer? — Hunter perguntou por telefone quando ela ligou para dizer que não fariam a mudança no fim de semana.

— Ninguém pode fazer nada, a não ser esperar por notícias no hospital.

Eles tinham passado a maior parte da semana separados.

Dallas nunca mais seria a mesma. Eles conversaram sobre quartos separados na nova casa e muitas outras coisas...

Então, ela recordou a quarta-feira, o jantar e o banco de trás da limusine, mas se esforçou para tirar essas lembranças da cabeça falando com Hunter agora.

— Tenho certeza que você tem alguma coisa para encaixotar — disse ela.

— Tenho gente para fazer isso por mim — ele respondeu. — Além disso, não vou levar nada do apartamento. Só os meus ternos.

Ele manteria seu apartamento na cidade; fora uma decisão tomada antes de Dallas — AD, um acrônimo que mantinha Gabi matutando.

— Então você está entediado, precisa de um lugar para ir e o hospital é uma opção?

— Entediado? Não sei o que significa essa palavra.

Ela sentiu um sorriso se abrir no rosto. À sua volta, os funcionários do hospital entravam e saíam da UTI. O saguão estava cheio de rostos familiares. Gwen estava sentada ao lado de uma ex-funcionária da Alliance, Karen Gardner. Ela havia cuidado da irmã de Samantha e se dedicava de corpo e alma a essa última virada na saúde de Jordan. Mas o fato de Karen estar emocionada por ter descoberto recentemente que estava grávida de seu primeiro filho não ajudava.

— Se você não está entediado, o que está fazendo?

— Multitarefas.

Não havia nada engraçado acontecendo em volta, mas ela riu.

— Que tipo de multitarefas um bilionário faz? — perguntou.

— Este bilionário aqui está tentando descobrir como contratar uma babá sem deixar transparecer minhas intenções e simultaneamente orientando dois detetives particulares em diferentes partes do mundo.

— Quando você acha que o Hayden vai chegar?

— Daqui a um mês, talvez dois. Difícil dizer. Estou com um advogado de família e a equipe dele trabalhando nisso. Se o meu detetive particular conseguir provas da negligência, vamos buscá-lo mais cedo. Em caso de emergência, pode ser daqui a uma semana. Quem sabe?

— Quer um conselho? — ela perguntou.

— Fala.

— Não se preocupe em contratar uma boa babá. Vamos cuidar de tudo quando o pegarmos. Nós dois juntos.

Hunter hesitou.

— Eu trabalho todos os dias, e não posso jogar isso nas suas costas.

— Você não está jogando nas minhas costas, eu é que estou me oferecendo. Quando estivermos com ele, podemos começar a Operação Busca à Babá. Além disso, não quero uma loira linda e jovem na minha casa tentando o meu marido.

Ela estava só o provocando.

— Eu não sei...

— Hunter, por favor. Se concentre nos seus detetives. Você tem dois trabalhando nisso?

— Não, só um. O outro está trabalhando no seu caso.

O sorriso dela desapareceu.

— Para descobrir quem está por trás da movimentação do dinheiro das suas contas — ele explicou depressa.

— Não me assuste desse jeito — ela o repreendeu.

— Pelo que sei, todas as cartas estão na mesa... a menos que você esteja escondendo alguma coisa — disse ele.

Gabi deu uma olhada ao redor para se assegurar de que ninguém estivesse ouvindo.

— Meus armários de esqueletos estão vazios, Hunter.

— Bom saber.

— Seu detetive particular não precisa se preocupar com a movimentação do dinheiro. Eu acabei com isso — disse ela.

— Você o quê?

— Na noite em que você me pressionou com as informações sobre mim, eu encontrei as duas contas. Com algumas tentativas, descobri as senhas do Alonzo. Ele nunca foi muito esperto com números. Quando consegui acessar as contas, mudei as senhas.

— Gabi, não. Você não fez isso — disse Hunter com voz estressada.

— Sim, eu fiz. Não quero ninguém por aí usando o meu nome numa conta com esse tipo de dinheiro. Congelar as contas até contratar alguém para encontrar a pessoa que está por trás disso me pareceu o melhor a fazer.

— Não, não, não e não...

Ela se virou para a parede e disse, baixando a voz:

— Que foi?

— Pensa bem. Quem está com as mãos nesse dinheiro não vai mais poder ter acesso, e vai ficar puto.

A presunção de Gabi um minuto atrás desapareceu.

— Eu não pensei nisso... — disse ela.

— Vou mudar de estratégia. Você precisa de um guarda-costas até resolvermos isso.

— Isso é ridículo, Hunter. Eu não preciso de um guarda-costas.

As palavras de Gabi foram mais altas dessa vez, e várias cabeças se voltaram em sua direção. Gwen encerrou a conversa com Karen e foi até ela.

— Conversamos sobre isso mais tarde — Gabi disse.

— Não tem nada para conversar — disse Hunter.

Gwen parou diante dela, com os olhos apertados.

— Um guarda-costas? — repetiu.

Gabi tirou o celular da orelha.

— Não é nada, Gwen. O Hunter que está sendo superprotetor.

Gwen colocou as mãos na cintura e a fitou.

— Eu aprendi que quando um homem tão rico quanto o Hunter acha que você precisa de um guarda-costas... você precisa de um guarda-costas. Diga a ele que vou ligar para o Neil.

Gabi cobriu o microfone do celular com a mão.

— Eu não preciso de...

Mas, com um movimento rápido, Gwen tirou o telefone de sua mão e o levou à orelha.

— Oi, Hunter, é a Gwen. Sim, faz muito tempo. Isso, num dos casamentos do meu irmão — ela riu e continuou falando. — Escuta, sobre o guarda-costas... o meu marido chefia a equipe de segurança do Blake... Sim, isso mesmo, o Neil... Ótimo. Fico feliz por você se lembrar. Claro, não vejo a hora. Disponha.

Gwen ergueu o queixo, devolveu o telefone a Gabi e se afastou.

— Feliz agora? — Gabi perguntou a Hunter quando levou o celular ao ouvido novamente.

— Muito. Uma coisa a menos para procurar. Vou passar aí para te pegar.

— Já chega, eu não sou criança.

Ela estava ficando um pouco mais que levemente irritada com todo mundo cuidando da vida dela.

— Talvez eu só queira te ver — ele disse.

Estava mentindo, mas as palavras eram doces.

— Por que você ainda não se jogou debaixo de um ônibus? — ela perguntou.

Ele começou a rir.

— Essa é a minha garota. Você precisa comer. Pego você às cinco, no saguão.

— Se você não for atropelado por um ônibus primeiro — ela disse, um pouco mais descontraída.

— Vou tentar. Senão, te vejo às cinco.

— Tudo bem, mas nada chique. Não estou vestida para ir a nenhum lugar sofisticado.

Depois de desligar, Gabi voltou para o sofá da sala de espera.

— Então — começou Gwen —, por que você precisa de um guarda-costas?

22

ERA DEZ PARA AS CINCO, e Gabi estava louca para sair e esperar por Hunter.

Já estava escurecendo, e a chuva recente deixara o ar frio e úmido. Gabi seguiu para a lateral do edifício e se apoiou na parede. Depois de horas sentada, bebendo chá e tentando animar sua chefe e amiga, ela precisava de um tempo. Hospitais, UTIs e pacientes em respiradores eram gatilhos para muitas lembranças ruins. Ela não tinha percebido a tensão nos ombros até que viu Hunter caminhando em sua direção.

Ele estava vestindo uma roupa casual, como ela jamais o vira. Calça jeans, jaqueta e... tênis? Talvez essa fosse sua roupa multitarefa.

Ela se afastou da parede para encontrá-lo.

— Não precisava estacionar.

Ele parou bruscamente e ficou olhando para ela, calado.

Ela se aproximou, pensando que ele a cumprimentaria com um beijo.

— Que foi? Sua língua pulou debaixo de um ônibus?

Uma expressão de confusão tomou o rosto dele, e o sorriso de Gabi desapareceu.

— Você deve ser ela — disse ele.

— O quê?

— A esposa do Hunter.

Ela recuou. Em um instante, percebeu seu erro.

Deus do céu, eles eram exatamente iguais.

— Ah.

— Você é mais bonita que nas fotos das revistas — disse Noah, com a mesma inflexão de voz que Hunter.

Um sorriso encantador, desses que Gabi tinha visto algumas vezes no rosto de Hunter desde Dallas, a deixou mais nervosa do que ela esperava.

— Pensei que você fosse o Hunter.

Noah riu depressa.

— Acontece bastante isso com a gente.

Gabi se certificou de deixar bastante espaço entre eles.

— Ouvi falar muito de você.

O sorriso encantador não desapareceu, mas algo mudou nos olhos de Noah.

— Nada de bom, tenho certeza. Meu irmão tem uma interpretação interessante da realidade.

Não havia uma resposta adequada para aquilo, de modo que Gabi ficou calada.

Ele estendeu a mão para ela e disse:

— Noah Blackwell.

Bela jogada.

Gabi olhou para a mão, mas não fez nenhum movimento para se aproximar e apertá-la.

— Desculpe, sr. Blackwell, mas levou um minuto para você insultar meu marido, portanto a mim também. O que você está fazendo aqui?

Ele baixou o braço lentamente e seu sorriso se tornou muito mais sinistro.

— O que ele te disse?

Ela não queria fazer esse jogo. Olhou para a rotatória diante do hospital esperando ver alguém com uma câmera. Se havia alguém, estava bem escondido.

— Não sou o gêmeo malvado, Gabriella.

Ela voltou a cabeça para ele.

— Acho que não te dei licença para usar o meu primeiro nome.

— Vejo que ele já te envenenou. Ele consegue manipular todos ao seu redor para conseguir o que quer.

— Por que você ainda está aqui? Qualquer objetivo que tenha, não vai acontecer.

Noah Blackwell jogou o peso do corpo sobre os calcanhares e sorriu de novo.

— Tenho a sensação de que nossos caminhos vão se cruzar de novo. Foi um prazer, sra. Blackwell — disse.

Ela não olhou para Noah quando ele passou por ela e entrou no hospital.

Dois minutos depois, Hunter parou o carro na área de desembarque.

Ver a calça casual — mas não os jeans —, a camisa e o blazer foi um alívio para ela. Ele saiu do carro para cumprimentá-la, e ela se encaixou no abraço dele, suspirando.

— Que bom ver você — disse.

— Nossa, se eu soubesse que o jantar ia começar assim, teria vindo mais cedo.

Ela começou a tremer.

— Gabi? — Hunter a afastou de seus braços e a observou. — O que aconteceu?

Ela olhou para trás.

— Eu... acabei de conhecer o seu irmão.

Hunter apertou os ombros dela, e seu rosto virou pedra.

— Você o quê?

— Aqui... Ele entrou no hospital há menos de cinco minutos.

Ele olhou para além dela, depois para ela.

— Ele te machucou?

— Não. Só disse algumas coisas. No começo, achei que fosse você.

— Espere aqui.

Hunter correu em direção à porta.

— Não faça nenhuma bobagem — ela gritou.

Se Hunter a ouviu, não deu sinais.

Gabi estava parada ao lado da porta aberta da Maserati de Hunter; o motor ainda roncava, ocioso no meio-fio.

Ele desapareceu atrás das portas corrediças do hospital. Ela se apoiou no teto do carro, se esforçando para parecer calma.

Com toda a inquietação que estava tentando controlar, Gabi tinha certeza de que qualquer câmera ali fora do hospital a pintaria como uma mulher prestes a fugir naquele carro.

Hunter saiu alguns minutos depois. Gabi analisou mentalmente — ele não estava de jeans.

Suspirou.

— Você o viu?

Ele balançou a cabeça.

— Ele nunca fica por muito tempo.

Havia um carro atrás deles, preso por causa de um micro-ônibus que lhe fechara a saída. O motorista buzinou. Hunter segurou a porta do passageiro para Gabi entrar.

— Você está bem?

— Estou tremendo, o que é uma bobagem, ele não fez nada. Acho que foi o choque de perceber, um segundo tarde demais, que não era você. Eu quase o beijei.

Hunter agarrou o volante com as duas mãos.

— Mas não chegou a beijar.

Gabi se abraçou.

— Não.

Ela não estava mesmo se sentindo bem. O carro pegou uma curva na estrada e sua cabeça começou a girar.

— O que ele falou? — Hunter perguntou quando pararam no sinal vermelho.

— Que não era o gêmeo malvado. Eu disse que ele estava perdendo tempo falando comigo.

— Mas ele sabia quem você era.

— Sim. Disse que me reconheceu dos jornais ou algo assim.

O semáforo ficou verde, e Hunter avançou.

— O que você acha que ele está planejando? — ela perguntou.

— Minar, confundir e enganar. O que está acostumado a fazer desde a adolescência.

— Não seria mais fácil se ele seguisse adiante e ganhasse o próprio sustento? — Gabi perguntou.

Hunter riu abertamente.

— Não quando outra pessoa pode fazer tudo que é difícil e ele pode passar a mão e pegar.

Trinta minutos depois, estavam sentados em uma mesa silenciosa, numa pequena churrascaria.

— Acho que uma bebida te faria bem — disse Hunter.

— Acho que não seria...

O garçom se aproximou e Hunter pediu uma garrafa de vinho.

Quando a bebida chegou, ele perguntou todos os detalhes do encontro dela com Noah.

Depois de narrar o breve encontro, ela bebeu seu vinho, grata por Hunter ter insistido em pedi-lo.

— O fato de ele ter aparecido não foi por acaso. Ele sempre faz isso. Aparece nos lugares onde vou estar, é gentil com os que me rodeiam e espalha dúvidas sobre o meu desejo de me manter longe dele. Um bom manipulador deve primeiro conquistar a confiança daqueles em quem vai enfiar as garras. Agora que você o viu uma vez, ele vai ficar por perto. Eu aposto.

— Como ele sabia que eu estava lá? Será que ele não estava tentando te encontrar?

— Se ele quisesse me encontrar, bastava ter ido ao meu escritório. Ele pode ter te seguido, depois de ficar sabendo de alguma notícia divulgada pela mídia. Mas acho que ele estava atrás de outra coisa — disse Hunter, se recostando. — Isso deixa claro por que você precisa de um guarda-costas.

Ela abriu a boca para discutir, mas Hunter a interrompeu:

— Já está tudo certo, Gabi. Falei com o Neil antes te pegar. Ele vai mandar uma equipe até a nova casa amanhã para equipá-la com câmeras, e um guarda-costas pessoal vai nos encontrar no hospital quando voltarmos.

— Ah, Hunter.

— Você é uma mulher inteligente. Sabe que eu tenho razão.

A ideia de confundir Noah com seu marido por uma segunda vez a fez parar.

— Tudo bem. Você tem razão.

Hunter ergueu as sobrancelhas.

— Doeu?

— Dizer que você tem razão?

Ele riu.

— Sim.

Ela bateu no próprio peito.

— Um pouco. Bem aqui.

Hunter se inclinou para a frente e pegou a mão dela.

— Meu Deus, você é linda.

— Conquistador...

— Está funcionando? — ele perguntou, beijando o dorso da mão dela.

Sim. O estômago se acalmara e ela já não estava mais tremendo.

— Bem — disse ela —, eu não falo para você se jogar debaixo de um ônibus há pelo menos uma hora.

O funeral aconteceu uma semana depois da morte de Jordan. O ministro falou de tempos mais felizes, das vidas que Jordan tocara e do amor que uma irmã sentia pela outra.

Gabi observava a multidão de amigos dos Harrison. Sabia que muitos casais ali estavam juntos por causa dos serviços de Samantha. A Alliance nascera de uma tentativa de ganhar o dinheiro que Sam necessitava para cuidar de sua irmã. De certa forma, Jordan era parcialmente responsável pelos casamentos que a rodeavam.

Por isso Gabi mantinha um sorriso no coração para a jovem cuja vida tocara tantas pessoas.

Família e amigos próximos tomavam a frente da igreja. Havia políticos, homens de negócios, membros do parlamento que chegaram de Londres para mostrar seu respeito. Nos fundos da igreja havia dezenas de cuidadores que haviam assistido Jordan ao longo dos anos. Dos funcionários da clínica onde ela vivera antes de Sam e Blake se casarem até as enfermeiras particulares que ficavam de plantão na casa de Blake, o local estava cheio.

Após o enterro, algumas pessoas foram recepcionadas na propriedade de Blake, em Malibu.

Gabi assumiu a coordenação da equipe, mantendo a cozinha em funcionamento e os garçons trabalhando. Com tantos dignitários presentes, havia uma quantidade igual de guarda-costas e seguranças. Para piorar, os três seguranças a serviço usavam fones de ouvido, mas, em vez de armas, carregavam bandejas de coquetel. Gabi se certificou de que ninguém incomodasse Samantha com nada. Não ter laços afetivos muito estreitos com a irmã de Sam tornava mais fácil para ela atuar como anfitriã.

A casa abrigava uma multidão.

Cooper, o homem designado como seu guarda-costas nesse dia, fez seu melhor para passar despercebido. Mas falhou.

— O que você está fazendo na cozinha? — Gabi ouviu a pergunta, da porta. Gwen estava parada ali, com a mão na cintura. — Você não precisa fazer isso.

Gabi olhou em sua direção e depois de volta para a bandeja à sua frente.

— Estas estão prontas, Alice, obrigada.

A garçonete levantou a bandeja sobre o ombro e seguiu em frente.

— Você está me ignorando — disse Gwen.

— Sou italiana; eu ignoro o que não quero ouvir.

Gwen riu.

— Bem, eu sou inglesa e estou falando com você. O Hunter me pediu para te tirar da cozinha.

Gabi não pôde evitar de sorrir. Hunter sempre a surpreendia. Ele não só havia colocado grande parte de sua vida em ritmo de espera na semana anterior como também oferecia seu tempo e atenção à sua rede de amigos e familiares.

— Gosto de ficar ocupada. Ele já deve saber isso sobre mim.

A equipe zumbia pela cozinha como uma máquina bem lubrificada.

— Ele já te conhece, sim. Como estão as coisas?

Gabi pegou um palito de queijo quando o garçom passou e o jogou na boca.

— Achei que vocês dois só tivessem uma união contratual — disse Gwen.

— E temos — respondeu Gabi, sem calor nas palavras. — Na maior parte do tempo.

Gwen ergueu a sobrancelha.

— Na maior parte do tempo?

Nesse momento, Meg e Judy entraram na cozinha e se misturaram às dezenas de garçons que circulavam ao redor delas.

— Aí está você. O Hunter está te procurando — disse Meg.

Gabi revirou os olhos.

— Ela está aqui — disse Gwen — explicando como ela e o Hunter têm um casamento contratual *na maior parte do tempo*.

Meg cutucou Judy, sorrindo.

— Eu falei!

— Na maior parte do tempo? O que significa isso exatamente? — Meg perguntou.

Como se ela não soubesse.

Com a cozinha repleta de garçons, Gabi se voltou para elas com as mãos na cintura.

— Significa que eu não sou santa — confessou, com o rosto em brasas.

Judy e Meg começaram a rir e Gwen entendeu.

— Então o que isso significa? — Judy perguntou.

Meg cutucou a amiga de novo.

— Significa que eles estão transando.

Gabi fez *sshhh*, e Gwen riu.

Por sorte, os garçons baixaram a cabeça e fingiram não ouvir.

— Ah, que chocante, eu tenho intimidades com o meu marido. Que crime!

As três mulheres simplesmente a fitaram.

Gabi balançou a cabeça, saiu da cozinha e deu de cara com o peito do homem em questão.

— Ah, graças a Deus. — Ela olhou para o rosto dele e deu um pulo para trás. — Noah.

Sentiu a pele arrepiar.

— Sra. Blackwell.

— O que você está fazendo aqui?

Cooper saiu da cozinha, seguido pelas três provocadoras. Gabi deu um enorme passo para trás.

Noah estava de terno, semelhante ao de seu marido. Mas a postura dos ombros, o corte do cabelo e, mais especificamente, a maneira como ele a olhava eram completamente diferentes.

Ela estremeceu.

— Nós a encontramos — Judy disse na direção de Noah.

Gwen parou de rir primeiro.

Em vez de explicar, Gabi insistiu:

— O que você está fazendo aqui?

Noah olhou para além dela e disse:

— Gwen, há quanto tempo.

— Noah?

Judy e Meg se calaram.

Gabi recuou quando Noah cumprimentou Gwen como se fossem amigos de longa data. Era óbvio que, se Hunter conhecia Blake, talvez seu irmão conhecesse também a ele e à irmã.

Quando Gwen abraçou Noah, algo dentro de Gabi azedou. As palavras de Hunter ecoaram em sua cabeça: *Ele sempre faz isso. Aparece nos lugares onde eu vou estar, é gentil com os que me rodeiam e espalha dúvidas sobre o meu desejo de me manter longe dele.*

Gabi acenou, chamando Cooper.

— Encontre o Hunter.

O segurança franziu o cenho, mas saiu para atender ao pedido.

Ela não disse nada enquanto Gwen apresentava Meg e Judy a Noah. Quando proferiu a palavra "gêmeo", a compreensão transpareceu nos olhos das amigas.

Gabi queria continuar questionando Noah sobre sua presença ali, mas Gwen agia como se isso fosse aceitável, então ela desistiu de fazê-lo.

Hunter forçou passagem por entre a multidão, diminuindo o passo quando viu as pessoas ao redor de Gabi. Seus olhos dispararam para seu irmão, e toda a conversa em volta secou como água no deserto.

— Meu Deus.

Gabi não sabia dizer quem suspirara, mas logo compreendeu. Vê-los juntos era chocante.

Os dois não se cumprimentaram.

Noah sorriu — um sorriso enigmático — e Hunter controlou as emoções.

— O que você está fazendo aqui?

— Oferecendo minhas condolências, irmão.

— Então ofereça e vá embora — Hunter disse num tom tão mortal que fez a pele de Gabi se arrepiar.

Noah continuou sorrindo quando rompeu contato visual com seu irmão e anuiu para quem o visse. Em seguida olhou diretamente para Gabi.

— Foi um prazer te rever.

Gabi segurou o braço de Hunter para impedi-lo de sair dali enquanto Noah se afastava.

— Que diabos foi isso? — Meg perguntou.

Gabi não respondeu e se colocou na frente do olhar de Hunter.

— Ei — chamou.

Por fim ele olhou para ela, sério.

— Ele está tentando te desestabilizar. Não deixe que ele consiga — Gabi disse, colocando a mão em seu peito para acalmá-lo.

Hunter acariciou seu rosto e a beijou suavemente.

— Obrigado.

— Por quê? — ela sussurrou.

— Por me impedir de matá-lo. Estou te devendo uma.

Ela riu e se inclinou para mais perto dele.

— Bem — disse Meg, alto o suficiente para todos ouvirem —, parece que tenho mais perguntas do que respostas.

Em vez de enfrentar suas amigas, Gabi deslizou a mão pela cintura de Hunter e se afastou ao lado dele.

23

— **ISSO VAI PARA A** cozinha — disse Gabi, apontando para a porta.

— Está escrito "quarto" — argumentou Meg.

— Mas não é. Quando estava encaixotando as coisas, eu misturei as caixas. Fiz um coração na caixa. — Ela revirou os olhos. — Não importa, vai para a cozinha.

Meg levantou a caixa novamente e começou a descer as escadas.

— Ainda bem que a maior parte das coisas de Tarzana não pertencem a você.

Gabi sorriu ao abrir uma caixa de artigos de higiene pessoal. Em poucos minutos, Meg estava de volta.

— Temos que comprar um monte de coisas para este lugar começar a parecer um lar.

Gabi olhou o quarto, que não tinha uma cama de verdade. Com tudo explodindo ao redor deles, comprar móveis não estava na lista de coisas a fazer.

Meg indicou o quarto vazio.

— Então, onde o Hunter vai dormir?

Eles não ficavam juntos havia dias. Entre sua agenda e a dela, havia muito pouco tempo para telefonemas e mensagens.

— É melhor ele ficar aqui comigo — disse Gabi, baixinho.

Meg a cutucou e Gabi a cutucou de volta.

— Eu não devia gostar dele tanto assim.

— Estou tentando ver que mal tem nisso, Gabi. De verdade.

Ela afastou os pensamentos e continuou a encher as prateleiras do banheiro com coisas inúteis que estariam melhor no lixo.

— Ele é um bom homem. Só que nem sempre sabe o jeito certo de conseguir o que quer sem machucar as pessoas.

Meg ficou imóvel, encarando Gabi.

— Ele te machucou?

No começo, ele a assustara. Mas não demorara muito para ela ver sob a fachada que cercava seu marido. Mesmo antes havia flores e, em uma semana, brincadeiras entre eles.

— Levei menos de vinte e quatro horas para notar as diferenças entre o Hunter e o Alonzo.

Meg se sentou no balcão.

— Que diferenças? Além do fato de que ele é gostoso, é claro.

— O Hunter é lindo.

— Não tanto quanto o Val, mas isso obviamente é estranho para você — disse Meg. — O que você vê de diferente entre eles, além da parte física?

Gabi inclinou a cabeça.

— Você parece analista.

— Tenho certeza disso. Mas só quero saber o que você vê. Depois eu digo o que eu vejo.

Gabi se sentou ao lado de Meg no balcão.

— Ele é motivado. O Alonzo também era, mas eu só soube por que quando já era tarde demais. — Gabi baixou a cabeça, incrédula. — Meu Deus, eu não devia estar comparando os dois.

Meg colocou a mão na perna da amiga.

— Tudo bem. Você estava apaixonada pelo Alonzo...

Gabi sacudiu a cabeça.

— Não. Eu queria amar o Alonzo. Pensei que ele fosse alguém que não era. Depois que eu descobri os segredos dele, só queria distância. Eu conheço os segredos do Hunter, suas motivações...

— E seus sentimentos em relação ao Hunter são...?

Gabi não podia defini-los. Não com palavras. Ainda não.

— Você sabe por que ele precisava se casar? — Gabi perguntou.

Meg balançou a cabeça.

Gabi desceu do balcão e pegou a mão da amiga. Em seguida a levou a um quarto, do outro lado do corredor, em frente à suíte master.

— Estou pensando em paredes azuis... Azul-escuro com estrelas no teto.

— Não estou entendendo.

Gabi olhou para o alto e sorriu.

— O nome dele é Hayden. Não tem nem um ano e já está no meio de um drama familiar.

Meg respirou fundo.

— O Hunter tem um filho?

Gabi não sabia ao certo até que ponto devia contar. A casa tinha microfones e os monitores já estavam gravando seus movimentos.

— Digamos que... — ela começou — a necessidade que o Hunter tinha de se casar não era tão egoísta quanto eu acreditava no início.

Meg andou pelo quarto vazio, com a cabeça cheia de pensamentos.

— Constituir uma família é um grande passo.

— Às vezes, a família simplesmente acontece. Olha só nós duas. Eu amo o meu irmão, mas sempre quis uma irmã. E aqui está você.

— Mas você já quis ter filhos?

Gabi passou a mão pela guarnição da janela.

— Meu relógio biológico, como se costuma dizer, andou trabalhando por um tempo. Mas, antes do Hunter, eu tinha abandonado completamente os relacionamentos e tirado fraldas e mamadeiras da cabeça.

— Mulheres têm bebês sem pais o tempo todo — disse Meg.

Gabi olhou para ela.

— Eu sei. Meu pai faleceu quando eu era adolescente e o Val assumiu o papel dele. Mas e se eu tivesse decidido ter um filho sozinha e acontecesse alguma coisa comigo? — Ela afastou o pensamento de uma criança crescendo sem os pais. — Eu não podia correr esse risco.

— Você tem a nós.

— Eu sei. Com o Hayden caindo de paraquedas na nossa vida, eu e o Hunter vamos saber se nascemos para ser pais.

Essa ideia deveria assustá-la, mas, por alguma razão, não a assustava.

Meg parou de andar e abraçou Gabi.

— Me conte a história toda quando ninguém estiver escutando — sussurrou.

Gabi assentiu com a cabeça.

Quando Meg se afastou, seus olhos estavam cheios de lágrimas.

— Eu e o Val... nós... Eu acho que estou grávida.

Gabi levou um susto. Ficou inteirinha arrepiada de emoção e alegria.

— Você acha?

Meg deu de ombros.

— Vou encontrar a Judy mais tarde com o teste do xixi. Parece errado sem o Val aqui, mas...

Gabi gritou como uma adolescente nomeada capitã do time de futebol e abraçou a cunhada com força.

— Estou tão feliz!

— Mas ainda não é certeza.

Gabi acenou com a mão.

— Uma mulher sabe.

Meg riu.

— Você parece a sua mãe.

— Minha mãe sabe. Ela sabe tudo. Ah, Margaret, eu estou tão feliz por vocês!

— Sua mãe não para de me olhar ultimamente.

Gabi a abraçou de novo.

— Quando a Judy vai chegar? Precisamos comemorar.

— Pode ser alarme falso — alertou Meg.

Sim, podia ser. Mas Gabi não acreditava que fosse.

— A Itália foi uma decepção — disse Remington, sentado diante de Hunter em um bistrô em Hollywood. — Os donos dos vinhedos que cercam a propriedade que ainda pertence à sua esposa não tinham nada a dizer sobre os proprietários. Além de coisas desagradáveis que eu não consegui traduzir direito, a sensação geral era de pouco caso. Quanto à família do Picano, tem uma mãe que se recusa a reconhecer que teve um filho e um avô que ficou indignado por alguém perguntar sobre o neto. Uma irmã mais nova, no entanto, parecia saber que tinha tido um irmão e que ele era rico. Mas, pelo que parece, ela não sabia nada sobre dinheiro em conta alguma.

— Como você pode afirmar que eles não sabem de nada? — Hunter perguntou.

— Não existem vínculos. O Picano cortou os laços familiares muito cedo. A única com quem falei que demonstrou um mínimo de preocupação foi a irmã. Se eu tivesse que adivinhar, diria que o Picano ainda mantinha um relacionamento com ela antes de morrer. Mas ela era universitária quando ele morreu. Tem uma dívida de quarenta mil, uma gota no mar de dinheiro que está na conta do irmão. Se ela tivesse acesso, acho que não teria essa dívida.

Hunter concordou.

— Portanto não existe nenhum envolvimento da família — disse.

— Exatamente.

— O que sobra é o pessoal com quem ele negociava as drogas.

Remington balançou a cabeça.

— Negociava não, traficava. O jogo é outro. A quantidade de drogas que aquele canalha tinha é prova mais que suficiente que ele trabalhava diretamente com o chefão do tráfico. Quem quer que fosse.

— Eu preciso de um nome — disse Hunter.

— Todos precisamos. O sujeito que eles pegaram vivo, Steve Leger, escorregou e caiu em cima de uma faca na prisão antes do julgamento. Os tripulantes do iate do Picano tiveram a mesma sorte em sua curta vida. Quem quer que seja a pessoa com quem o Picano traficava, ele não faz prisioneiros.

O frio da sala caiu abaixo de zero. *Nenhum prisioneiro*... Ele tinha braços que chegavam ao sistema prisional e acabavam com seus inimigos. Gabi seria um alvo fácil se esse homem a quisesse morta.

— Preciso reforçar a segurança da Gabi — murmurou para si mesmo.

— O quê? — perguntou Remington.

— Nada. Escuta, precisamos procurar esse homem de outro jeito. Os traficantes de drogas deste lado do mundo são ricos, certo? A maioria deles faz parte de cartéis conhecidos. Vamos investigar os jogadores e as referências dos que lidaram com pessoas como o Picano, e...

Remington levantou as mãos no ar e sacudiu a cabeça.

— Você não me paga para isso, Blackwell. Enquanto eu estive lá, atravessando aquele fim de mundo, senti olhos em mim o tempo todo. Não quero um alvo desenhado nas costas por espionar traficantes de drogas. Se eu estivesse no seu lugar, iria atrás desses seus amigos políticos. É provável que alguém do seu círculo conheça um ou dois nomes.

— Não é para isso que eu te pago?

Remington deu de ombros.

— Seus amigos não têm papo comigo. Posso acessar arquivos de segurança, mas isso seria ilegal — disse Remington de um jeito zombeteiro, erguendo a sobrancelha. — Você não está sugerindo que eu faça isso, está?

Hunter não o levaria a cometer um ato ilegal. Não com palavras, de qualquer maneira.

— Eu te pedi isso? — respondeu.

O sorriso de Remington dizia tudo.

Mesmo que ele conseguisse um nome, Hunter precisaria usar seus contatos para manter o traficante longe de sua casa. Passou por sua cabeça a ideia de reverter a troca de senhas que não permitiam o acesso às contas bancárias. Mas havia a chance de o Sr. Traficante evitar tocar o dinheiro para não ser rastreado. Ou, pior, de Hunter ser chantageado e ter sua reputação comprometida por ceder a esse tipo de crime.

Ele se afastou da mesa e se levantou.

— Eu preciso que você descubra algum podre de Sheila Watson — disse por fim, puxando um bloco de anotações e rabiscando o endereço que ele tinha da mãe do filho de Noah. — Tenho alguém trabalhando no dia a dia dela, mas preciso de algo do passado. E fique atento aos parceiros do Picano.

Remington enfiou o papel no bolso e simulou uma continência.

— Você é quem manda.

Quando Hunter chegou ao escritório, pegou o telefone e ligou para seu novo segurança.

— MacBain — atendeu Neil.

— É o Blackwell. Quero mais olhos na Gabi.

Silêncio do outro lado da linha.

— Você ouviu?

— Por quê?

— Acho que ela precisa.

— Sabe, Blackwell, eu faço isso há muito tempo. Tenho certeza de que você tem inimigos, mas, se acha que existe um em particular em quem devemos ficar de olho, preciso saber quem é.

Hunter sentiu uma dor de cabeça se aproximando.

— Eu não tenho um nome, Neil.

— Me diga com que está preocupado.

— Não é em relação a mim.

Mais silêncio.

— É o ex da Gabi.

— Ele está morto — disse Neil.

— Sim, mas as pessoas com quem ele trabalhava não estão.

— Espera. Existe uma ameaça real? O que é que você não está me contando? — Neil perguntou.

Hunter não havia lhe contado sobre as contas bancárias e os traficantes de drogas quando montaram a segurança de Gabi.

— É um palpite, ao qual tenho que dar ouvidos.

O silêncio tomou a linha pela terceira vez. Por fim, Neil deu um ultimato:

— Podemos fazer as coisas de dois jeitos. Ai você começa a falar agora, ou eu coloco minha esposa bastante persistente na porta da Gabi até termos respostas.

Antes de abrir a boca, Hunter tentou se livrar da frustração que sentia diante da tenacidade de Neil.

— Encontrei duas contas no exterior — começou.

Quando Hunter acabou de fornecer as informações, Neil ficou tanto tempo em silêncio que Hunter pensou que estivesse falando com uma pedra.

— Por que você não me disse isso antes? — ele finalmente perguntou.

— Eu queria cuidar desse problema sozinho. Quanto mais pessoas sabem detalhes da minha vida, mais eu me exponho. Posso cuidar de mim; é a Gabi que me preocupa. Ela não precisa que o passado dela a atormente.

— Parece que ela não tem escolha. Vou colocar outro homem com ela enquanto faço algumas ligações. Também vou colocar um dispositivo de rastreamento no carro dela.

— Está na oficina.

A breve risada de Neil fez Hunter parar.

— Por que será que não estou surpreso? — disse Neil.

— Ela deu ré e bateu em um poste — Hunter tentou explicar.

— Sim, tenho certeza disso. É melhor assim. Vou pôr um dos meus homens a seguindo e outro atrás do volante. Um motorista particular não atrai tanto a atenção quanto um guarda-costas. E a mídia vai fazer menos perguntas.

— Ótimo.

— Então vou dar alguns telefonemas. Meu amigo da guarda costeira pode ter um nome que tenha alguma ligação com o Picano.

Hunter não esperava por isso.

— Eu só preciso de um nome — disse.

Neil bufou.

— Você precisa de mais que um nome. E precisa começar a confiar um pouco mais nas pessoas que estão à sua volta.

— Confiança se conquista.

— Concordo. Mas de uma coisa você pode ter certeza: quando se tratar da Gabi ou de qualquer mulher do nosso círculo de amigos, vamos interferir.

— Vou me lembrar disso.

— Ótimo.

Neil desligou enquanto Hunter olhava o horizonte à sua frente, pela janela do escritório.

Eles eram donos da casa havia mais de três semanas, mas aquela seria a primeira noite em que dormiriam nela. A cozinha e o quarto eram prioridade, pelo menos de acordo com Gabi. O restante da casa poderia ir tomando forma com o tempo.

Com Meg em segurança dentro de um avião voltando para casa, Gabi sentia um pouco menos o peso da responsabilidade. Ela odiava o alívio que sentira depois do falecimento de Jordan, mas a culpa diminuiu quando viu que Samantha voltava a ser ela mesma. Gabi sabia que levaria tempo; o fim fora muito difícil para todos, especialmente para Jordan. A única coisa que ficou com Gabi muito tempo depois do funeral e da casa já limpa foi: a família estendida dos Harrison e o fato de que os amigos deles, que Gabi agora considerava seus também, eram algumas das pessoas mais verdadeiras que ela já conhecera. Eles ficaram com Samantha e Blake, cuidaram deles e de seus dois filhos, fizeram tudo para que eles não precisassem se preocupar com nada. Tendo vivido só com o irmão e a mãe a maior parte da vida, Gabi valorizava as amizades que conseguira em tão pouco tempo na Califórnia.

Ela checou pela última vez o rigatone que cozinhava e abriu uma garrafa de cabernet para relaxar enquanto esperava Hunter voltar para casa.

O sistema de alarmes indicou que o portão da garagem estava se abrindo. Em um instante ela acendeu as velas no balcão da cozinha. As mesas da cozinha e sala de jantar estavam encomendadas; a mobília da sala consistia em nada mais que várias fotos no celular, entre as quais ela não conseguia se decidir. A casa tinha um escritório, e Gabi decidiu que Hunter cuidaria daquele espaço. Ela nunca havia mobiliado um quarto, muito menos uma casa inteira. Tendo um talão de cheques e gostos que variavam de rústicas ilhas a elegantes castelos italianos, Gabi estava dividida.

O som dos sapatos de Hunter no piso de madeira anunciou sua chegada.

— Que cheiro maravilhoso é esse? — ele perguntou.

Ela apagou o fósforo enquanto o marido dobrava o corredor até a cozinha, com flores numa mão e o paletó na outra.

Gabi apoiou o quadril no balcão e sorriu.

Hunter parou antes de entrar no ambiente.

— Querida, cheguei.

O riso dela foi inesperado.

— Não pude evitar — ele disse.

Ela continuou rindo.

— Vejo que os ônibus erraram o alvo de novo — ela disse.

Dessa vez ele riu. Foi para o meio da cozinha, jogou o paletó e as flores no balcão e pegou Gabi pela cintura. Tudo que haviam conseguido nas últimas semanas haviam sido beijos intensos e cheios de desejo. E cada um deles não a deixava dormir.

Quando Hunter afastou os lábios, cantarolou.

— Oi.

— Oi — ela respondeu, afastando uma mecha de cabelo da testa.

— Esta é a primeira vez.

— De quê?

— Que entro na minha casa e encontro uma linda mulher cozinhando.

— Nossa casa — ela corrigiu, afastando-se. — E ótimo. Talvez amanhã eu não peça que um ônibus atropele o meu marido chantagista.

Hunter levou a mão ao peito, debochado.

— Estou emocionado — disse.

Gabi ergueu a sobrancelha.

— Ainda não.

O sorriso dele desapareceu, e algo muito mais sexy tomou seu lugar.

Ela girou sobre os calcanhares e se abaixou teatralmente para ver o rigatone no forno.

Hunter a pegou por trás, girou-a tão rápido que ela não conseguiu pensar e a apoiou no balcão. Roubou seus sentidos quando tomou sua boca num beijo mais que profundo. Assim, fora de controle, Hunter era pura força, que ela adorava acender.

Algo macio caiu no chão, e Hunter moldou o corpo dela ao seu. O alarme do forno não interrompeu a conexão entre os dois. Fazia muito tempo, e ambos estavam famintos por sexo.

Ela esticou a mão e abriu a porta do forno antes que Hunter a arrastasse para longe dali.

No meio da escada, ele parou de tentar beijá-la, se inclinou e a jogou sobre o ombro.

Meio ofegante, e rindo mais do que nunca, ele a jogou na cama e pulou.

Ela o recebeu em seus braços, enrolou as pernas ao redor dele e rolou até ficar por cima.

As mãos de Hunter passeavam dentro da blusa dela, brincavam com as bordas do sutiã.

Gabi puxou a gravata do marido enquanto ele a desnudava.

Ela tirou a gravata pela cabeça dele e a deslizou sobre a sua.

Ele rosnou.

— Essa gravata está marcada para sempre — disse e a usou para puxar Gabi para perto enquanto a beijava, sedento de paixão.

Seu membro estava duro.

E ela estava faminta.

O sutiã e a blusa foram para o chão, até que só sobrou a gravata.

— Preciso estar dentro de você, Gabi.

— Por favor — disse ela, pegando uma caixa de preservativos que havia comprado e colocado debaixo do travesseiro. — Vamos acabar com estas aqui.

O sorriso de Hunter tomou seus olhos cinzentos e seu riso ecoou no quarto quase vazio. Finalmente ali estava ele, preenchendo-a inteira. Parecia que, a cada vez que haviam tido tempo para fazer amor depois de Dallas, a determinação dela de permanecer distante não passava de uma lembrança. Nos braços de Hunter ela se sentia viva, a solidão a abandonava e a paixão tomava seu lugar.

Depois de fazê-la gozar duas vezes, ela já não sentia mais fome.

Mais tarde, velas cintilavam ao lado da lareira que Hunter acendera no quarto. Ela estava com a camisa e a gravata dele, e ele de cueca enquanto saboreavam o rigatone meio ressecado e uma garrafa de vinho maravilhosa.

— Uma cozinha e um quarto. É tudo de que precisamos — comentou Hunter, levando outra garfada de massa à boca.

— É uma ideia.

Ele se inclinou para a frente, passou o dedo no lábio e lambeu o molho.

— Dar festas em casa seria mais fácil sem um monte de móveis.

— É verdade, mas onde as pessoas se sentariam?

— Cada um traria a própria espreguiçadeira.

Gabi imaginou a enorme sala cheia de vime e plástico.

— Acho que não vai dar certo.

Ele comeu outra garfada.

— Está uma delícia — disse.

— Ficou meio ressecado — ela retrucou.

— Está perfeito.

— Estaria perfeito se tivéssemos comido uma hora atrás.

Hunter subiu e desceu as sobrancelhas.

Gabi balançou a cabeça e tentou não ficar vermelha.

— Precisamos decidir sobre a mobília — insistiu.

Ele partiu um pedaço de pão e o enfiou na boca.

— Por que a pressa? — perguntou.

— Serviço de Proteção à Criança.

Ele parou de mastigar e a fitou.

— Fiz algumas pesquisas — explicou Gabi. — Você precisa provar que a mãe do Hayden não tem condições de criar o filho, e o Serviço de Proteção à Criança vai nos avaliar seguindo o mesmo critério. Uma casa mobiliada e segura é só o começo.

Hunter se inclinou para trás, despreocupado.

— Móveis não determinam se uma casa é decente ou não.

— Nem dinheiro. Na maioria dos casos a custódia do filho é dada à mãe, mesmo quando a balança pende a favor do pai, o que significa que precisamos pôr muito peso do nosso lado.

— Eu tenho bolsos mais fundos.

— As posses representam nove décimos do que está escrito na lei. O Hayden está sob a custódia da mãe biológica.

— Mas o pai biológico também tem direitos.

Gabi pegava comida enquanto falava.

— Seu processo de guarda definitiva terá mais força se ela for incapaz e você for um santo. Por isso precisávamos nos casar, certo?

— Eu não sou santo.

Gabi parou de mastigar e o fitou.

— Obrigada, mas não precisa esclarecer esse pequeno detalhe. A questão é que você é rico demais para deixar pontas soltas, e ela é egoísta demais para pensar que você vai pedir a guarda. Acho que só existe um fator que nenhum de nós levou em consideração.

Hunter afastou o prato vazio.

— Qual?

— O Noah, que pode alegar que o Hayden é dele quando perceber que as coisas não estão saindo do jeito que ele quer.

— Eu não tinha pensado nisso.

— De repente ele começa a aparecer onde a gente está... Deve estar tramando alguma coisa.

— Ele está me provocando, tentando parecer o cara honesto enquanto eu fico com a fama de canalha. As coisas não mudaram muito desde que éramos crianças.

— Seus pais nunca descobriram a verdade?

— Eles nos tratavam como se fôssemos uma só pessoa a maior parte do tempo. Quando o Noah mostrou seu lado verdadeiro, meu pai não percebeu nada, e minha mãe já tinha ido embora. Mesmo naquela época eu estava determinado a viver a vida de forma diferente. Eu sempre fui eu mesmo.

— Muita gente gostaria disso.

— Não quando um dos dois é o total oposto emocional. As pessoas acham que gêmeos idênticos têm a mesma personalidade, mas nós não temos. Eu queria me fazer sozinho, e o Noah sempre achou que alguém devia fazer tudo por ele. E o pior é que ele acha que eu devo isso a ele, simplesmente por causa do nosso DNA. Eu nunca entendi essa mentalidade.

— Quando você acha que vai estar preparado para apresentar ao tribunal o pedido de guarda?

— Estou procurando um pouco mais de informações e depois vamos poder nos mexer. Duas semanas, talvez.

— Antes do Natal?

— Natal? — ele perguntou, de olhos arregalados.

— Sim, aquela grande festa no final de dezembro.

— Eu sei o que é Natal. Só não pensei nisso.

Nem ela tinha pensado. Não até notar, de manhã, as luzes pela cidade.

— O que você costuma fazer nas festas?

Ele deu de ombros.

— Festa de Natal da empresa, alguns eventos a que não posso deixar de ir...

— Quero dizer no Natal, com a família... — explicou Gabi.

Como ele não respondeu depressa, ela imediatamente se arrependeu de ter perguntado.

— Desculpe por perguntar.

Hunter balançou a cabeça.

— O Natal é uma festa de família e amigos próximos. E você sabe que eu não tenho nem uma coisa nem outra. Não aceito convites dos meus parceiros de negócios e mantenho distância dos meus funcionários.

— E o seu pai? Ele é tão terrível assim?

Hunter se levantou da cama, levando os pratos consigo.

— Ele é um ermitão. A carcaça do homem que já foi um dia. O máximo que consigo aguentar são dez minutos na sala com ele.

Ele deixou os pratos sobre uma caixa de papelão ainda fechada e foi reavivar o fogo.

— Seu pai já foi um empresário de sucesso, não é?

— Foi. Não ficou rico, mas se virou. Minha mãe achava que ele tinha mais dinheiro do que realmente tinha, insistiu em nos matricular em bons colégios... Foi onde eu conheci o Blake.

— E a Gwen.

— O Blake não deixava ninguém se aproximar da irmã. Ele era conhecido por quebrar o nariz dos namorados dela. O Noah se interessou por ela, e foi na época em que eu saí da vida deles. A última coisa que eu queria era que o Blake o confundisse comigo.

— Como é que eu não soube disso? — Gabi perguntou.

— O Noah recuou depressa. Nossa mãe foi embora e levou a maior parte do dinheiro do meu pai. A partir daí ele perdeu totalmente a vontade de seguir em frente. O Noah se aproveitou da depressão do nosso pai para conseguir o que queria.

— Enquanto você recolhia os cacos.

— Eu não diria isso. Eu segui meu próprio caminho. Fui aceito nas faculdades que queria. Eu me mudei e, depois de três semestres, descobri que não precisava de um diploma para ter um negócio bem-sucedido.

— Espera. Eu vi um diploma na sua ficha.

— Eles os distribuem como bala se você assinar um cheque bem gordo.

— Que loucura! Então você abandonou a faculdade e conquistou o sucesso, queimando etapas no caminho.

— Meu objetivo era fazer dinheiro, não amigos.

— Missão cumprida.

Ele voltou para a cama e se sentou.

— O Natal foi meu sacrifício.

Gabi sentiu uma dor no peito pelos Natais perdidos de Hunter.

— Acho que vamos ter que fazer melhor este ano.

Ele estendeu a mão, brincando com uma mecha de cabelo dela.

— Se você quiser passar o Natal com a sua família...

Ela pegou a mão dele.

— Não sei onde vamos passar o Natal, mas não vejo por que não podemos ficar juntos.

— A menos que eu pise na bola.

— Então não pise na bola.

— Não sei se vou conseguir.

— Que tal tentar?

24

HUNTER ESTAVA SENTADO EM FRENTE a Frank Adams e seus advogados. Travis e os advogados de Hunter se sentaram ao seu lado. A reunião era só uma formalidade. Na verdade, os contratos poderiam ter sido assinados estando cada um em seu respectivo estado. Mas os dois concordaram que pessoalmente seria melhor. Hunter incluiu o acordo final, dando a Frank uma porcentagem maior e poder de voto, a fim de evitar uma aquisição hostil, que era parte do plano em longo prazo. Contanto que Frank não atrapalhasse os esforços de Hunter, eles poderiam chegar a um acordo.

Hunter não podia deixar de se perguntar se o casamento o suavizara. Ele não teria concordado com uma porcentagem maior um ano atrás.

— Estamos prontos para fazer isso? — perguntou Frank.

— Eu estou, se você estiver — disse Hunter, estendendo a mão para pegar uma caneta que Travis lhe oferecia.

Seu advogado abriu cada página, dizendo a Hunter onde rubricar e assinar, antes de entregar o documento a Frank. O ato de assinatura levou trinta minutos para acabar, até que ambos se levantaram e trocaram um aperto de mãos por sobre a mesa.

— Espero que tenha tempo para um almoço líquido — propôs Frank.

Hunter concordou com um aceno de cabeça.

— Um martíni. Eu disse a Gabi que estaria em casa para o jantar.

— Já está treinado, não é?

— Você conheceu a minha mulher, Frank. Não é nenhum sacrifício.

O homem deu um tapinha nas costas de Hunter enquanto deixavam os advogados e os associados na sala de conferências.

— Estou surpreso — disse Frank por sobre seu martíni. — A Minnie insistiu que você nos desse um pouco mais, e eu tinha certeza de que você se restringiria à oferta original.

— Eu estava restrito à oferta original — admitiu Hunter. — Até pensei em desfazer o acordo.

— O que o impediu?

Ele se fizera bastante essa pergunta. E a resposta era simples:

— O casamento.

E a família. Hayden, uma figura que ainda tinha que entrar em sua vida.

— Quero trabalhar de forma mais inteligente, Frank. Essa fusão, se bem administrada, vai nos tornar homens muito ricos.

— Você já é rico.

Hunter deu um meio sorriso.

— Nunca temos o suficiente, não é?

Frank terminou sua bebida e acenou para o barman, pedindo outra.

— Não sei. Direi isso quando chegar lá — disse.

— Não precisamos decidir agora, mas eu gostaria de abrir escritórios aqui. Um local dedicado exclusivamente a este projeto.

— Você está pensando em se mudar? — perguntou Frank.

— Não. Pretendo supervisionar as operações de Los Angeles e colocar um responsável da minha inteira confiança aqui. Vai ter muita coisa para implementar no começo, provavelmente pelos próximos cinco a dez anos, e ficar indo de lá para cá...

— Não precisa explicar, também sou casado. Espera só até você e a Gabi terem filhos. Vai ficar tudo mais complicado.

— Tenho certeza disso — disse Blackwell.

— Gostei da ideia, Hunter. Me avise se precisar de mim por aqui.

— Pode deixar.

A sala de estar estava tomada pelo aroma fresco de pinho. Dois sujeitos haviam içado a árvore no meio da sala e aguardavam instruções de Gabi. Ela só tinha metade do dia para concluir a tarefa. Ainda faltavam duas semanas e meia para o Natal, mas Mamãe Noel estava ocupada em sua casa, cheia de elfos.

Vários homens descarregavam o que ela escolhera para a sala de jantar, a sala de estar, dois quartos de hóspedes, o restante da suíte master e o começo de um quarto de bebê. Pessoas andavam em todas as direções. Além da mobília, Gabi insistira para o Natal chegar mais cedo. Ela contratara os serviços de uma decoradora, que Samantha usara anos atrás. Havia uma dúzia de universitários trabalhando como a equipe da Casa Branca.

— Sra. Blackwell? — chamou Felicia, chefe da equipe de decoradores. — É aqui que quer a árvore?

O pinheiro de seis metros de altura ainda estava a quilômetros de distância do teto.

— Cuidado com a lareira. Não quero pôr fogo na casa antes de darmos nossa primeira festa.

Felicia instruiu os homens que seguravam a árvore para levá-la para mais perto da janela.

Gabi se voltou ao ouvir seu nome.

— Sim, Andrew?

— Precisa assinar a entrega dos móveis do quarto.

Ela o seguiu até o corredor, enquanto um dos muitos trabalhadores se movimentava a seu redor com uma lâmpada na mão. O primeiro quarto de hóspedes estava quase pronto; só faltavam os últimos toques. A cama nova estava no lugar, os criados-mudos, a tevê de tela plana fixada na parede, sendo vistoriada por um técnico, que se assegurava de deixá-la funcionando.

Gabi passou a mão pela cama de ferro e sorriu.

— Está perfeito — disse e assinou alguns papéis.

O pessoal da entrega foi para o quarto ao lado.

— Já estou quase acabando aqui, sra. Blackwell. Para onde eu vou depois? — um garoto de vinte e poucos anos perguntou.

Gabi apontou para os homens da entrega dos móveis.

— Acompanhe esses rapazes.

Ele deu uma piscadinha, terminando de ajustar a imagem da televisão.

Cooper a chamou quando ela entrou na sala de jantar. Havia três pinheiros menores, de tamanhos variados, no canto. Duas universitárias estavam rindo enquanto instalavam as luzes.

— O Neil está ao telefone. Ele quer falar com você.

Gabi revirou os olhos, mas pegou o telefone da mão do segurança.

— Sim, Neil?

— Minha última contagem foi de vinte e seis brechas na segurança correndo pela casa.

— Tenho mais cinco chegando a qualquer momento para subir em escadas e montar as luzes externas também.

— Gabi. Isso não é brincadeira.

— É só um dia, Neil. Em um dia com tantas pessoas por aqui é impossível acontecer algo comigo. O Cooper está aqui, e o Solomon está lá fora, de olho em todos que entram e saem.

— Vinte e seis pessoas para dois homens.

As luzes das árvores menores foram ligadas.

— Ah, que lindo. Obrigada, meninas.

— Gabi?

— A maioria dos que estão aqui são universitários, Neil, felizes por ter um emprego temporário. Eu estou bem.

— Sra. Blackwell?

Gabi se voltou quando a chamaram.

— Preciso desligar — disse, devolvendo o telefone a Cooper e voltando ao trabalho. — Andrew, providencie um galão de água mineral. Talvez devêssemos pedir alguns sanduíches.

Andrew se voltou com o telefone na mão.

Com a árvore na posição certa, a mobília da sala de estar ia sendo descarregada e colocada no lugar, em meio à confusão de pessoas.

— Mais para a direita.

Os homens que arrumavam os móveis não discutiam; simplesmente os empurravam, esperando as instruções de Gabi.

— Sra. Blackwell? — um dos entregadores com um forte sotaque a chamou.

— Sim? — respondeu Gabi, voltando-se para ele.

— Temos uma guirlanda no caminhão. Para a porta, talvez?

Gabi olhou para Felicia, que balançou a cabeça com entusiasmo.

— Por mim tudo bem.

— O lanche vai chegar daqui a quarenta minutos — informou Andrew.

— Você é um encanto, Andrew — disse Gabi.

O velho cruzou os braços.

— Ele vai adorar isto.

Mais luzes estavam sendo colocadas sobre a lareira.

— Todo mundo merece um Natal — disse ela.

Duas horas depois, enquanto fazia as camas, Andrew avisou Gabi:

— O voo dele acabou de sair de Dallas.

— Temos quatro horas.

— Três, por favor. Preciso todo mundo fora daqui para poder limpar.

Gabi saiu da sala, batendo palmas.

— Temos só três horas, pessoal. Vamos lá.

Ela saiu para verificar o progresso das luzes externas e avisar o restante do pessoal sobre o prazo.

Os homens que haviam trazido as árvores estavam acabando de colocar a guirlanda. Como não faziam um trabalho muito bom, caberia a Felicia acrescentar laços e luzes no arranjo.

— Está bonito, não?

— Sim.

Gabi não tinha tempo para discutir, de modo que simplesmente seguiu adiante.

— O Solomon vai acertar com vocês.

— O segurança, *señora*?

Ela viu Solomon conversando com um dos homens que instalava as luzes externas.

— Ele — apontou.

— Certo, o segurança.

— Obrigada de novo — disse ela, antes de passar para o próximo.

Em duas horas e meia, Felicia e sua equipe estavam limpando todos os cômodos. A casa ganhou uma elegante aparência natalina, com prata e branco cobrindo a sala de jantar. Prata, branco e toques de cor de vinho imperavam na sala de estar. Guirlandas mescladas com luzes prendiam-se ao corrimão da escada. Na árvore brilhavam lâmpadas de vidro, enfeites de cristal e dois conjuntos de luzinhas — um branco e outro vermelho. Guirlandas, laços e um Papai Noel de um metro e meio recebiam quem chegava pela porta da frente.

Gabi se despediu da equipe de iluminação, encantada com o trabalho.

— Mal posso esperar para ver tudo isso iluminado à noite.

— Meu pessoal vai ligar daqui a alguns dias para agendar a retirada de tudo depois do dia primeiro.

— Perfeito.

Solomon acompanhou o pessoal da iluminação e foi pegar Hunter no aeroporto.

Andrew recebeu o bufê no portão e levou para dentro o jantar especial que Gabi havia encomendado para sua comemoração particular com Hunter.

Felicia e o restante de sua equipe deixaram a casa exatamente três horas depois que Gabi anunciara o horário em que tudo precisava estar pronto.

Gabi a beijou carinhosamente.

— Eu não teria feito nada disso sem a sua ajuda — disse.

— Foi uma loucura, mas acho que ficou maravilhoso.

— Parece decoração de revista.

— Aproveite o seu Natal, sra. Blackwell.

Aos poucos, as vans e os caminhões foram deixando a propriedade. As luzes externas começaram a brilhar, à medida que o sol ia se pondo.

Ficaram os três do lado de fora da casa. Os arbustos cintilavam. Nos beirais havia lâmpadas maiores, a maioria branca, com tons de vermelho adornando as colunas, à semelhança de uma bengala doce. Havia cor suficiente para dar um toque divertido à elegância da decoração.

— Pizza e cerveja na casa de hóspedes — Andrew disse a Cooper.

— Vou levar a pizza quando o Hunter chegar.

— Obrigada, pessoal. Sei que foi loucura, mas olhem para isso!

Cooper deu uma piscadinha.

— Ficou ótimo, sra. B.

Diaz desprezava os Estados Unidos. Muitos olhos, muitos ouvidos. Poucas armas.

Raul entrou na casa parcamente decorada, a uma quadra da dos Blackwell.

— E então?

Raul apontou os indicadores e foi até o computador.

— Estamos prontos.

Diaz podia dispensar o jeito arrogante, mas Raul era bom no que fazia quando não estava doidão. Parecia que ele estava longe daquela merda havia umas duas semanas, ou pelo menos tinha diminuído.

O computador ganhou vida e o áudio saiu pelos alto-falantes.

Normalmente, Diaz não teria ido até a Califórnia para recuperar seu dinheiro. Apagar alguns homens tinha suas vantagens. Mas, quando ele soubera quão fundos haviam se tornado os bolsos da sra. Picano, deu uma ajustada nos planos.

— Uma câmera no meio da sala de estar, áudio em todos os lugares.

O computador era uma rede de caixas. Os dedos de Raul voavam sobre o teclado, apontando, clicando, digitando um comando. A imagem de vídeo ganhou vida, em cores vivas.

Uma mulher alta e magra entrou no campo de visão e seguiu em frente.

— É ela?

— Sim, a sra. Blackwell.

Diaz ergueu a sobrancelha. Tinha que parabenizar o falecido. Alonzo tivera sorte enquanto estivera vivo.

Raul puxou um áudio mais do miolo da casa. Ouviu o som de água corrente.

— A casa é cem por cento vigiada. Sistema de segurança pesado. Ela tem dois guarda-costas e o mordomo mora na casa de hóspedes.

Diaz não pensara que seria fácil.

— Você limpou os rastros?

Raul apontou para Diaz com seus malditos indicadores e deu uma piscadinha.

— Agora é só esperar.

Ótimo. Diaz não era um homem paciente.

Hunter estava com a cabeça enterrada em um e-mail no notebook aberto quando Solomon diminuiu a velocidade do carro diante do portão. Levantou os olhos rapidamente, voltou para o e-mail, mas, a seguir, olhou pela janela.

Os pelos dos braços se arrepiaram e um frio inesperado tomou a forma de um tsunami sobre a pele.

— Uau!

Solomon o observava pelo espelho retrovisor.

Hunter fechou distraidamente o notebook e o tirou do colo quando Solomon parou o carro.

Atordoado, Hunter saiu do banco de trás e ficou olhando tudo aquilo, sem conseguir acreditar.

Mal reconheceu a casa. Por todo os lados, luzes explodiam, com bom gosto e elegância.

— Gabi — sussurrou.

A emoção vertiginosa normalmente reservada para crianças foi aumentando enquanto ele se aproximava da porta da frente.

Entrou no saguão e sorriu para o Papai Noel que o cumprimentava. Uma mesa alta, que não estava ali quando ele partira, aquecia o espaço. Ao virar a esquina para a grande sala, viu uma lareira crepitando e sentiu o cheiro de pinho, completando o banquete visual. O Natal havia chegado.

Passou a mão por trás do sofá que Gabi havia escolhido. Quanto mais se aproximava da árvore, melhor era o cheiro. Havia até presentes embrulhados embaixo dela. Como Gabi havia feito tanta coisa em tão pouco tempo? Era impossível entender como ela criara um lar onde horas antes só havia paredes e espaços vazios.

A voz musical de Gabi interrompeu seus pensamentos.

— Gostou?

Vestindo um macacão de seda branca e macia, ela o observava do outro lado da sala.

— Você fez tudo isso?

Ela inclinou a cabeça.

— Eu e um pequeno exército. Queria te fazer uma surpresa.

— E conseguiu.

Ele se voltou para a árvore novamente.

— É de verdade.

— Claro.

Ele fitou seus olhos escuros e a chamou com o dedo:

— Vem aqui.

Quando ela estava perto o bastante, ele levou a mão ao rosto dela.

— É a melhor coisa que alguém já fez por mim.

— É só uma árvore.

— É muito mais. Nós dois sabemos.

Ela inclinou a cabeça na palma da mão dele, e ele a beijou. Gabi se sentiu amolecer, abriu os lábios e deixou que ele a puxasse mais para perto.

Ele interrompeu o beijo e inclinou a testa contra a dela.

— Eu não mereço você.

Gabi o puxou pela mão.

— Vem. Tenho mais coisas para te mostrar.

A suíte master estava completa. Mesinhas de cabeceira, uma chaise de veludo para dois ao lado da lareira. Vasos com plantas preenchiam o espaço vazio. Gabi o levou a vários cômodos, todos completamente mobiliados. Falou sobre quadros para as paredes, sugeriu uma viagem para a Itália para encontrar as peças certas. Mas a última parada foi a melhor. O cheiro de tinta fresca indicava que a pintura daquele quarto fora feita por último.

Uma camada fresca de tinta branca cobria os painéis de madeira que forravam as paredes até a metade, e de azul-claro a parte de cima. No teto, nuvens fofas. Havia um berço no centro, com móbile de lua e estrela, à espera de olhos minúsculos e ansiosos. Ao lado, um trocador, uma cômoda e uma cadeira de balanço, com um grande urso de pelúcia.

Gabi não só abraçara a ideia de Hayden ser parte da vida deles; ela levara aquilo a um nível muito real.

— Diz alguma coisa — ela pediu.

— Eu não sei o que dizer.

Ela foi por trás dele e o abraçou pela cintura.

— Toda criança deve alcançar o céu — disse.

Ele olhou para cima, sentindo a emoção ameaçar inundar os olhos.

— Hoje de manhã aqui era só uma casa. Mas agora é um lar.

25

MEG SENTOU DIANTE DO COMPUTADOR e esperou a entrada do vídeo.

Sam atendeu com um sorriso ensaiado.

— Oi, Meg.

Meg se sentiu aliviada ao ver que não havia olheiras sob os olhos da amiga.

— Você parece bem.

— Estamos bem.

Elas falaram brevemente sobre as crianças e sobre o falecimento de Jordan. A notícia da gravidez de Meg se espalhara depressa.

— Estou feliz por vocês dois — disse Sam.

— Você tem que ver a minha sogra; ela já está enlouquecendo.

Sam puxou uma mecha do cabelo ruivo, agitando algo na mão direita.

— Então, que negócio é esse de um potencial cliente?

Era bom voltar ao mundo dos negócios, longe do drama pessoal.

— Ela tem trinta e quatro anos, é dona de um pedação de Manhattan e quer irritar o ex com um cara gostoso e mais jovem.

O sorriso de Sam se transformou em risada. Elas trocaram informações, fizeram anotações e um plano para ajudar a "rica da cidade" a encontrar um cônjuge.

— É exatamente disso que eu preciso agora — disse Sam quando terminaram. — De um desafio.

— Foi o que eu pensei — disse Meg, recostando-se na cadeira.

— Você tem mais um minuto?

— Claro. Pode falar.

— É sobre o Hunter.

Sam gemeu.

— Acho que eu pisei na bola nessa.

— Eu vi as anotações no arquivo. Parece que você não o aprovou como cliente.

— Não. Eu estava atrapalhada quando ele nos procurou e pedi a Gabi para fazer a entrevista e tomar uma decisão. Nunca pensei que ela o aprovaria, muito menos que se casaria com ele.

Era o que Meg pensava.

— Mas, se serve de consolo, eu nunca vi a Gabi tão feliz — completou.

Sam fitou Meg, com os olhos semicerrados.

— É mesmo?

Meg assentiu.

— Ele é meio arrogante, mas eu gosto dele. Até o Val está mudando de ideia.

— O Blake disse que ele é imprevisível e até meio selvagem quando se trata de conseguir o que quer.

— Ele cometeu algum crime?

— Não encontrei nada para colocá-lo atrás das grades.

— Ele é rico demais para deixar rastros — ponderou Meg.

— É verdade. Ele parece se preocupar com a segurança da Gabi. O Neil montou o sistema de segurança na casa nova deles e pôs dois guarda-costas pessoais.

— Guarda-costas? — Isso era novidade.

Sam fechou os lábios.

— Achei que você soubesse.

— Soubesse o quê? Por que a Gabi precisa de um guarda-costas? — Meg perguntou.

— Odeio fazer fofoca — disse Sam, erguendo as mãos.

— Bem, tarde demais para parar — Meg disse, inclinando-se para a frente e procurando qualquer sinal no rosto de Sam.

— Parece que o falecido marido dela abriu duas contas bem recheadas no nome de Gabriella Picano. Uma estava sendo bastante movimentada, e a outra estava praticamente inativa. Não sei bem como ela descobriu sobre essas contas, mas mudou as senhas e bloqueou o acesso de quem as estava usando. De acordo com o Neil, o Hunter acha que ela desenhou um alvo nas costas com isso. E, antes que você pergunte, não, não houve ameaças.

— Por que o Alonzo faria isso?

— Como é possível saber? Talvez ele tenha pensado que, se tivesse muito dinheiro no nome dela, ela seria parte do tráfico e ficaria quieta, isso se ele tivesse sobrevivido.

— Mas quem está movimentando o dinheiro?

— Não faço ideia. O Neil disse que o Hunter tem investigadores trabalhando nisso.

Meg ficou preocupada com sua cunhada.

— Se é dinheiro de drogas, poderiam ter armado para ela, e a Gabi poderia ir presa.

— Alguém teria que saber sobre isso e querer usar a informação contra ela.

— Chantagem.

As duas ficaram perdidas nos próprios pensamentos por um minuto, até que se olharam através do monitor.

— Chantageá-la a, digamos... se casar?

— Você não acha que... — disse Sam e então interrompeu as próprias palavras. — Ah, não.

Meg odiava o curso de seus pensamentos.

— Faz sentido. Droga. Eu realmente quero gostar desse cara.

Sam já estava torcendo o cabelo.

— Mas por quê? Por que Hunter tinha tanta pressa de casar? Por que ele chantagearia uma estranha a se casar com ele?

— O bebê. Que é a coisa mais altruísta de que já ouvi falar — disse Meg.

Foi a vez de Sam fitar Meg.

— Bebê? Que bebê?

Merda; melou.

Compras. Nada como uma pequena terapia de compras para passar o tempo. Gabi atravessou a loja de departamentos, sentindo os olhos de Solomon em suas costas. Ele mantinha distância, mas estava sempre por perto. Ela provavelmente não notaria se estivesse fazendo compras com uma amiga, mas Gwen estava cuidando de seu filho doente e Judy estava trabalhando. Incomodar Sam não era uma opção.

Ela sempre achara difícil comprar coisas para seu irmão, mas, com um bebê a caminho, sua cabeça estava cheia de ideias de presentes de Natal.

Incapaz de se controlar, Gabi entrou no departamento de bebês e encontrou um minúsculo par de meias e um chocalho de pelúcia para sua sobrinha ou sobrinho. Percorreu com os olhos alguns macacões jeans, mas se voltou. Roupas para Hayden teriam que esperar. Mas um ursinho de pelúcia, tudo bem.

Ela trocou as sacolas de mão enquanto saía da loja, em busca de uma gravata com estampa de mamadeiras ou uma bobagem dessas.

Olhou por cima do ombro e viu Solomon por perto. Mas, quando se voltou, parou bruscamente.

Olhos escuros a fitavam enquanto a mulher se aproximava lentamente. Sheila Watson era muito mais bonita pessoalmente que nas fotos. Um pouco mais baixa que Gabi, com mais curvas, mas nada remotamente perto de excesso de peso.

Sheila deixou os olhos traçarem uma linha lenta para cima e para baixo do corpo de Gabi. Em vez de se afastar, Gabi ficou firme e esperou para ver o que ela faria.

Gabi olhou ao lado de Sheila e viu as bochechas gorduchas de uma criança que dormia enfiada em um carrinho. Sentiu a respiração ficar presa na garganta e morreu de vontade de tocar o sobrinho de Hunter. As palavras de Sheila chamaram a atenção de Gabi.

— Você sabe quem eu sou?

Gabi ficou em silêncio, em expectativa.

— Ele prometeu se casar comigo, sabia?

— É mesmo?

Sheila ergueu o queixo ou talvez fosse o nariz.

— Ele vai te usar como me usou e depois te jogar fora.

O plano original era esse.

— Minha dúvida é: será que você é tão fria quanto ele?

Gabi tentou não demonstrar emoção alguma e voltou os olhos para o bebê.

Sheila apertou a mandíbula.

— Ele tem uma dívida comigo. Com o nosso filho. — A raiva nos olhos de Sheila escureceu seu olhar mais rápido que um interruptor. — Se você tiver um pingo de decência, vai convencê-lo a cuidar do filho dele.

Mil réplicas diferentes morreram nos lábios de Gabi. Ela mordeu o lábio inferior. Qualquer coisa que ela dissesse poderia entregar as intenções de Hunter. Gabi notou a mão de Sheila segurando a alça da bolsa e o bebê ao seu lado, quase esquecido, enquanto a mulher se aproximava dela. As pessoas se aglomeravam ao redor, irritadas por terem que parar no meio do shopping.

Sheila retomou seu olhar duro e se afastou de Hayden, aproximando-se de Gabi.

Perto demais.

— Você parece a megera perfeita para aquele canalha.

Ali estava: a parte instável de que Hunter falara.

Gabi se voltou, mas não lhe deu as costas.

— Se me der licença...

A voz bem-vinda de Solomon as interrompeu:

— Sra. Blackwell?

Sheila abriu um sorriso no rosto.

— Já arranjou um brinquedo?

Gabi se aproximou do segurança.

— Já estou pronta para ir — disse.

Ele se colocou entre as duas e guiou Gabi para a porta.

— Nós não terminamos — gritou Sheila.

Gabi não respondeu, mas sentiu a raiva da mulher enquanto se afastava.

— Quem era? — Solomon perguntou enquanto iam para o estacionamento.

— Alguém em quem não se pode confiar. Se ela se aproximar de mim, por favor, interfira.

Ele passou as mãos pelo cabelo, olhou para trás e saiu caminhando mais rápido.

Quando estavam no carro, Gabi respirou fundo.

— Me leve ao escritório do Hunter.

— Agora mesmo, sra. B.

A quase um quilômetro do shopping, Solomon disse:

— Eu devia ter interferido antes. Falhei.

— Ela podia ser uma amiga. Duvido que os assaltantes andem por aí empurrando um carrinho de bebê. Você não tinha como saber.

— Não vai acontecer de novo.

Gabi tentou tranquilizá-lo.

— Não se preocupe com isso.

Tiffany conduziu Gabi ao escritório de Hunter sem anunciá-la enquanto Solomon se posicionava atrás da mesa da secretária particular de Hunter.

O rosto do empresário se iluminou quando ela entrou na sala. Continuou com o telefone no ouvido, mas acenou para que ela se aproximasse.

— Está certo. Não me interessa como você vai lidar com isso. Resolva.

Hunter se levantou e se encaixou entre a mesa e a cadeira. Pôs a mão na cintura de sua esposa e a apertou.

— Não tenho tempo agora — ele disse a seu interlocutor. — Surgiu algo importante em minha mesa.

Gabi sentiu desaparecer a tensão causada por Sheila.

— Certo. Faça isso.

Hunter a abraçou e desligou o telefone antes de acariciar o pescoço de Gabi.

— Se não é a Mamãe Noel! O que eu fiz para merecer sua visita?

Ela inclinou a cabeça para trás, curtindo a sensação dos lábios dele em seu pescoço, distraindo-a.

— Não é por uma boa coisa, lamento dizer.

Ele parou de beijá-la e a olhou nos olhos.

— O que aconteceu?

Ela era tão transparente assim?

— Conheci a Sheila.

Ele ficou tenso e seu semblante endureceu.

— Quando? Onde?

— No shopping. Meia hora atrás.

Hunter a colocou em cima da mesa e segurou seus joelhos enquanto ela lhe falava do encontro.

— Onde diabos o Solomon estava?

— Ali mesmo. Eu não o chamei; ele não tinha como saber que ela era uma ameaça.

— Isso não é desculpa.

— É sim. É desnecessário e desconfortável ter um guarda-costas colado em mim. Ela estava me avaliando, não me atacando.

— Quando estivermos com o Hayden, isso pode mudar.

A lembrança do rostinho minúsculo de Hayden, os lábios entreabertos, formando um biquinho enquanto dormia, fez Gabi abrir um sorriso.

— Eu o vi.

— O Hayden? — Hunter perguntou.

Ela assentiu com a cabeça.

— Ele é lindo, Hunter. Estava dormindo no carrinho. Eu o vi de relance, antes que a Sheila desse um chilique.

— É isso que me preocupa — disse Hunter.

Gabi concordou.

— É por isso que precisamos agir devagar. Tirar o Hayden dela, se ela ainda puder conseguir guarda compartilhada, seria uma tragédia.

— Ela não está esperando que eu peça a guarda; está esperando uma recompensa.

— Isso me faz imaginar que tipo de loucura vai acontecer quando ela não puder mais usar o Hayden como barganha.

— O tipo de loucura que requer um guarda-costas, dois, três... — Hunter parecia preocupado.

O telefone tocou em sua mesa, e ele esticou a mão para atender.

— Sim, Tiffany.

— Desculpe interromper, mas o oficial Delgado está na linha.

— Ele disse do que se trata?

— Algo sobre uma pessoa desaparecida.

Gabi mudou de posição quando Hunter pôs o telefone no viva-voz.

— Hunter Blackwell falando.

— Sr. Blackwell, obrigado por me atender.

Ele deu de ombros e olhou para ela.

— Acho que quando a polícia liga não se tem a opção de não atender.

Delgado deu uma risadinha.

— É verdade. Sou investigador da polícia de Los Angeles. Esta tarde registramos o desaparecimento de um técnico que esteve na sua residência ontem e gostaríamos de lhe fazer algumas perguntas.

Gabi se endireitou.

— Quem? — ela perguntou.

— Como? — disse o policial.

— Minha esposa coordenou os prestadores de serviço que estiveram em casa ontem. Ela está aqui no escritório comigo e está te escutando no viva-voz.

— Tudo bem. Sra. Blackwell?

— Sou eu. Quem desapareceu?

— O nome dele é Mark Collins.

O nome lhe pareceu familiar.

— Havia mais de trinta pessoas em casa ontem, oficial. Desculpe.

— Ele instalou seus televisores.

— Ah, sim, certo. Rapaz simpático. Ele desapareceu?

— Ele telefonou para o chefe dizendo que tinha terminado o trabalho e que ia devolver o caminhão, mas não apareceu.

— Não sei como posso ajudar. Ele saiu na correria com muitos outros. Eu não saberia nem dizer exatamente a que horas.

— Qualquer coisa que possa dizer vai nos ajudar. Se possível, eu gostaria do nome das outras pessoas que estiveram na sua casa ontem também.

Gabi não sabia por onde começar.

Hunter a tranquilizou.

— Vamos providenciar uma lista e te damos um retorno — disse.

— O tempo é nosso inimigo, sr. Blackwell.

— Minha decoradora deve ter uma lista dos jovens, o nome do terreno das árvores, dos homens que instalaram a iluminação externa... Todos esses dados estão em casa, oficial.

— Quanto antes soubermos, melhor, sra. Blackwell.

— Claro.

Hunter anotou o número de Delgado e desligou.

— O que você acha disso? — Gabi perguntou.

— Não sei dizer. Lembra algo desse garoto?

— Jovem... Vinte e três anos, talvez. Algumas garotas estavam flertando com ele. A Felicia ficava estalando os dedos, mandando as meninas continuarem o trabalho e deixarem o sexo para depois — explicou Gabi, dando um leve sorriso. — Você acha que foi isso que ele fez? Que saiu do trabalho e foi transar com alguém?

— É possível. O que você quer que eu faça?

Ela acenou com a mão, contornou a mesa e pegou a bolsa.

— Nada. Vou pegar os dados e ligar para o oficial Delgado.

— Estarei em casa em vinte minutos, se precisar de mim — disse Hunter.

Ela parou na porta e sorriu para ele.

Andrew a encontrou em casa, com os números de telefone na mão. Hunter era, acima de tudo, eficiente. Depois de entrar em contato com Delgado e lhe passar os dados de que ele precisava, ela viu as outras mensagens que Andrew havia anotado para ela durante o dia.

"Meg ligou. Pediu para você retornar."

Meg atendeu ao segundo toque.

— Oi, mamãe — brincou Gabi.

Do outro lado da linha, só se ouviu uma pergunta rápida e direta:

— O Hunter te chantageou, não foi?

26

HUNTER DESLIGOU A VIDEOCONFERÊNCIA DANDO um enorme suspiro de alívio. Travis descobrira quem estava desviando fundos da empresa e trabalhava com uma equipe de detetives disfarçados para pegar o homem no flagrante. Hunter estava prestes a ceder e pedir a sábia ajuda de sua esposa com suas contas, para ver se Gabi conseguia localizar os fundos desviados de maneira mais exata que sua equipe. Mas parecia que, agora, tudo que ele tinha de fazer era dar a boa notícia.

Ele estava desligando o computador quando Tiffany apareceu com mais uma interrupção inesperada, quinze minutos antes de seu expediente terminar.

— Desculpe por...

— Diga logo.

Tiffany foi até uma parede de painéis e abriu uma porta escondida atrás da qual ficava um televisor de tela plana.

— O departamento de relações públicas ligou e perguntou o que você quer fazer sobre isto.

Hunter se levantou e esperou que Tiffany ligasse o aparelho para transmitir a gravação que alguém de sua equipe tinha feito.

A imagem de Gabi ao lado de Sheila — esta parecendo uma inimiga jurada — enchia o canto superior direito da tela. A legenda que o repórter exibia era: "Amante e esposa se encontram".

A mídia era uma ave de rapina havia anos. E agora Gabi estava sentindo suas garras.

O repórter prosseguia:

— Junte-se a nós às sete para a entrevista exclusiva com a monitora da creche que afirma estar cuidando do filho ilegítimo de Hunter Blackwell. O sr. Blackwell recente e inesperadamente se casou com uma socialite da Flórida...

O repórter continuou vomitando sua apelação para o jornal da noite.

Tiffany desligou o aparelho e esperou.

— Ligue para o Ben Lipton. Diga ao RP para responder "sem comentários", até segunda ordem.

Tiffany hesitou, mas logo saiu para tomar as providências.

Quando Hunter acabou de falar com seu advogado particular ao telefone, viu que Remington havia deixado uma mensagem em seu celular e que sua secretária do escritório de Nova York pedia instruções.

A caminho de casa, ele parou na floricultura.

Gabi o encontrou na porta com um sorriso.

— Flores? Que clichê.

— Você viu o noticiário.

Ela pegou as rosas vermelhas e brancas das mãos dele e foi em direção à cozinha.

— Todo mundo viu o noticiário. O telefone não parou de tocar desde que voltei do seu escritório.

Ele observava os movimentos de Gabi enquanto ela procurava um vaso e o enchia com água. Procurou algum sinal de incerteza em suas atitudes, mas não encontrou nenhum.

— Flores de um marido infiel... Isso faz você parecer culpado — disse ela.

— E, se alguém perguntar, no dia em que a notícia do Hayden se tornou pública, eu comprei flores para a minha esposa e voltei cedo para casa.

— São mais de seis.

— Para mim é cedo — corrigiu Hunter.

Ele tirou o paletó e o colocou no encosto da cadeira.

Ela pegou o minúsculo cartão do buquê de flores e apontou na direção dele.

— Que bom que você vai me levar para jantar — disse.

— Vou?

— Vai. Encontrar a mãe do seu filho foi cansativo — ela brincou enquanto puxava a borda do envelope. Mas seu sorriso provocante desapareceu quando ela abriu um cheque. — O que é isto?

Ele apoiou o quadril no balcão.

— Um milhão para cada caso, alegado ou provado — explicou.

Ela estreitou os olhos, fitando-o.

— Eu devia descontar isto, só para te irritar.

— Trato é trato.

— Quantos olhos você tem sobre ele? — Gabi perguntou.

Ela estava deitada ao lado de Hunter, com a perna pendurada na dele e a mão em seu peito, desenhando círculos.

— Depois disso, você está me perguntando sobre outro homem?

Ela bateu no peito dele.

— O Hayden. Quantos olhos você tem sobre ele? — ela perguntou novamente.

— Meus olhos extras estão sobre a Sheila e o Noah.

Gabi se apoiou no cotovelo e seu olhar ficou frio.

Antes que ele pudesse dizer uma palavra, ela inclinou o corpo nu sobre o dele e pegou o telefone no criado-mudo. Em seguida o enfiou diante do rosto dele.

"Todos os olhos em Hayden."

— O q...

— Todo mundo ficou sabendo pela mídia que você tem um filho. E você quer que o mundo acredite que ele é seu. Por acaso você dispensaria menos proteção a seu filho que a sua esposa?

Ele se sentou na cama, como Gabi. O lençol caiu enrugado ao redor da cintura dela, formando a imagem da beleza que ele tinha que ignorar.

— Tenho detetives particulares em cima da Sheila e do Noah, não guarda-costas.

Gabi colocou a mão no quadril nu e aprumou os ombros.

— Por que você pôs guarda-costas para cuidar de mim?

— Alguém poderia... — Ele parou de falar quando entendeu o que ela estava querendo dizer. — Merda.

Então jogou longe o lençol que cobria seu corpo cansado e saiu da cama digitando no celular. Sua cabeça estava tão ocupada com os negócios que tinha desconsiderado completamente o alvo.

— MacBain.

— Sei que é tarde — disse Hunter enquanto ia até o escritório. — Preciso de olhos sobre...

— Sobre quem?

Era tarde, mas a voz de Neil era firme.

Hunter clicou algo no computador. Era hora de tomar uma decisão.

— Sobre o meu filho.

Silêncio.

— Dessa vez o noticiário disse a verdade?

Algo dizia a Hunter que Neil e as pessoas que conheciam Gabi acabariam sabendo a verdade. Portanto, em vez de mentir, simplesmente disse:

— O Hayden é inocente nessa história. Quero olhos nele, Neil. Estou aqui com a Gabi e posso mandar o Solomon ou o Connor.

Hunter deu o endereço que ele tinha, o nome da creche e dos dois investigadores particulares que trabalhavam no caso, para que os homens de Neil não os confundissem com outras pessoas.

Quando Hunter desligou o telefone, Gabi estava na porta, com os braços cruzados sobre o robe preto, que cobria seus ombros nus.

— Você precisa de mim — disse ela.

Suas palavras e sua postura eram casuais.

Simplesmente a declaração da realidade.

A diferença entre defesa e ataque está na colocação dos jogadores no tabuleiro. Para Gabi, da noite para o dia sua vida passara da necessidade de defender sua posição a tomar o que queria.

Hunter encontrou seus advogados bem cedo no dia seguinte, e Gabi, a dela.

Lori a conduziu ao escritório e lhe ofereceu um chá e um sorriso.

— Parece que deixamos passar um detalhe em seu contrato com Blackwell — disse ela antes que Gabi pudesse explicar qualquer coisa.

— O Hayden foi algo inesperado — explicou Gabi.

Lori relaxou na cadeira de encosto alto.

— Algo me diz que o Blackwell sabia desse pacotinho antes de te oferecer um contrato.

— Não tenho dúvidas disso. Mas não é por isso que estou aqui.

— Ah, não?

Gabi abriu a pasta que havia levado consigo.

— Tudo que eu disser aqui é confidencial, certo?

A julgar pelo espanto de Lori, ela não esperava essa pergunta.

— Completamente.

Gabi lhe entregou os papéis, e Lori os folheou enquanto Gabi falava.

— Meu falecido marido era traficante de drogas.

Pela expressão do rosto de Lori, isso não era novidade. Ela fora advogada de Samantha por algum tempo, e, se Gabi tivesse que adivinhar, diria que algumas das informações mais pessoais sobre ela não eram novidade para a doutora.

— Mas você já sabia disso...

Lori deu de ombros.

— O que você não sabe, o que poucos sabem, é que eu o matei.

Lori fitou Gabi.

— Ele morreu no hospital — ela disse.

— Mas eu desliguei os aparelhos.

A advogada suspirou.

— Dizer aos médicos para desligar os aparelhos não é a mesma coisa que matar.

— Não segundo a companhia do seguro de vida que recebi depois da morte do Alonzo.

Lori folheou os papéis até encontrar os formulários relativos ao pagamento.

— Uma grande quantia.

— Eu descontei o cheque e prontamente dei o dinheiro a diversos programas de prevenção de uso de drogas. Se você ler as letras miúdas da apólice, vai ver que diz que, se eu fosse de alguma forma responsável pela morte do meu cônjuge, incluindo a remoção de aparelhos de suporte à vida sem uma ordem judicial, ela seria anulada.

— Mas você descontou o cheque.

— Você entendeu o meu problema.

Lori pegou um bloco de papel e fez uma anotação.

— Hoje em dia, fraude contra seguradoras é pior que assaltar uma loja de bebidas e atirar no atendente. Os que são pegos são exemplarmente punidos pelas grandes empresas. Vamos ter que agir com cautela.

Gabi odiava sentir medo.

— Se eu soubesse dessa cláusula, nunca teria descontado aquele cheque.

— Você tem dinheiro para restituir?

Gabi pegou o cheque que Hunter lhe dera na noite anterior e o entregou a Lori.

A advogada riu.

— Quantos zeros!

— Acho que o Hunter basta para a seguradora.

Lori prendeu o cheque aos papéis com um clipe e fechou a pasta.

— Tem mais duas coisas que eu preciso saber.

Lori estendeu a mão.

— Outra pasta?

Gabi sacudiu a cabeça. Ela se inclinou sobre a mesa e virou o bloco de notas para si. Anotou os dois nomes dos bancos e os números de conta em questão.

— O primeiro é um banco colombiano. O segundo fica na Itália. As duas contas estão no meu nome. Bem, em nome de Gabriella Picano.

Gabi continuou explicando os detalhes que podia fornecer, embora limitados.

— Você não faz ideia de quem está movimentando essas contas?

— Não. Na da Itália entra dinheiro, mas não sai praticamente nada. A da Colômbia tem um fluxo constante de depósitos e saques.

— Lavagem.

— Provavelmente. Quando eu soube delas, mudei as senhas de acesso, e eles ficaram quietos.

Lori se encolheu.

— Posso saber quanto tem nessas contas? — ela perguntou.

— Muito mais do que esse cheque.

— Isso complica tudo. Se a companhia de seguros descobrir o dinheiro no exterior...

— Esse dinheiro não é meu.

— Eles não sabem disso — disse Lori, voltando-se para o computador e começando a digitar. — Isso vai levar algum tempo.

Gabi pensou que fornecer essa informação seria a coisa certa a fazer e que isso lhe provocaria uma sensação de realização no fim do dia, mas estava errada.

— Não posso ser presa — disse.

— *Acho* que não vamos chegar a isso — disse Lori.

Gabi acreditava que sim.

— Temos que ser extremamente discretas a esse respeito enquanto consertamos as coisas — disse.

Lori anotou algo novamente.

— Isso eu não posso prometer — disse. — Quando foi a última vez que uma pessoa de destaque como você foi acusada de fraude e não saiu nos jornais?

— Eu não sou uma pessoa de destaque.

Lori soltou uma gargalhada.

— Você é casada com um dos homens mais ricos e influentes do mundo. Se destaca tanto que metade das pessoas vai querer te ver na cadeia por ciúme, e a outra metade vai concluir que você é culpada e está escondendo outros crimes, que vão acabar te levando para a prisão.

Lori voltou a atenção para o computador uma vez mais. Deu alguns cliques e a impressora atrás da mesa ganhou vida.

— Seria mais fácil lutar se você não fosse casada com Blackwell. Uma socialite viúva enganada por seu falecido marido provoca muito mais simpatia que a esposa de um bilionário.

Gabi ficou gelada.

— Você acha que o Hunter sabia disso?

Lori ergueu a sobrancelha.

— Ele sabia da apólice de seguro, das contas? — perguntou.

Gabi não respondeu; Lori balançou a cabeça.

— O Hunter não chegou aonde está por mera sorte.

Mesmo que ele soubesse, as coisas haviam mudado. Não haviam?

— Ele não é tão egoísta quanto parece.

Lori deu um riso irônico.

— Não, de verdade — Gabi disse, defendendo-o. — Ele e seus advogados estão trabalhando para tirar o Hayden da custódia da mãe.

— Tirar uma criança da mãe, que coisa nobre. — A língua de Lori era rica em sarcasmo.

— Aquela mulher é louca — justificou Gabi.

Lori inclinou a cabeça e fitou Gabi.

— Deixa eu tornar as coisas um pouco mais claras. O Blackwell queria uma esposa para mostrar ao tribunal que é um homem casado e estável e está se esforçando para encontrar falhas na mãe da criança para obter a guarda total.

— Ela quer dinheiro, não está nem aí com o bebê.

— Isso foi o que ela disse ou ele?

Gabi abriu a boca, fechou, então murmurou:

— Eu confio nele.

Lori apontou o dedo para ela.

— Esse é o seu primeiro erro.

— Você não o conhece — disse Gabi, com um pouco menos de defesa no tom de voz.

— Não, você tem razão, eu não o conheço. Mas conheço o tipo dele. Rico, arrogante, e não vai parar enquanto não conseguir o que quer. Homens como ele driblam a lei, dão um jeito de subornar para atingir seus objetivos. Você entrou nesse contrato sem nenhum tipo de apego, Gabi. Eu sugiro que encontre essa mulher de novo e a traga de volta, se quiser sair inteira dessa. Não deixe o Blackwell fazer com você o que o Picano fez.

— Isso jamais aconteceria.

— Tem certeza?

Gabi olhou fixamente para sua advogada e entendeu que os conselhos dela eram bons.

Apesar de Gabi não querer ouvi-los.

Solomon abriu o porta-luvas do carro novo e retirou uma caixinha.

— O Neil fez isto — disse — e quer que você a use sempre.

Ela abriu a tampa e encontrou uma corrente de prata com um medalhão.

— Por que Neil o compraria uma joia para mim?

Solomon riu, entrando no trânsito.

— É um GPS. Mesmo que um de nós esteja com você, existem momentos, como hoje, em que você vai estar fora da nossa vista. Eu queria ter te entregado isso antes, mas esqueci.

Ela o colocou sobre a cabeça e observou o design simples.

Mexeu na travinha, mas o medalhão não se abriu.

— Não abre — disse ele.

— Ah. É só um dispositivo de rastreamento, certo? Não grava o que estou dizendo?

Solomon sacudiu a cabeça.

— Não. É só um GPS. É impermeável, também. Pode tomar banho com ele.

Gabi deu de ombros, enfiou o medalhão por baixo da blusa e se concentrou na paisagem e na multidão que os cercava. Pessoas que não usavam dispositivos de rastreamento nem andavam com um guarda-costas armado a seu lado.

Quando Hunter passou pelo escritório de manhã, uma intimação de Sheila o aguardava, requerendo pensão alimentícia para Hayden. Parece que a mulher estava avançando mais rápido do que ele imaginara.

Hunter se sentou diante de Ben Lipton e sua equipe de advogados, especializada em direito de família.

— Ela tem que concordar com um teste de paternidade — disse Ben.

Hunter já tinha um. Os funcionários mal remunerados da creche onde Sheila deixava Hayden não haviam visto problema algum em fornecer um pouco de saliva por dinheiro.

— O teste vai provar que eu sou o pai — disse Hunter. — Seu trabalho é usar a informação que eu lhe forneci para eu obter a guarda total e exclusiva do menino.

— Como eu lhe disse antes, ela tem que se mostrar incapaz de cuidar do filho. Sua estabilidade financeira e a prova de que Hayden é seu filho só lhe concederá a guarda parcial. A pensão alimentícia será inevitável.

— A mulher quer uma indenização, não o título de mãe.

Os advogados se entreolharam.

— Ela vai nomear um médico para o teste de paternidade, e nós o nosso. Isso nos dará quarenta e oito horas para encontrar algo que a desabone.

— Vocês têm os relatórios dos meus investigadores — disse Hunter.

— Um antidepressivo não é uma arma de fogo. E ela não passa por um médico para tratar de nenhum problema psicológico há cinco anos. Ela pode não dar toda a atenção necessária para o Hayden, mas o mantém com adultos quando não está ao lado dele.

— Com adultos incompetentes.

— Eles, não ela — disse Ben.

O advogado sentado à esquerda de Ben se inclinou para a frente.

— A Sheila não espera que você tire o filho dela. Ela pode lutar.

— Ela só quer dinheiro. Mostre um cheque, que certamente ela vai aceitar.

Ben cruzou os braços.

— Como você pode ter tanta certeza? — perguntou.

Hunter sabia que os advogados eram obrigados a manter sigilo, de modo que lhes ofereceu aquilo de que necessitavam.

— Porque o Hayden não é meu filho biológico. Eu nunca transei com Sheila Watson. Foi o meu irmão.

Um suspiro coletivo atravessou a sala.

— E se o seu irmão pedir a custódia?

— Ele pode tentar. Se a Sheila provar que eu sou o pai, e eu confirmar, o Noah não vai ter nada para sustentar o pedido dele. Se ele tentar, tenho certeza de que vocês serão capazes de acabar com esse caso.

Todos anuíram.

Hunter se levantou para ir embora.

— Quero falar com o médico que está trabalhando para nós. Eu e a Gabriella vamos estar aqui na sexta-feira para a audiência.

— Se eu conseguir apressar o tribunal — disse Ben.

Hunter lhe lançou um olhar frio.

Ben ergueu as mãos.

— Vou fazer acontecer.

— Melhor assim. Bom dia, doutores.

Antes de sair da sala, ouviu alguém sussurrar:

— E eu que pensei que passar o Natal com a minha família era uma merda.

27

GABI SE SENTOU NO SOFÁ, sobre as pernas dobradas, enquanto as luzes de Natal davam brilho à sala.

As palavras de Lori a assombraram o dia inteiro.

Será que ela estava cometendo os mesmos erros? Confiando no homem errado? Se Hunter era capaz de subornar a lei, estaria fazendo o mesmo com ela? Todo aquele papo de ele não ser bom o bastante para ela lhe infundira poder no relacionamento. Seria um falso poder? Seu poder de sedução era só para conseguir o que queria?

Ele queria Hayden.

Ou talvez só quisesse provocar o irmão.

As palavras que Lori se absteve de falar também a incomodavam. E se Hayden realmente fosse filho de Hunter? Talvez aquela mulher no shopping estivesse lutando pelos direitos de seu filho.

Gabi odiava sentir a dúvida correr feito louca em sua cabeça.

Ouviu o alarme do portão, indicando a chegada de Hunter. Viu as luzes do carro, ouviu a porta da frente se abrir e fechar. Os passos dele hesitaram ao entrar na sala.

— Gabi?

Ela não respondeu; ficou brincando com a franja da almofada que tinha no colo.

Hunter se aproximou lentamente, até estar perto o suficiente para ela absorver o cheiro de sua pele. O cheiro que a seduzira desde o dia em que se conheceram.

Ele se ajoelhou até ficar à altura dos olhos dela.

— O que aconteceu?

— Estive com minha advogada hoje. Você lembra da Lori Cumberland?

— Como eu poderia esquecer a sra. Cumberland? — ele disse com um meio sorriso.

Gabi permaneceu séria.

— Eu contei a ela sobre a apólice de seguro, sobre as contas no exterior.

Hunter parou de sorrir e se sentou na cadeira ao lado dela.

— Eu disse que cuidaria disso.

Gabi ergueu o queixo.

— Não vi necessidade de esperar — ela respondeu.

— Agora não é hora para isso.

— Foi mais ou menos isso que ela disse.

Gabi mantinha os olhos fixos nos de Hunter.

— Você sabia como seria difícil limpar o meu nome depois que eu me tornasse sua esposa?

Não havia um pingo de emoção no rosto dele.

Alguma coisa dentro dela morreu.

— Meu Deus! — ela exclamou, tirando a almofada do colo e se levantando.

Hunter se levantou de um salto e a pegou pelo braço, impedindo-a de fugir.

— Eu não te conhecia, Gabi.

— E você estava disposto a usar as informações que tinha para me chantagear, sabendo muito bem que eu ainda poderia acabar na cadeia por algo que eu não fiz.

Ele se aproximou e ela tentou se afastar.

— Você não vai para a prisão. Eu vou cuidar disso.

— E como você vai fazer isso, Hunter?

— Vamos restituir o dinheiro para a companhia de seguros.

— Não é tão simples assim. Você sabia disso muito antes de aparecer naquela limusine.

Ele cerrou o maxilar.

— Sim. Eu sabia.

— E quando vai começar a trabalhar para limpar o meu nome?

Ele olhou para além dela.

— Assim que eu ganhar a guarda do Hayden, vamos limpar o seu nome.

Ela se sentiu uma completa idiota.

— Quando você conseguir aquilo pelo qual se casou comigo.

— Eu não escondi nada disso de você — disse ele.

— E nada mudou. Com tudo que aconteceu entre nós, nada mudou. Você consegue o Hayden e eu vou parar na cadeia.

Ele a fitou, irritado.

— Você realmente acredita nisso?

— Não sei em que acreditar, Hunter.

Ele deu dois passos rápidos e levou as mãos à parte de trás da cabeça dela. Seu beijo foi duro, exigente, como ele próprio. Maldição, ela correspondia mesmo com raiva. Queria desesperadamente acreditar nele, mas não podia.

Não cegamente. Nunca mais.

Ela se afastou e levou a mão à boca, antes de se voltar e sair correndo.

A gravata de Hunter pendia solta ao redor do pescoço, o gelo refrescando o bourbon do copo. As luzes da árvore de Natal, a única que já teve desde criança, enchiam a sala.

Gabi finalmente parou de chorar.

Cada lágrima, cada soluço, era como uma faca enfiada no peito de Hunter, e ele não tinha nada para lhe oferecer como apoio. Ele não confiava em si para se aproximar e dizer que ela estava errada a seu respeito, porque, na verdade, ela não estava.

Quando ele soubera da fraude contra a companhia de seguros e das contas no exterior, supusera que ela era culpada de mais coisas além de confiar na pessoa errada — uma mulher bonita, astuta, que pestanejava teatralmente para conseguir o que quisesse na vida. Ele a chantageara antes de conhecê-la.

Mesmo quando a conhecera mais profundamente, ainda se mantivera um pouco desapegado.

Ficar com Hayden.

Negar tudo a seu irmão.

E lá estava Gabi novamente, onde ele nunca esperava — a árvore de Natal zombava dele.

— Aí está você — disse Andrew entrando na sala, pegando a garrafa de bourbon meio vazia e franzindo a testa. — Ocupado?

— Agora não, Andrew.

O homem se sentou mesmo assim.

— Estou falando sério.

— Pode me demitir.

— Está demitido.

Andrew simplesmente riu.

— Quando você vai pegar leve na sua vida pessoal e pensar antes de agir?

Hunter não disse nada, só ficou observando o gelo que derretia em seu copo, enquanto Andrew prosseguia:

— Você é brilhante nos negócios, transforma grama em notas de dólar, é um líder por natureza. No entanto, algo me diz que seu boletim escolar dizia: "não trabalha bem em equipe".

— Por que você ainda está sentado aí?

— Porque sou o único que vai estar aqui. Se você não começar a exercitar a paciência, vai ser um velho solitário e amargo, embora rico. Isso lembra alguém que você conhece?

— Eu não sou o meu pai.

— Estou pensando num peixe e num peixinho agora. O engraçado dos clichês é que todos são verdadeiros.

Hunter terminou o restante da bebida e deixou o copo de lado.

— Você tem uma oportunidade única com uma mulher que tem um coração do tamanho do Texas. Está prestes a trazer uma criança para sua casa, que vai precisar de mais que um velho amargo para o criar. E vai estragar tudo.

Hunter fixou os olhos na única pessoa disposta a falar com ele daquele jeito.

— Eu estraguei tudo antes de começar.

— Então precisa fazer o que qualquer homem comum faz: consertar tudo — disse Andrew, levantando-se e saindo da sala.

Mas Hunter o deteve.

— O que te interessa se eu conserto alguma coisa?

Andrew olhou ao redor da sala.

— Eu quero o título de velho amargo só para mim.

Hunter sorriu.

— E a árvore foi um belo toque.

Andrew saiu da sala, deixando Hunter refletir nas sábias palavras que ele acabara de lhe dizer.

— Então o Blackwell quer ser pai... Perfeito. — Diaz bateu na mesa, pensativo. De todas as informações inúteis que obtivera ouvindo as conversas de Blackwell, essa era uma recompensa. — Vai ser mais fácil do que eu pensava, hein, Raul? — ele disse, estalando os dedos. — Preciso dessas fotos.

— Fotos, que fotos?

— O Picano te mandou fotos antes de morrer. Fotos boas para chantagem. Acho que algumas eram da esposa.

Raul deu de ombros e voltou para o computador.

Diaz tinha que reconhecer o mérito do falecido. Ele havia coberto suas pegadas usando Gabriella. Ele se casara com ela, colocara o dinheiro no nome dela e a fizera parecer tão culpada quanto ele. Ele a envolvera naquela sujeira e a ludibriara. Se o cara estivesse vivo, teria fugido para longe, onde seria impossível encontrá-lo.

Pena que acabara com o peito cheio de chumbo.

Isso estraga o dia da pessoa.

Raul levou uma hora para encontrar e invadir as imagens. Diaz passou as fotos e parou na de Gabriella Blackwell com o braço estendido, pronta para ser injetada. Nada melhor que a imagem da esposa de Blackwell se drogando, capturada em negativo.

— *Perfecto.*

Havia outras, mas a mais condenável era a de uma socialite na agonia de uma viagem induzida por drogas. A foto valeria alguns milhões se Blackwell quisesse escondê-la do juiz que decidiria sua capacidade para ter a custódia exclusiva de seu filho. Diaz acenou com a cabeça para Raul.

— Agora, preciso que encontre a companhia de seguros do Picano. Preciso do número da apólice, do nome do corretor, tudo.

Raul fungou, ergueu os dois dedos indicadores e começou a digitar.

Mais tarde, Diaz tirava o charuto dos lábios, tragava a fumaça e a soltava lentamente. Já tinha tudo que era preciso e logo teria os colhões de Hunter Blackwell em suas mãos. O cara tinha algumas decisões importantes para tomar.

Seu filho, sua esposa ou seu dinheiro.

Gabi não sabia em que quarto Hunter dormira, mas não fora no dela. Ela acordou na manhã seguinte com olhos injetados e uma dor de cabeça de matar. Havia conseguido chegar a uma conclusão por volta das duas da manhã.

Ela procurara tudo aquilo. Escolhera Alonzo e toda sua propaganda enganosa. Decidira se casar com Hunter em vez de levar seus problemas para sua família. Iniciara, conscientemente e de boa vontade, um relacionamento físico com seu marido temporário. Ela não esperava se apegar emocionalmente, mas em algum momento seu coração começara a se partir e Hunter o tivera nas mãos.

Ele dissera que não era um homem confiável e que não a merecia. Admitira abertamente que a estava usando, e, ainda assim, ela esperara que algo dentro dele houvesse mudado, como mudara nela.

Como Lori havia dito? Que, se quisesse sair desse casamento inteira, ela teria que encontrar o lado frio e desapegado com que havia entrado nele.

Mas, depois de tomar banho e tentar esconder os círculos escuros sob os olhos, a imagem no espelho era de uma mulher arrasada, e não exatamente fria.

Ela endireitou os ombros e começou um ritual para passar a impressão de que estava renovada. Hidratante, algo para disfarçar as olheiras, uma espessa camada de base. No rosto, um rubor de confiança que ela teria de fingir até que parecesse natural. Os olhos, seu maior trunfo, teriam que se destacar esse dia. Um delineador para levantar o olhar e uma grossa camada de rímel eram equivalentes a uma pintura de palhaço sorridente. O batom escuro cor de ameixa acabava seu arsenal cosmético. Ela prendeu os cabelos no alto da cabeça, deixando um ou dois fios caindo no pescoço.

Hunter gostava deles soltos, e ela usaria isso.

Gabi foi para o closet e deixou cair o roupão. Cada pedacinho de roupa tinha um trabalho diferente do que o pretendido pelo alfaiate. A lingerie a fez sorrir. Ainda mais sabendo que Hunter gostaria dela, mas que nunca mais a veria.

A parte sexual entre eles estava acabada.

A blusa de tricô abraçou os seios e foi descendo sobre a cintura, até se assentar nos quadris. A calça de seda parecia uma camada de pele macia, e os sapatos de salto de oito centímetros ofereciam a quantidade certa de apelo sexual que ela desejava.

A rotina inteira tomou uma hora de sua manhã e a fez recordar como era forte.

Nunca mais lágrimas.

Nunca mais confiança.

Nunca mais erros.

Ela foi até a cozinha, onde Andrew estava sentado, lendo o jornal matutino. Ele se levantou quando ela entrou.

— Bom dia, sra. Blackwell.

A necessidade de lhe recordar que a chamasse pelo primeiro nome ficou presa no fundo da garganta. *Fria e desapegada.*

— Bom dia, Andrew.

— Já fiz café, ou prefere chá?

— Café está bom.

Ele contornou rapidamente o balcão e pegou uma xícara no armário.

Gabi a aceitou, tomou um gole e murmurou um agradecimento.

— O Hunter me pediu para lhe dizer que foi ao escritório.

Ela olhou para o relógio na parede. Eram mais de nove horas.

— Tudo bem.

Ela ouviu passos e em seguida a chamaram pelo nome que já lhe era familiar.

— Bom dia, sra. B.

— Bom dia, Solomon.

Ele foi direto para a cafeteira; murmurou, satisfeito, enquanto engolia a bebida.

— Andei aperfeiçoando minhas habilidades de fazer panquecas, se quiser — disse Andrew.

— Não se preocupe — disse ela.

Ele deu um sorriso triste.

O som do interfone do portão interrompeu o silêncio que se seguiu.

Andrew atendeu e deixou entrar quem havia tocado.

Gabi tomou um gole de café, contemplando seu dia, sua vida, enquanto os homens da casa a observavam em um silêncio tenso.

Andrew a arrancou de seus pensamentos depois de abrir a porta da frente.

Gabi deixou o café de lado e encontrou o criado parado na porta, com as mãos às costas.

Havia um entregador ali, com uma braçada de flores e um sorriso zombeteiro.

— Entrega especial — disse, empurrando o buquê para os braços dela.

Ela sentiu as narinas e os olhos se dilatarem com uma emoção irrepreensível.

— Quem mandou?

Como se ela não soubesse.

— O sr. Blackwell.

Ela não sabia exatamente o que responder. Acenou com a mão livre e disse:

— Andrew, pode por favor...

— Pode deixar, sra. Blackwell.

Andrew procurou no bolso e deu uma gorjeta ao homem antes de fechar a porta.

As flores eram lindas. Muito parecidas com as que Hunter lhe mandara a primeira vez, quando se conheceram.

Não posso fazer isso de novo.

Gabi tirou o cartão e curtiu o perfume dos botões enquanto atravessava a cozinha. Quando chegou lá, abriu a porta que levava à lixeira e jogou as flores dentro.

Ela sabia que cada gesto seria relatado a seu marido.

Por mais que fosse uma tortura jogar fora flores tão maravilhosas, dirigir-se à lareira e riscar o fósforo foi o que mais lhe doeu.

Ela pôs fogo no cartão de Hunter, observou a chama lamber o papel encerado antes de quase queimar sua pele. Então jogou o cartão na lareira fria e escura.

— Enganada só uma vez... — sussurrou para si mesma.

À medida que o cartão virava cinzas, o pensamento de Gabi se voltou para o que os outros estariam pensando.

— Solomon?

— Ah, sim, sra. B?

— Eu não dirijo muito bem — ela disse com a voz monótona enquanto observava o cartão arder.

— Sim, eu, ah... O Neil mencionou algo nesse sentido.

Ela se afastou da mensagem que não tinha lido e tentou sorrir.

Os dois a olhavam fixamente, ambos incrédulos.

— Você é um bom motorista.

Solomon se empertigou e acrescentou com um meio sorriso:

— Pensei em participar do circuito da Nascar antes de entrar para o serviço.

Um pensamento surgiu na cabeça de Gabi.

— O Aston voltou da oficina, certo, Andrew?

— Ele...

Isso resolvia tudo.

— O que acha de me dar uma aula de condução defensiva?

Solomon ergueu a sobrancelha e pestanejou.

— Vamos pegar o meu carro.

— O Aston Martin? — ele perguntou, surpreso.

Gabi deu de ombros.

— Qual é a pior coisa que pode acontecer?

28

HUNTER NÃO CONSEGUIA SE CONCENTRAR. Foi preciso apenas uma mensagem para acabar com o seu dia. Andrew tirara uma foto do lixo com as flores que ele mandara para Gabi. Com a foto, os dizeres: "O cartão está na lareira, intocável e ardendo em chamas".

A mensagem seguinte simplesmente dizia: "Hora de colar os cacos!"

Ele precisava consertar as coisas. Só não sabia como. Durante toda a vida, dinheiro e poder consertaram seus problemas. Com mais dinheiro, chegara mais poder e resoluções ainda mais rápidas. As palavras de Andrew martelavam em sua cabeça. Ele precisava pegar leve na vida pessoal ou ela fugiria do controle. Flores no lixo eram sinal de um tornado iminente.

Ele virou a cadeira de onde olhava a cidade. Era uma cidade cinzenta, sem o brilho claro do sul da Califórnia, ao qual ele havia se acostumado. Mas combinava com seu humor, imaginou.

Com o da Gabi também, pensou.

Seus objetivos haviam sido facilmente definidos meses atrás, mas agora estavam contaminados de emoção e consequências. Ter Gabi a seu lado, ter o apoio dela com algo tão simples como a decoração de um quarto de bebê, havia sido um exemplo inestimável da grandiosidade de seu coração. Com tudo que ela havia passado, ele achava que Gabi estaria cansada e morta por dentro.

A família e os amigos dela a adoravam. Não pensariam em matá-lo se ele lhe fizesse algum mal. Até Andrew estava do lado dela da balança.

Uma conversa, flores... Essas coisas não eram suficientes para consertar o relacionamento deles.

Mas ele queria consertá-lo.

Observou o escritório sem nenhum colorido e pensou na cobertura onde ele mantinha a mesma vida vazia e monótona. Ele queria mais que isso.

E queria junto de Gabi.

Um plano começou a se formar em sua cabeça.

Um plano que significava deixar seus objetivos de lado e focar nos dela.

Seu celular tocou dentro do paletó. Pensou em ignorar antes de tirar do bolso para ver quem era.

A esperança brilhou quando viu o nome de Gabi.

— Gabi — ele sussurrou.

Só silêncio chegou a seus ouvidos.

Ele estava quase implorando.

— Fale comigo, Gabi.

Hunter ouviu risos. Risos masculinos.

Congelou, olhou para a tela novamente e viu o nome dela.

— Quem é?

— Sr. Blackwell, sou seu novo melhor amigo.

A voz era profunda, com um sotaque do sul da fronteira.

— Quem é? Onde está a minha esposa?

— Ah, sua querida esposa está bem onde deveria estar... por enquanto. Mas isso pode mudar, meu amigo. Eu não gosto de pessoas que roubam meu dinheiro. Isso faz meus dedos coçarem de vontade de pegar o dos outros. Está me entendendo, não é?

— Do que você está falando? Quem é você?

Hunter se inclinou e tirou o telefone do escritório do gancho.

— Dez milhões, sr. Blackwell.

— Como é?

A voz riu.

— Cheque seu e-mail. Gabriella... linda mulher a sua esposa. Ela te mandou uma foto.

Hunter começou a clicar, encontrou uma mensagem em sua caixa de entrada particular e a abriu.

Sentiu um frio no estômago. Gabi, em um dos que deviam ter sido os dias mais sombrios de sua vida, parecia a carcaça da mulher que ele conhecia. Olheiras escuras sob os olhos, o vestido branco largo sobre os ombros magros, o braço estendido com uma agulha espetada.

— Quem diabos é você?

— Um homem que ficará dez milhões de dólares mais rico muito em breve. E, para você não pisar na bola comigo, vou lhe dar dez minutos para manter sua esposa viva.

Hunter agarrou a borda da mesa, levantando-se.

— Está prestando atenção, sr. Blackwell?

— Sim — respondeu Hunter, rangendo os dentes.

— O Aston Martin é conhecido por explodir naqueles filmes do James Bond. Você pode sugerir ao seu motorista que acabe com a aula de direção e assista aos fogos de artifício fora do carro.

— O que...

— Manterei contato.

A linha ficou muda.

O coração de Hunter acelerou, e a luz dentro dele ameaçava desvanecer enquanto ele discava o número de sua casa e gritava para a porta fechada do escritório:

— Tiffany!

Andrew atendeu ao primeiro toque.

— Pensou num jeito de colar os cacos?

— Ponha o Solomon na linha.

— Ele não está aqui.

Tiffany entrou correndo.

— Onde ele está? Aonde a Gabi foi? — Hunter perguntou, com urgência na voz. Então olhou para Tiffany. — Ligue para Neil MacBain. Agora!

A secretária saiu da sala tão depressa quanto entrara.

— Dirigindo por aí. A Gabi queria uma aula de direção — Andrew respondeu.

— Com o Aston?

— Sim. O que está acontecendo, Hunter?

Meu Deus.

— Depois eu explico.

Ele desligou quando Tiffany voltou.

— Linha dois.

— Neil?

— Fala.

— Acabei de receber uma ameaça de morte contra a Gabi. Tenho nove minutos para tirar ela e o Solomon do Aston.

O medo mantinha as mãos de Hunter agitadas. Seu celular estava na mesa; ele arriscou e ligou para Gabi novamente. Caixa postal. Deu um tapa na mesa.

Ele ouviu Neil ao telefone dando ordens.

— Alguma pista do cara?

— Ainda não.

— Oito minutos, Neil.

Se era um circuito fechado, então por que Solomon estava se segurando na lateral do carro com tanta força? Gabi acelerava e se concentrava em desviar dos cones.

Havia se saído bastante bem enquanto mantinha a velocidade abaixo dos cinquenta. Nos oitenta, as coisas ficaram um pouco arriscadas.

— Você está puxando demais o volante. Relaxe, não aperte tanto o volante e deixe o carro se equilibrar — instruiu Solomon.

O carro saiu na direção oposta.

— É para relaxar, não para soltar o volante.

— Ah...

Gabi pegou a curva seguinte um pouco mais rápido e tentou "relaxar". O telefone tocou na bolsa e ela olhou para trás.

— Nem pense em atender — disse ele.

Ela olhou para ele com uma careta.

— Claro que não.

Solomon desviou o olhar para fora da janela e se agarrou no trilho da porta.

— Cuidado!

Vários cones caíram quando ela errou completamente a curva seguinte. Ela endireitava o carro quando o telefone de Solomon começou a tocar.

— Endireite e vamos tentar de novo. Não pode deixar o celular ou as pessoas te distraírem, sra. B., ou vai acabar se machucando.

Gabi aprumou os ombros e começou de novo. Contornaram a segunda curva pela enésima vez. Quando o telefone de Solomon tocou novamente, ela se orgulhou de ignorar o barulho.

Nem sequer olhou quando o segurança atendeu.

— Estou meio ocupado agora — disse ele. — O quê?

Entre devagar na curva, deixe a roda fazer o trabalho.

Perfeito. Nenhum cone derrubado.

— Ah, merda!

Gabi queria olhar para o banco do passageiro, mas pensou que Solomon estava testando sua capacidade de evitar distrações.

Ela sorriu e continuou dirigindo.

— Pare o carro! — ele gritou.

A próxima curva era em S e Gabi continuou.

— Pare o carro!

Dessa vez Solomon segurou o volante e ela pisou forte no freio.

Assim que o carro parou, Solomon soltou o cinto de segurança dela.

— Sai!

— O quê? O que foi que...

— Sai!

Ele abriu a porta e a empurrou.

Ela mal havia se mexido quando Solomon chegou ao lado dela e começou a puxá-la para fora. Ela pegou a mão dele e correu. Não tinha escolha a não ser se mexer ou cairiam os dois.

— O que está acontecendo?

As palavras mal saíram de sua boca quando o barulho, o calor e uma força desconhecida a fizeram voar.

Solomon a protegeu com o flanco antes de tombarem no chão. Ela caiu sobre o braço esquerdo, e a dor se espalhou.

O barulho era tão alto que os ensurdeceu por um momento, mas as chamas atrás deles explicavam o motivo.

Gabi protegeu os olhos quando ocorreu a segunda explosão.

Solomon pôs o rosto em frente ao dela; seus lábios se moviam, mas seus tímpanos zumbiam.

O Aston ardia em chamas.

Ele levou a mão ao queixo dela. Ela viu a boca de Solomon se mexer no que parecia ser uma pergunta. *Você está bem?*

Ela assentiu e começou a tremer. *Não estou ouvindo nada!* Ela sentia a vibração na garganta, mas não conseguia se ouvir.

Solomon apontou para os próprios ouvidos e sacudiu a cabeça. Ele ergueu a mão que ainda segurava o celular e disse alguma coisa antes de jogá-lo de lado.

Um dos pneus traseiros estourou. Gabi tremia inteira. Sua vida poderia ter acabado naquele momento.

Solomon a pegou no colo. Ela não se opôs.

Como o circuito fechado de direção pertencia ao departamento de polícia, ela foi a primeira a chegar. Gabi entendeu que sua perda auditiva não era permanente quando ouviu o som alto das sirenes dos bombeiros. Atordoada, viu uma dúzia de policiais correndo por ali. Os cones alaranjados perto do Aston derretiam, numa morte lenta e surreal. Alguém ergueu o braço de Gabi e o enfaixou. Ela olhou para baixo e notou o sangue. A adrenalina devia ter tomado conta dela, porque não sentiu nada depois do primeiro impacto no chão.

Completamente aturdida, percebeu que estava em choque.

As pessoas ao redor falavam, mas ela não conseguia ouvir os sons mais baixos.

Só quando um paramédico tentou fazê-la levantar que a adrenalina baixou um pouco.

Sentiu uma dor no braço e no joelho, e a cabeça estava pegando fogo. Os médicos a ergueram até a maca e a deitaram.

Solomon se livrou dos homens que o cercavam e ficou perto dela. A consciência de Gabi estava alterada. Sentia a vida e a dor que começavam a explodir dentro dela, mas não o som que deveria acompanhar tudo isso.

Ao notar um movimento à esquerda, voltou a cabeça.

Hunter. O terno elegante ligeiramente desalinhado. Por que pensava no estado das roupas dele, ela não sabia. Mas não reconheceu o homem frenético que as vestia.

Ele forçou passagem pela polícia e correu em direção a ela.

Gabi ouvia os sons abafados, uma mistura de sirenes e sons graves que tornavam impossível ouvir palavras isoladas.

Hunter falava com Gabi, mas ela não conseguia entender uma única palavra.

Ele pegou a mão dela e se voltou para os paramédicos. Anuiu com a cabeça algumas vezes e então olhou para Gabi.

Foi quando ela viu: a emoção crua, espontânea.

Havia lágrimas contidas nos olhos dele e o desespero dominava suas feições.

Ele entrou na ambulância com ela e falou com alguém. Quando a porta se fechou e ela ouviu o barulho estridente da sirene da ambulância, fechou os olhos.

Hunter apertou sua mão e ela retribuiu o gesto.

Aparentemente, paciência era algo que Hunter teria de aprender a ter no decorrer de uma semana. Havia chegado a tempo de se sentar ao lado de Gabi a caminho do hospital, mas não podia falar com ela. No segundo em que a tiraram da ambulância, os funcionários do pronto-socorro a levaram para longe.

Alguém o levou dali para lhe fazer perguntas, à maioria das quais ele não sabia responder. Alergias a medicamentos, doenças anteriores?

Ele não conhecia sua esposa.

Não demorou muito para Neil e Gwen chegarem. Pouco depois, Samantha apareceu. Quando Judy surgiu, estava ao telefone com a família de Gabi.

Neil explicou o que sabia, mas não deu detalhes.

Quando uma das enfermeiras chamou o nome de Hunter, ele deu um sobressalto, assim como todos os outros.

Ela os conduziu a uma salinha, onde as mulheres se sentaram; os homens permaneceram em pé.

— Sua esposa está descansando, sr. Blackwell. Ela foi medicada e vai ter que ficar com uma tala no braço por um tempo.

— Uma tala no braço? — perguntou Samantha.

— Ela sofreu uma fratura. Nada que não sare em um mês e meio.

Hunter não estava preocupado só com o braço de Gabi.

— Ela ainda não está conseguindo ouvir?

A enfermeira respondeu friamente:

— Como os médicos lhe disseram, a explosão vai afetar a audição dela por algumas horas. Ela responde a sons altos, mas para conversar pode levar um dia. Na maioria das vezes, isso é temporário. O homem com quem ela estava...

— Solomon? — Neil perguntou.

— Sim. A audição dele já está voltando.

Graças a Deus. Pelo menos poderiam falar com ele para saber o que tinha acontecido. Não que Hunter precisasse de maiores explicações.

— Quando posso ver a minha esposa? — ele perguntou.

— Posso levá-lo agora. Dois de cada vez. Estamos com muito movimento, e os saguões não podem ficar cheios de gente.

Hunter se levantou, e Judy se pôs ao lado dele.

— Se eu não der notícias para a Meg, ela vai ficar maluca.

A enfermeira os conduziu pelos corredores abarrotados do pronto-socorro e entrou em um quarto particular.

Gabi estava de olhos fechados, com o braço em uma tipoia. Os monitores ligados a ela emitiam bipes. Nada disso fazia sentido. Tudo que importava era que estava viva.

Ela abriu ligeiramente os olhos brilhantes e tentou sorrir.

— Gabi — Judy se aproximou do leito primeiro, apoiando a mão perto dela. — Consegue me ouvir?

Gabi se concentrou por um minuto, depois murmurou:

— Não consigo ouvir. — E mostrou um quadro branco que alguém do PS lhe dera.

Judy o pegou e rabiscou a pergunta: "Como está se sentindo?", depois o virou para Gabi.

— Uma merda.

Gabi colocou a mão sobre a de Judy antes que ela escrevesse outra pergunta.

— Fale para o Val que eu estou bem.

As palavras foram quase um sussurro dessa vez — prova de que Gabi não podia ouvir a própria voz.

Judy olhou para Hunter.

— Você acha que ela está bem?

Não. Ela parecia cansada, ferida, dopada.

— Não tem nada que o Val possa fazer, mesmo que venha até aqui. Fale para ele ficar calmo e conte o que a enfermeira nos disse. Braço quebrado, perda de audição temporária.

— E se não for temporária?

As narinas de Hunter se dilataram.

— Ainda assim, não tem nada que o Val possa fazer. Só o acalme.

Judy assentiu e escreveu: "Vou ligar para o seu irmão. Te amo".

Gabi tentou sorrir antes de fechar os olhos.

Judy saiu da sala. Hunter se sentou na cadeira ao lado do leito e ficou ali enquanto Gabi dormia.

Ao ritmo das batidas do coração dela no monitor, ele também se acalmou. De vez em quando ele ouvia um barulho alto no corredor e ela se sobressaltava, prova de que estava ouvindo um pouco, mesmo dormindo.

O telefone tocou no bolso de Hunter, arrancando-o de seus pensamentos. Ele atendeu quando viu o número de Remington.

— Não tenho tempo para você agora.

Silêncio.

Hunter esperou; mordeu o lábio.

— Recebeu a minha mensagem? — disse a voz hispânica do outro lado da linha.

Você é um homem morto, pensou Hunter. A vida o ensinara a exercitar a paciência.

— Sim — ele respondeu.

— Nada de polícia, sr. Blackwell.

— Vão me fazer perguntas.

— Perguntas que você pode despistar. Dez milhões. Em espécie.

— É impossível.

— O que acha de eu explodir uma creche, sr. Blackwell?

Hunter agora sabia como era se sentir chantageado.

— Quando?

— Eu entro em contato.

29

PARA. PARA TUDO.

Falar é fácil, difícil é fazer.

Explosões de carros aleatórias conseguiam atrair a atenção da polícia. Felizmente — ou talvez infelizmente —, Gabi não conseguia se comunicar com as autoridades. A quantidade de amigos que apareceram era absurda. E, para piorar, a mídia estava plantada em frente ao hospital em busca de uma história.

Hunter deu uma olhada pelo saguão à procura de conhecidos e encontrou um par de olhos inabaláveis. Acenou para Neil e sugeriu que encontrassem um lugar mais calmo para conversar.

— A polícia está fazendo perguntas — disse Neil quando estavam sozinhos.

— A pessoa que ligou falou que não quer saber de polícia — disse Hunter, passando a mão na nuca.

— Me fala exatamente o que ele disse.

Hunter repetiu as duas conversas que tivera ao telefone.

— Das duas vezes, as ligações eram de números de telefone que eu reconheci. Primeiro foi o celular da Gabi, depois de um colega.

— Então nosso sujeito tem habilidades de hacker.

— Como ele pode fazer isso?

— Do mesmo jeito que alguém manda e-mails sobre Viagra para você usando o endereço de e-mail da sua avó. Basta ter uma lista de contatos.

Mas Remington não havia dito que o telefone dele havia sido roubado na Colômbia?

— Caralho. Ele tinha um forte sotaque hispânico.

Neil franziu o cenho.

— Como, digamos, um traficante de drogas colombiano?

Hunter havia chegado à mesma conclusão.

— Tem notícias do seu pessoal da Flórida? — perguntou.

— Tenho um nome, Diaz, mas sem descrição. Pelo que me disseram, ele faz todo o trabalho. Sua operação com drogas é muito organizada, e, se alguém da rota dele é pego, acaba morrendo. Parece que ele tem conexões no sistema prisional da Colômbia, assim como no da Flórida e no do Texas. Ele andava quieto desde que o último carregamento do Picano acabou no fundo do mar.

Hunter sacudiu a cabeça.

— Eu tenho experiência em lidar com tubarões corporativos, Neil. Esse não é o meu departamento.

— Sorte sua que é o meu. Vou pôr minha equipe cibernética para trabalhar nas ligações telefônicas. Você precisa convencer a Gabi a aceitar prisão domiciliar até resolvermos isso. Podemos protegê-la dentro de casa.

— O carro estava na nossa garagem hoje de manhã.

— Você não disse que estava na oficina semana passada?

Ele tinha esquecido esse detalhe.

Neil prosseguiu:

— Vou verificar isso. Provavelmente nosso sujeito aproveitou essa oportunidade.

— Como ele sabia que tinha uma oportunidade para aproveitar?

— Ele está seguindo vocês. Seguindo a Gabi.

Hunter se viu olhando ao redor.

— E quanto ao Hayden?

— Seria mais fácil proteger o garoto na sua casa.

— Eu ainda não tenho a guarda. Se eu falar sobre isso com a mãe, ela vai correr para as pessoas erradas, e ela e o bebê vão virar um alvo fácil.

— Tem alguém em quem você possa confiar para fazer os dois sumirem por um tempo?

Que inferno.

Ele estava totalmente ferrado.

Gabi foi liberada do hospital no dia seguinte. Sua audição se restabelecera, e a única indicação de que escapara por pouco da morte era um braço quebrado e um tornozelo arranhado. Val telefonara bem cedo para expressar sua preocupação e oferecer refúgio seguro na ilha. Felizmente, Neil e Gwen convenceram Val e o restante da família a ficarem afastados. Gabi falou com o irmão em italiano, fazendo o melhor que pôde para impedir que ouvissem suas palavras.

— Quero você em casa, Gabi — disse Val.

— E atrair isso para você? Nem pensar. Fui eu que me meti nessa.

Val grunhiu.

— Se você não fosse casada com esse homem, nada disso teria acontecido.

— Ou eu poderia estar morta. Por favor, Val, não torne as coisas mais difíceis do que já são. Vou telefonar para você todos os dias.

— E me mande mensagem todas as noites.

— Tudo bem. Por favor, tente não se preocupar.

Eles conversaram por alguns minutos, até que Val por fim cedeu e desligou.

Um carro novo levou Gabi para casa. Outro a seguia, com mais seguranças do que qualquer mulher poderia precisar. Ela não podia imaginar o serviço secreto fornecendo esse tipo de consideração.

Andrew a encontrou na porta com um sorriso hesitante.

— Que bom que está em casa, sra. Blackwell.

— Obrigada, Andrew.

Ela observou a sala; nada havia mudado. Hunter não estava lá.

Ele havia saído do lado dela durante a conversa com Val, sem ter hora para voltar. Quando a audição de Gabi foi restabelecida, Gwen sussurrara em seu ouvido que Hunter e Neil estavam trabalhando juntos. Também havia dito a Gabi que a prisão domiciliar era para protegê-la.

Gabi se sentia exausta e acatou as palavras da amiga.

Recusando mais do que dois comprimidos para a dor no braço, ela andava mais devagar do que gostaria. Por mais fácil que tivesse sido encontrar sua cama e se deitar, ela abriu o notebook, passando por várias checagens de segurança. Como não usava muito as mídias sociais, não tinha que se preocupar com os olhos ali. Mas tinha algumas contas online, nas quais entrou, mudando todas as senhas.

Cancelou seu serviço de telefonia celular, escolheu outra operadora e encomendou um celular com um novo número. Entrou nas contas do exterior, viu que nada havia mudado e saiu. Sistematicamente, fez uma lista dos itens que tinha na bolsa que havia desaparecido e que precisava substituir. Cartões de crédito, carteira de habilitação. Era uma loucura, mas, com a explosão, tudo perdera a pressa.

Quando terminou, se afastou da mesa e foi até a cozinha.

Andrew e Solomon pararam de falar quando ela entrou.

— Vai ficar constrangedor se vocês não pararem de fazer isso — ela disse a ambos.

— Desculpe, sra. B.

Em seguida entrou na despensa e a examinou.

— Preciso fazer compras — disse.

— Hummm... O sr. B. sugeriu que ficássemos aqui.

Ela sabia disso.

— Deixe eu reformular. Preciso de coisas do mercado. Podemos pedir que entreguem, correndo o risco de um estranho aparecer, ou alguém pode ir para mim.

Decidiram que seria melhor pedir que entregassem, e Andrew foi receber a compra com um segurança.

Cozinhar com uma mão só não era o ideal, mas a distraía e a impedia de pensar onde diabos Hunter estava o dia todo.

Ela tinha perguntas a fazer.

Perguntas que só ele poderia responder.

Quando tirou os últimos biscoitos do forno, o guarda do portão informou que a polícia queria falar com ela.

Solomon estava ao interfone antes que a polícia entrasse.

Connor levou os policiais até a casa e ficou parado na porta. Os dois estavam uniformizados e carregavam todos os brinquedos necessários nos cintos. Um ficou ao lado de Connor enquanto o outro examinava a sala. Gabi se aproximou dos policiais e se apresentou.

— Obrigado por nos receber, sra. Blackwell. Sou o oficial Delgado. Falamos ao telefone na semana passada.

— Sim, sobre o garoto desaparecido.

— Isso.

— Espero que o tenham encontrado.

Os policiais trocaram olhares.

— Encontramos. Infelizmente, morto.

Gabi ficou chocada.

— Ah, não! O que aconteceu?

— Estamos tratando o caso como homicídio. Ele foi encontrado dentro da van de trabalho, queimada, no deserto para a frente de Lancaster.

— Que coisa horrível!

— Sim; a família está devastada.

— Posso imaginar. Como posso ajudar? Eu já falei tudo o que sabia.

O oficial Delgado olhou para Solomon, que havia acabado de entrar na sala, e Connor, que estava na porta. Percorreu Andrew com os olhos antes de voltar para Gabi.

— Seu carro não explodiu ontem?

Ela empalideceu e Solomon se aproximou dela.

— O carro estava na oficina na semana passada — disse.

Delgado deu um passo para trás.

— Você é o guarda-costas da sra. Blackwell?

Solomon anuiu com a cabeça.

— E quem é você? — o segundo policial perguntou a Connor.

— Segurança.

— E o homem do portão?

Gabi interveio:

— Meu marido é um homem muito rico. Todo cuidado é pouco.

— Acho interessante que você tenha uma casa cheia de seguranças pouco depois de sua própria vida ter sido poupada e outra ter sido tirada. E também acho que os fatos se encaixam.

— Não sei o que aconteceu com aquele garoto, oficial.

— Mas você sabe de alguma coisa...

Solomon se interpôs entre Gabi e o policial.

— A conversa acabou, oficial. O Connor vai lhes mostrar a saída.

— Só estamos conversando, sra. Blackwell. Ninguém a está acusando de nada.

Era isso que estava acontecendo? De repente, a presença dos policiais não era nada confortável.

— Vão prender alguém? — Solomon perguntou.

Delgado olhou para ele e caminhou em direção à porta.

— Entraremos em contato.

Gabi esperou até que os policiais saíssem e se voltou para Solomon.

— Que diabos foi isso?

— Não sei.

Ela o encarou.

— Esse homem tem razão. Meu carro explodiu, o garoto que desapareceu foi visto pela última vez nesta casa... São coincidências muito importantes para ignorar. Tudo isso tem ligação, não é?

— Foi a primeira vez que ouvi falar desse garoto, sra. B. — disse Solomon.

Ela recordou o rosto sorridente do rapaz enquanto instalava um dos televisores. Viu quando ele flertou com as meninas.

— Tinha muita gente aqui naquele dia. Todos podem estar em perigo.

— Nós não sabemos disso.

— Não podemos descartar essa possibilidade. Esconder informações pode resultar em algo muito pior.

Ela se voltou para Andrew.

— Onde o Hunter está?

Era a primeira vez que perguntava.

— Não sei.

Ora, que conveniente. Ela pegou o telefone e ligou para o escritório dele.

Tiffany pediu desculpas, disse que ele não estava lá e perguntou sobre seu estado de saúde.

Não, ela não sabia onde Hunter estava. Ele havia pedido para cancelar sua agenda pelo resto da semana.

Gabi desligou e ligou no celular dele. Caixa postal.

— Não sei onde você está, e não me importaria, se a polícia não tivesse acabado de sair daqui. Preciso de respostas, Hunter. Se não as conseguir logo, vou à polícia contar tudo o que sei.

Ela mal desligara o telefone quando ele retornou a ligação.

— É o Neil.

Gabi olhou para a câmera escondida que sabia que era monitorada por Neil e sua equipe.

— Onde o Hunter está?

— Não posso te dizer isso, Gabi. Ir à polícia pode ser suicídio.

— Um garoto morreu.

Ela ouviu Neil suspirar.

— Me fale o que você sabe sobre ele. O que exatamente ele estava fazendo na sua casa?

— Estava instalando os televisores, ligando cabos, coisas assim. Acho que ajudou algumas garotas a pendurar as luzes de Natal mais altas.

— Algo lhe pareceu estranho nele?

— Tinha muita gente aqui naquele dia. Nada parecia estranho. — Ela fez uma pausa. — Exceto os rapazes que entregaram a árvore. Eles foram solícitos demais.

— Os que entregaram a árvore? — disse Neil, praguejando baixinho. — Estou mandando uma equipe aí.

— Já tem uma equipe sua aqui — ela protestou.

— Outra equipe. Chega de falar em ir à polícia, Gabi. Você precisa confiar em mim.

— Se alguém acabar morrendo...

— Vamos encontrá-los. Ponha o Solomon na linha.

Frustrada, ela enfiou o telefone na mão de Solomon e saiu da sala.

Em frente à casa de seu pai, Hunter parou o Jeep que havia comprado antes do meio-dia. Se alguém o estivesse seguindo, chegaria à loja Town Car, onde ele deixara um de seus seguranças. Tudo tinha um ar de espionagem, mas ele não confiava em ninguém.

Vestindo jeans — algo que ele usava tão raramente que teve de caçar uma caixa fechada que fora enviada da cobertura, onde ele recentemente dormira —, Hunter observou ao redor da casa isolada.

Escondida nos subúrbios distantes de Santa Clarita Valley, a propriedade não tinha grades e não era de forma alguma segura.

Não chamava atenção.

Havia uma picape estacionada na frente, que Hunter comprara para o pai alguns anos antes. Ao lado, um minúsculo carro esportivo com cinco anos de uso. Ele tirou a chave do contato e ergueu a gola da jaqueta. Escondido sob os óculos de sol e um boné de beisebol, subiu os degraus e nem se deu o trabalho de bater à porta.

Hunter sabia que uma faxineira ia toda semana limpar a casa. Jardineiros cuidavam do quintal, e, se encontrasse os armários vazios, a faxineira fazia as compras e as mandava entregar.

Hunter podia não visitar o pai, mas se assegurava de que ele tivesse o básico.

Tirou o boné e os óculos escuros assim que fechou a porta. Passou pelo hall de entrada familiar e subiu os poucos degraus do sobrado.

Em frente à porta de vidro deslizante estava Noah, de costas para ele.

— Estava começando a me perguntar se você apareceria.

Hunter olhou ao redor da sala.

— Onde o pai está?

O irmão não se voltou. Em vez disso, indicou com a cabeça.

— No escritório. Provavelmente bêbado.

Hunter jogou as chaves, o boné e os óculos na mesa. Largou a maleta.

Parou. Aquilo era muito difícil.

Como ele e seu irmão haviam chegado a esse ponto? Como podiam ser tão diferentes um do outro? Não houvera uma época em que se divertiam juntos? Um socava o olho de quem dissesse o que não devia sobre o irmão. Durante a época de colégio, tudo mudara, num caminho sem volta.

Hunter foi até a janela e observou.

Depois de se certificar de que não havia ninguém parado na frente, voltou para a sala de jantar onde estava seu irmão.

— Não tenho muito tempo — disse.

O riso de Noah começou devagar, depois cresceu.

— Nunca tem, irmão.

— Desta vez, a coisa não é comigo.

Então Noah se voltou. Quando eram mais jovens, era algo corriqueiro olhar para seu gêmeo idêntico; agora Hunter achava estranha a imagem da versão animada de si mesmo.

— Desde quando?

Silêncio. Paciência.

— Por que você está fazendo isso?

Se em algum momento Hunter queria respostas, o momento havia chegado.

Noah olhou para ele de cima a baixo.

— Trouxe escuta, Hunter?

Ele tirou a jaqueta e a camisa devagar.

— Preciso tirar a calça? — perguntou.

Noah ergueu a sobrancelha.

— Estou fazendo porque posso — disse. — Porque você parou de atender as minhas ligações.

— Eu cortei a sua mamata, coisa que *ele* precisava ter feito anos atrás — disse Hunter, apontando na direção do pai.

— Você se acha muito melhor que todo mundo. Mas por essa não esperava, não é?

Hunter inspirou lentamente.

— Não, não esperava. — Olhou para a maleta sobre a mesa da cozinha. — Quanto?

Noah passou a mão no queixo, levando a mão à maleta.

— O que te fez mudar de ideia?

— Isso importa? Você conseguiu o que queria. Diga qual é o seu preço, Noah.

Noah pôs a mão sobre a maleta e Hunter lhe deu um tapa.

Eles se encararam e sustentaram o olhar um do outro.

— Eu dito as regras — disse Hunter.

Noah afastou a mão e Hunter acrescentou:

— Saia daqui, pegue o Hayden e vá encontrar o meu piloto.

Noah se segurou no encosto da cadeira de jantar.

— E para onde vamos?

— Para um lugar seguro.

Um lampejo de humanidade passou pelo rosto de Noah. Se Hunter não o estivesse observando, não teria percebido.

— Seguro?

As palavras seguintes de Hunter saíram mais lentas que uma tartaruga atravessando a areia do deserto.

— A vida do seu filho está correndo perigo. Tudo isso pelo esforço de chegar até mim. Pegue esse dinheiro e desapareçam os dois. Eu entro em contato com você quando for seguro retomar a sua vida.

— E se eu não concordar?

— Então pegue isso, dê para a Sheila, divida, queime tudo, não me importa, mas o Hayden vem comigo. Hoje.

Dizer que Noah estava atordoado seria eufemismo.

Ele ficou sem reação. Os olhos confusos eram pequenas manchas.

— Você pretende pegar o *meu* filho?

Hunter teve o cuidado de pronunciar bem cada sílaba das próximas palavras.

— O Hayden já é meu. Falta uma semana para eu ter a guarda permanente, e nem você nem a Sheila verão um centavo.

Era um blefe, mas ele tinha que tentar.

Um fraco sorriso se abriu nos lábios de Noah.

— Sempre impaciente... Não sei como você conseguiu chegar tão longe nos negócios se sempre mostra todas as suas cartas.

Hunter bateu a mão na mesa, fazendo tudo nela pular.

— Explodiram o carro da minha esposa ontem, Noah. Ela escapou por muito pouco. Alguém com colhões maiores que os seus está disposto a pegar o seu filho porque você espalhou para o mundo inteiro que ele é meu. Ou você vai embora com ele agora, ou eu o tomo de você e o mantenho em segurança. Faça a sua escolha, agora! Eu não tenho mais tempo a perder. Estou avisando, Noah. Se o Hayden ficar comigo, ele é meu, e você nunca mais vai pôr os olhos em cima dele.

Noah empalideceu.

Hunter olhou o relógio.

— Um carro vem me buscar daqui a cinco minutos — disse, jogando a chave de seu carro por cima da mesa.

Noah a pegou no ar, ou ela cairia no chão.

— Tenho um guarda-costas e um investigador particular vigiando seu filho. Ambos estão prontos para pegá-lo quando eu ligar. O que vai ser, *papai*?

Um barulho atrás de Hunter o fez se voltar.

— O que vai ser, Noah?

Sherman Blackwell estava parado ali, judiado, de olhos fixos nos dois. Quanto da conversa ele tinha ouvido, Hunter não sabia dizer, mas, pelo olhar do velho, o suficiente para entender a gravidade da situação.

Noah pegou a maleta e a abriu. Dentro havia maços de notas de cem. Valia a pena ter parceiros de negócios que possuíam cassinos, de onde dinheiro podia ser retirado em troca de notas promissórias.

Noah pegou dois maços de notas, enfiou-as no bolso e fechou a maleta. Em seguida bateu as mãos na lateral dela e disse:

— Para a Sheila. Ela vai ficar comigo até eu ter notícias suas. Se eu a deixar aqui, não sei o que ela pode fazer.

Com a maleta numa mão e a chave do Jeep na outra, Noah se levantou.

— Vá para o Aeroporto John Wayne. Vou ligar para o meu pessoal.

— Quem é Neil? — Noah perguntou.

— Não importa. Entrarei em contato.

Noah hesitou quando passou por seu pai, mas logo desapareceu pela porta.

Sherman atravessou a sala, abriu a geladeira e pegou uma cerveja da caixa.

— Que história é essa de esposa?

30

O SOL JÁ ESTAVA SE pondo quando Hunter por fim atravessou os portões.

Gabi estava lívida.

Ele saiu de trás do carro e abriu os braços diante de tanta agitação.

— O que está acontecendo? — perguntou.

Com a mão na cintura e raiva nas palavras, ela disse a única coisa razoável que conseguiu:

— Uma verdadeira bagunça! E pior que estou tendo que lidar sozinha com tudo isso, porque você está ocupado demais para se preocupar.

— Precisei cuidar de uma coisa.

Gabi revirou os olhos e se afastou.

Neil e companhia haviam atacado a casa como gafanhotos. A guirlanda da porta fora retirada; a árvore de Natal da sala de estar estava quase destruída enquanto eles procuravam sabe-se lá Deus o quê.

Neil... Como Gwen aguentava o silêncio dele? O cara não entregava nada.

Enquanto uma equipe examinava cada cordão de luzes, cada centímetro de guirlanda, cada enfeite que ela havia mandado colocar alguns dias antes, Neil e alguns companheiros fuçavam todos os cantos da casa.

Antes que ela voltasse para dentro, Neil saiu pela porta da frente.

— Encontramos escutas que não são nossas.

Gabi ficou imóvel.

Hunter não.

— Onde?

— Dentro dos televisores. Áudio no quarto de hóspedes e na suíte, vídeo com áudio na sala de estar.

Gabi se arrepiou.

— Alguém anda nos ouvindo, nos observando?

Hunter estava lívido.

— Como isso foi acontecer?

— Equipamentos sofisticados colocados dentro dos televisores. Nunca vi esse tipo de aparelho. Meu equipamento não detectou. E meus brinquedos captam até uma formiga fora do lugar.

Gabi segurou o braço forte de Neil.

— Você acha que o garoto que morreu colocou os grampos?

— Acho que existe uma grande probabilidade. Obviamente não para ele mesmo, visto que acabou morto.

— Dá para rastrear? — Hunter perguntou.

— O transponder parece ativado pela internet.

— Se desligarmos nossa internet, o grampo vai deixar de transmitir?

— Eu precisaria de um laboratório para ver se ele tem seu próprio ponto de acesso.

— Então, quem quer que esteja escutando e observando pode estar em qualquer lugar do mundo? — Gabi perguntou.

— Mas perto o bastante para sabotar o seu carro e saber os seus movimentos. Não, meu instinto me diz que quem fez isso está fisicamente próximo.

Gabi apertou os olhos.

— Que pesadelo!

— Removemos os grampos e estamos checando se existem mais.

— A polícia não deveria saber sobre esses grampos?

— Vou contar — disse Neil enquanto se afastava. — Qualquer hora.

Ele voltou para dentro da casa, deixando Gabi e Hunter parados na entrada.

— Você devia estar descansando — ele disse.

— E você devia estar aqui. Entendo que este casamento é uma completa mentira, mas você podia pelo menos fingir que se importa — disse ela, voltando-se e não o deixando responder.

Em vez de ir para a suíte, cheia de grampos e homens vasculhando cada canto, ela se dirigiu ao quarto de hóspedes e bateu a porta.

Jogou-se na cama e na mesma hora se arrependeu da força que fizera minutos atrás. O braço doeu e ela o apoiou em um travesseiro.

Quando os olhos começaram a lacrimejar, disse a si mesma que era pela dor que sentia no braço.

Hunter atravessou o limiar da porta atrás de Gabi. Seus pés hesitaram quando ele se deu conta do tamanho da destruição que Neil e sua equipe causaram em busca de grampos.

Não era de admirar que Gabi estivesse tão chateada. Ela havia se esforçado tanto para criar um clima natalino, para o sonho acabar como se o Grinch tivesse aparecido e destruído tudo.

Andrew o encontrou na sala de estar.

— Esses homens parecem uns brutamontes numa loja de porcelana.

— Estou vendo.

O olfato de Hunter captou alguma coisa e ele olhou em volta. Na ilha da cozinha estavam grades e travessas cheias de biscoitos e pães doces. Sentiu água na boca e lambeu os beiços.

Um companheiro de Neil pegou um biscoito no balcão e o balançou no ar.

— Sou viciado nisso.

— O que é tudo isso? — Hunter perguntou.

Andrew atravessou a cozinha e guardou um quebra-nozes que fora tirado do lugar.

— Parece que a Gabi gosta de cozinhar quando está chateada.

— Ela fez tudo isso com uma mão só? — Hunter perguntou.

— Sim, ela consegue.

Ele tinha esquecido de almoçar. Foi até a minipadaria com o estômago roncando. Pegou algo que parecia um pãozinho glaceado, polvilhado com sementes de gergelim, e o jogou na boca.

— Ah, meu Deus — murmurou de boca cheia.

Alguém atrás de Hunter chamou a atenção de Andrew. Ele passou depressa por Hunter para evitar que uma miniárvore da sala de jantar fosse derrubada.

— Ei, cuidado!

O telefone de Hunter tocou. Ele olhou a tela e viu uma mensagem de Remington.

"A carga está no ar."

Apoiou as mãos no balcão e abaixou a cabeça. Seu irmão tinha feito a coisa certa. Bem, ele pegara o dinheiro, mas Hunter não esperava nada menos.

E Hayden estava a salvo.

Um estranho vazio se abriu dentro dele. Havia se acostumado com a ideia de ter uma criança em sua vida. Mesmo que não fosse seu filho, Hunter estava pronto para isso. Ele nunca havia segurado aquele menino, só o vira por fotografia, mas a sensação de perda era clara. Hayden lhe deixara um estranho buraco.

Os parceiros de Neil saíram dos aposentos principais e foram para o pátio. Andrew ajeitava a bagunça e Hunter se juntou a ele. Os dois trabalharam juntos, em silêncio.

Quando as salas de estar e jantar estavam quase totalmente arrumadas, os seguranças que Neil havia contratado enrolaram seus equipamentos e foram embora.

Andrew encomendou o jantar. Neil ainda ficou por ali.

— Teve notícias do nosso sujeito? — perguntou.

Hunter sacudiu a cabeça.

— Mas vai ter. Ele não vai gostar de ver que seus olhos e ouvidos não estão mais aqui — acrescentou.

— Tem certeza que não sobrou nada?

Neil assentiu.

— Qual o próximo passo?

— Esperar.

O peso do dia deprimia Hunter.

— Como peões num tabuleiro de xadrez — disse.

— Esse sujeito não está acostumado a esperar. Não vai demorar muito.

Hunter ia perguntar o que ele queria dizer quando Rick assomou a cabeça na sala.

— Estamos todos lá embaixo.

— Lá embaixo?

Neil se voltou.

— Vem comigo.

Eles desceram os degraus e entraram na adega que ainda não havia sido abastecida com nada, exceto poeira.

No centro do aposento havia uma mesa e quatro monitores. Um homem que Hunter não reconheceu estava de costas para eles com uma escuta eletrônica. Ele clicou com o mouse, digitou algo e só então percebeu que havia outras pessoas lá. Tirou a escuta e empurrou a cadeira para longe da mesa.

— Estamos prontos — disse a Neil.

Hunter observou mais de perto. Os monitores mostravam imagens de todas as partes da casa. Corredores, cozinha, sala de estar... Viu a árvore de Natal em cores vivas. O pátio era um conjunto de formas, como se fossem vistas através uma lente de visão noturna.

Lá fora, um dos vigilantes passou por uma câmera e a lente o seguiu até ele sair do alcance do monitor.

— Já se conhecem? — Neil perguntou a Hunter, apontando para o outro homem, que imediatamente estendeu a mão.

— Dennis. Eu tenho observado do outro lado.

— E agora ele vai observar daqui — disse Neil.

Hunter não discutiu.

Dennis deu alguns cliques e a imagem no monitor mudou para um escritório — seu escritório, no centro de Los Angeles.

— Como foi que...

— Entrega de flores com um grampo. Nosso grampo.

Hunter voltou os olhos para Rick, que sorriu e deu uma piscadinha.

— Vai ser útil, confie em mim.

— Tudo isso é necessário?

— Considere isso alerta quatro. Um homem foi morto; a Gabi e o Solomon quase morreram ontem, e ainda temos que descobrir quando e onde exatamente instalaram a bomba debaixo do carro. Alguém está disposto a matar por uma bolada de dinheiro — disse Rick.

— Duvido que ele venha até aqui para buscar.

— A julgar pelo equipamento que encontramos, esse sujeito não é burro. Ele vai querer uma boa vantagem para garantir que vai receber o dinheiro.

— Vantagem?

— Garantia — disse Rick.

Hunter estremeceu.

— Você quer dizer a Gabi?

— Ou o Hayden.

— Já cuidei do Hayden.

Foi a vez de Neil e Rick se entreolharem, confusos.

— Ele está num avião agora, com seus verdadeiros pais. Meu irmão vai manter discrição até segunda ordem.

— Um refém potencial a menos — disse Dennis.

A palavra "refém" não era algo que Hunter quisesse ouvir, mesmo sabendo que era exatamente isso com o que estavam lidando.

Apontou para um canto escuro de um dos monitores.

— O que é isso aqui? — Hunter perguntou.

— Reservado para seus carros. — Dennis clicou e apareceu a imagem do banco da frente de um carro; clicou de novo para ver o banco dianteiro da Maserati.

Luzes de um carro entraram no quadro do portão da frente. Dennis aumentou o foco e observaram juntos o sistema de vigilância. Hunter não reconheceu o novo guarda no portão, mas ele falou com o motorista do carro.

Ao que parecia, o jantar havia chegado.

O guarda não abriu o portão, simplesmente pagou a refeição através das barras, pegou a comida e agradeceu ao entregador.

Solomon pegou as sacolas, disse algo sobre levar-lhe um prato depois e então seguiu em direção à casa. Entrou, e Andrew tirou os pratos do armário.

— *Devo acordar a sra. B.?* — Solomon perguntou na imagem monitorada.

Andrew olhou mais além do outro homem antes de Dennis cortar o áudio.

— Tento fazer o possível para desconectar qualquer conversa privada, mas não posso garantir — disse Dennis.

— A privacidade vai ter que esperar — respondeu Hunter.

— Vou gravar todas as chamadas telefônicas. Demora alguns segundos para amplificar a conversa do outro lado. Se nosso sujeito ligar, preciso que me sinalize e desligue qualquer ruído possível de remover.

— Acenar e desligar a tevê. Entendi.

Neil salientou que os banheiros e os closets não eram monitorados.

— Parece que você tem tudo coberto.

E Neil tinha. Também ajudava saber que todos os homens da casa, exceto Hunter e Andrew, estavam armados. E, se a coisa se estendesse por algum tempo, ele daria um jeito nisso também.

Rick pegou o casaco no encosto da cadeira.

— Vou voltar de manhã — disse, cutucando o braço de Dennis antes de apontar para a tela. — Comida chinesa é uma boa. Espero que a Judy tope.

Subiu os degraus de dois em dois.

Hunter acompanhou Neil devagar.

Apoiando a mão no teto do carro ao abrir a porta, Neil disse:

— Minha esposa vai querer um relatório sobre a Gabi.

Hunter soltou um suspiro.

— Você passou mais tempo com ela hoje do que eu.

— Eu percebi.

Hunter enfiou as mãos nos bolsos da frente, se recostou e ficou olhando para o chão.

— Já se viu num inferno criado por você mesmo, sem ter como sair sem que alguém se machuque?

Neil abriu um sorriso e respondeu:

— Eu estive na guerra.

— Se eu pudesse, faria tudo diferente, Neil.

Bem diferente.

O silêncio de Neil fez Hunter erguer os olhos.

— Você levaria um tiro por ela?

— É claro! — Hunter respondeu, sem hesitar.

Neil estendeu a mão.

— A menos que aconteça algo inesperado, amanhã estou de volta.

Hunter entrou no quarto o mais silenciosamente que pôde.

Ele tentara se afastar, dissera a si mesmo que ela ficaria melhor sozinha que a seu lado. Mas não podia suportar a ideia de Gabi pensar o pior dele.

Ela chorara até adormecer. Seus olhos estavam inchados, e tinha olheiras.

Só de olhar para a tala, ele estremeceu.

Tirou os sapatos e foi em direção à cama. Completamente vestido, sentou-se cuidadosamente antes de apoiar as costas na cabeceira e pôr os pés na cama. Ergueu o travesseiro que dava apoio ao braço dela e cuidadosamente colocou os dois em seu colo.

Ele queria fazer as coisas direito. Queria que eles dois dessem certo.

Ao ritmo atual, Gabi sairia de sua vida tão rapidamente quanto havia entrado. Só que levaria consigo algo mais precioso que o dinheiro.

Ele se sentiu como um ladrão quando ela se mexeu e se aproximou dele. Não havia um pingo de decência nele enquanto relaxava ao lado de sua esposa, adormecida. O tempo deles era passageiro, e o jogaria no meio de uma tempestade.

— Eu me importo, Gabi — sussurrou. — Por favor, não vá embora da minha vida.

Ela suspirou, dormindo, e Hunter fechou os olhos.

31

O TOQUE ESTRIDENTE DO TELEFONE fez Hunter despertar rapidamente.

A seu lado, Gabi deu um pulo e logo gemeu.

— Shhh — ele disse, tentando acalmá-la e atendendo a ligação ao segundo toque.

— O que você está fazendo aqui? — Gabi perguntou enquanto se afastava.

Ele levantou a mão enquanto se levantava e levava o telefone à orelha.

— Alô?

A voz do outro lado da linha era abafada e incompreensível.

— Hunter! — Gabi o chamou, em pé e olhando para ele.

— Caaaaara!

— Quem é? — Hunter perguntou ao telefone enquanto acendia a luz de cabeceira.

— Essa merda é uma loucuuuuura.

— Remington?

A voz era arrastada e parecia sair de uma boca cheia de algodão.

— Blackwell! Ainda está aqui? — disse Gabi, irada ao lado da cama.

Hunter fez um aceno com a mão e colocou o dedo sobre os lábios, pedindo silêncio.

— Você está bêbado?

Remington começou a rir e depois gemeu.

— Dói, meu. Os caras me foderam.

— Que diabos está acontecendo? Do que você está falando?

— Dois mexicanos. Grandes punhos.

Hunter tentava calcular quanta informação Remington poderia revelar.

— Você contou a eles sobre o Hayden?

— Eles já sabiam sobre... auuu! Os filhos da puta quebraram o meu nariz.

A porta do quarto se abriu e Solomon entrou.

— Se concentra, Remington. O que eles sabiam sobre ele?

— Hayden. Sabiam que ele tinha ido embora. O alvo não é ele.

Hunter olhou para Gabi para se assegurar de que ela ainda estava lá.

— Não use drogas, Blackwell. É uma loucura.

— Drogas? Onde você está, Remington?

O detetive particular murmurou algumas frases incoerentes.

Hunter tampou o microfone do celular com a mão e perguntou:

— Dá para rastrear?

— Estamos trabalhando nisso — disse Solomon.

— Maldito soro da verdade. Eu sou bom com segredos. Você sabe disso, não é, cara?

O fato de Remington continuar a chamá-lo de "cara" era prova suficiente de que estava bem doido.

— Você está em casa, Remington?

— Não... Estou enjoado.

Hunter se inclinou e calçou os sapatos.

— Onde você está?

Ele só entendeu o outro murmurar que não usasse drogas.

Dennis entrou correndo no quarto com um pedaço de papel e o enfiou nas mãos de Solomon.

— O Neil já está a caminho.

Hunter viu o endereço e ficou paralisado.

Gabi se aproximou, colocando a mão no braço dele.

— De quem é?

— Do meu pai.

Ela mordeu o lábio e o empurrou.

— Vá — disse, com o olhar preocupado.

Ele se inclinou e a beijou com força.

— Não saia de casa.

Ela o empurrou novamente.

— Vá.

— Vamos com o meu carro — disse Solomon enquanto saíam.

Gabi ouviu o portão abrir e fechar e voltou a atenção para o estranho em sua cozinha.

— Oi, sou o Dennis.

— Um dos homens do Neil?

— Sim — ele respondeu, indicando a escada dos fundos. — Tenho que voltar para o meu posto.

Ela vira homens descendo as escadas no dia anterior, mas não perguntara por quê.

— Vou fazer um café — disse.

— Seria ótimo.

Ela deu um sorriso sem vontade e com uma mão começou a preparar a bebida.

Ela não sabia bem o que havia acontecido. Pela expressão trágica no rosto de Hunter, seu pai estava em perigo, fora ferido ou algo pior. Gabi encheu a cafeteira de água, encaixou-a na máquina e começou a moer os grãos. Quando o moedor parou, o telefone tocou.

Ela deu um pulo.

Olhou em volta, percebeu que estava sozinha, e viu o número do celular de Hunter no identificador de chamadas.

— Hunter?

Havia estática na linha.

— É a sra. Blackwell? — disse uma voz feminina.

O coração de Gabi disparou.

— Sim.

— Então, é... houve um acidente na esquina da Bellagio com a Sunset. Seu marido... ele me entregou o celular dele.

Gabi deixou cair o café da mão.

— Ele está bem?

— Ele está bem ruim.

Gabi começou a tremer.

— Alguém chamou uma ambulância?

— Estou ouvindo sirenes. Tenho que tirar o meu carro.

A mulher desligou e Gabi jogou o telefone no balcão.

As chaves dos carros ficavam em uma tigela na mesa do hall de entrada. Ela pegou uma e foi até a porta.

Dennis subiu correndo as escadas.

— Espera.

— Não dá tempo. Aconteceu um acidente. Preciso ir... — ela disse, já se encaminhando para o lado de fora.

Dennis correu atrás dela e gritou para Connor, que estava no portão.

Gabi abriu a porta da garagem e decidiu que o Maserati a levaria mais depressa.

Abriu a porta do motorista, mas Connor entrou.

— Eu dirijo.

Ela olhou para o braço quebrado e cedeu.

Ele desceu correndo a rua, desviando dos carros.

— Eles bateram na Sunset — disse Gabi.

Connor olhava pelo retrovisor o tempo todo.

Ele passou o sinal vermelho e continuou acelerando. Graças a Deus Connor estava dirigindo, porque todo o corpo de Gabi tremia. Solomon e Hunter haviam saído tão depressa que era bem provável mesmo que tivesse acontecido o pior. Ela apertou a mão livre e rezou para que Hunter estivesse bem.

Eles não precisavam disso. Não com todo o caos que já tinham na vida.

O trânsito foi piorando conforme se aproximavam da Sunset. Connor fez algumas manobras ilegais, os carros buzinando quando ele os ultrapassava.

Gabi se segurou, esticando o pescoço para olhar mais à frente.

O celular de Connor tocou. Ela ficou chocada ao vê-lo pegar o aparelho e atender a ligação.

— Sim.

Eles se aproximavam rapidamente do cruzamento enquanto o trânsito fluía.

— Ah, merda.

Connor pisou forte no freio, fazendo o carro girar. Gabi foi jogada para a frente; sentiu uma vibração no braço, por dentro da tala.

— Aonde você vai? — perguntou.

— É uma armadilha!

Na frente deles, um carro diminuiu a velocidade.

Connor virou o volante e acelerou pela contramão.

— Uma armadilha? Então não houve nenhum acidente?

— Não.

Ela não sabia se estava aliviada ou assustada.

Connor continuava olhando pelo espelho retrovisor, até que Gabi se voltou para ver o que ele olhava.

— Segura firme! — ele disse, pisando no acelerador quando um carro entrou na pista deles.

O carro de trás bateu no para-choque traseiro, fazendo-os girar.

Quando pararam, Gabi tentou olhar por cima dos airbags abertos; viu as luzes de um carro voltadas para ela, pela porta do motorista.

Connor estava imóvel, e ela, aturdida. Alguém abriu a porta dela.

— Você está bem? — Gabi perguntou, colocando a mão sobre a de Connor. — Connor?

Ele murmurou.

— Precisamos de uma ambulância — disse Gabi.

Ela olhou de novo para o homem à sua porta. Estava de terno, como se estivesse a caminho do trabalho. Seus dedos escuros seguravam o braço dela.

— Te peguei, Gabriella.

Ela se concentrou em seu rosto novamente.

— Quem é você?

Então sentiu o aperto e um calor muito familiar correrem em uníssono com as batidas do coração.

Enquanto o estranho a ajudava a sair do carro, seu último pensamento foi: *De novo não*.

Eles atravessavam correndo o vale em direção a 101, quando Solomon atendeu o telefone. Hunter tirou os olhos da lista de contatos de seu celular e viu Solomon desviando para a rampa de saída.

— Que diabos...

— A Gabi e o Connor acabaram de sair de casa.

Hunter largou o telefone.

— O quê? — gritou.

— Ela recebeu um telefonema. Alguém disse que nós dois tínhamos sofrido um acidente.

— Não!

Não, não, não... Gabi na estrada com Connor... sozinha.

— Corre, depressa.

— Estou correndo.

Solomon desviou para as luzes da estrada, pegou a rampa de acesso rápido demais, e o carro engasgou duas vezes antes de ganhar velocidade.

Depois do que parecia uma eternidade, mas que não fora mais do que dez minutos, ele e Solomon se aproximavam da rua que dava para o bairro da nova residência.

Um caminhão de bombeiros bloqueava a estrada e havia carros de polícia por todos os lados. Hunter saiu do carro e correu.

Quanto mais perto chegava da cena, mais profundo era o desespero que sentia no estômago.

A Maserati era um monte de metal retorcido.

O corpo de bombeiros se preparava para rasgar o teto do carro.

Enquanto as pessoas ficavam paradas ao lado para observar, como se assistissem a um jogo, Hunter correu até o local, em busca de uma pessoa.

— Ei! — alguém gritou.

Hunter continuou correndo.

A porta do passageiro estava aberta; o banco vazio.

Alguém o segurou e tentou detê-lo.

— É o meu carro! — Hunter gritou para o homem uniformizado que tentava segurá-lo. — Gabi!

Ele se abaixou e viu Connor deitado no meio do carro.

— Connor?

— Precisamos limpar a área — disse o policial.

Hunter foi para o outro lado e se ajoelhou.

— Connor?

Ele tentou focar o olhar.

— Era uma armadilha.

— Onde a Gabi está?

— W-L-H-6-4-9.

— O quê? — Hunter perguntou, desesperado.

— W-L-H-6-4-9.

Connor ficou repetindo as letras e números, até que alguém por fim agarrou Hunter e o puxou para longe dali.

Ele se debateu nas mãos do policial.

— Minha esposa estava no carro — disse. — Onde ela está?

O policial manteve uma distância segura e olhou ao redor.

— Não encontramos nenhuma mulher aqui.

Hunter girou em um círculo completo.

— Alguém deve ter visto alguma coisa.

Solomon correu até ele.

Hunter se agarrou ao homem, completamente em pânico.

— Ela desapareceu. Puta que pariu, Solomon, ele a pegou.

— Calma, não sabemos ao certo — Solomon retrucou.

Hunter se afastou e começou a gritar para o grupo de curiosos.

— Alguém viu o que aconteceu? Alguém viu alguma coisa?

Assustada, a multidão se abriu ao redor dele.

Por fim, um policial conseguiu detê-lo por tempo suficiente para lhe dizer o que tinha visto.

Uma mulher com o braço quebrado e cabelos escuros saíra cambaleando do carro, apoiada no braço de um hispânico bem-vestido. Cavanhaque, cabelo escuro, alto. Ela parecia bem confusa, mas fora capaz de andar, ainda que aos tropeços. Carro de quatro portas, talvez cinza, talvez prata. Honda, Acura, talvez um Lexus mais antigo. Difícil dizer. Eles correram para a Sunset. Ninguém os seguiu.

Connor foi retirado do carro, bastante ferido. Quando os paramédicos o puseram na ambulância, Hunter fez sinal para Solomon em direção ao veículo.

— Você devia ir com ele.

— Minha prioridade é manter você seguro.

Hunter o encarou.

— Esse canalha devia vir atrás de mim, não das pessoas que eu gosto.

Solomon permaneceu impassível.

O oficial Delgado e seu colega chegaram quando a polícia acabava de interrogá-los.

— Está pronto para falar conosco agora, Blackwell?

Solomon e Hunter trocaram olhares.

— Talvez o Connor tenha gravado algo na câmera do painel do carro.

Hunter olhou para os policiais, sabendo que não tinha escolha.

— Pode nos acompanhar, por favor?

O braço já não doía e a cabeça estava cheia de cores vivas e sons abafados. Gabi tinha vaga consciência dos dois homens que a seguravam e a conduziam até uma casa. Eles poderiam levá-la para uma vala na beira da estrada que ela não se importaria.

Ela se lembrava disso. Como poderia esquecer?

A descarga, o calor e depois o vazio. Quanto ela conseguiria lembrar? Ela tentava manter os olhos abertos e prestar atenção no que acontecia ao seu redor. Uma voz irritante na cabeça lhe dizia para ficar consciente, para se manter alerta.

Outro lado dela lhe dizia para simplesmente sentir. A sensação de flutuar e o poder de esquecer tudo durariam pouco. E então a dor voltaria.

Ao contrário do choque que havia experimentado nas mãos de Alonzo, ela sabia que dessa vez seria pior.

Gabi não sabia bem como fora parar no chão de uma sala quase vazia, mas os homens que a haviam levado estavam ajoelhados a seu lado enquanto conversavam:

— Quanto você deu para ela?

— O suficiente para pelo menos uma hora.

O bonitão deu uma bofetada no rosto de Gabi.

Onde está a dor?

— Você me causou tantos problemas, sra. Picano. Se tivesse deixado o meu dinheiro em paz, nada disso teria acontecido.

Ela fechou os olhos e os abriu quando a palma da mão a acertou novamente.

— Esse dinheiro não é meu — murmurou.

— Realmente, é meu — disse o homem.

Ele não afastara a mão do rosto dela e a encarava.

— Pode ficar com ele. Eu não, não... não quero esse dinheiro — disse ela.

Sonolenta. Ela fechou os olhos e ouviu o homem falar em outra língua.

Reconheceu as palavras, mas não as processou.

Era melhor apagar.

32

ANDREW ENTREGOU O TELEFONE A Hunter enquanto ele entrava pela porta.

— É o Neil.

— A Gabi sumiu — Hunter disse ao amigo.

— Eu sei — Andrew respondeu.

Hunter levou o telefone ao ouvido.

— Meu pai está vivo? — perguntou a Neil, sem rodeios.

— Ele não está aqui. Seu amigo está ferido. Deve ter dormido a maior parte do tempo. Parece que dois homens armaram uma emboscada para ele, o derrubaram e injetaram alguma coisa que o fez falar. Ele trouxe os agressores até aqui; eles lhe injetaram mais drogas e foram embora. Ele lembra que havia luz quando o atacaram.

— Na noite passada?

— Provavelmente.

— Então, os homens que estão com o meu pai podem ser os mesmos que estão com a Gabi.

Neil ficou em silêncio por um momento.

— Sim. Nós temos a Gabi no GPS, Blackwell.

Pela primeira vez em uma hora, a esperança brilhou em Hunter.

— Vocês têm o quê?

— GPS... dentro do colar dela. Deve ter sofrido um golpe, porque o sinal está irregular, mas o Dennis está trabalhando com os dados que estão chegando.

Ele ouviu os policiais entrando na casa e Solomon conversando com eles.

— A polícia está aqui — disse.

Outra longa pausa.

— Diga a eles o que precisam saber. Estou ligando para uns amigos do departamento. O tempo é crucial agora.

Hunter odiava cooperar com criminosos, mas o sequestrador de Gabi havia deixado claro que não queria que a polícia se envolvesse.

— Ele disse nada de polícia.

— Isso foi antes de ele raptar a Gabi. Ele mudou as regras, Blackwell.

A voz de Hunter tremeu com as palavras que se seguiram:

— Ele está com a minha esposa, Neil.

— Ele precisa dela para conseguir o dinheiro, precisa dela para garantir sua liberdade. Ele não vai matá-la.

Hunter estreitou os olhos. Ouvir seus medos mais profundos em voz alta era lacerante.

Dennis entrou na sala, fez uma pausa e acenou para Hunter.

— Acho que a localizei.

— O quê?

Hunter baixou o telefone e seguiu Dennis até a adega.

A polícia os seguia de perto.

Um dos policiais assobiou quando entraram na adega, recentemente transformada em posto de vigilância.

Três monitores estavam em tela cheia, com as imagens congeladas.

Dennis se sentou e começou a clicar enquanto falava.

Hunter pôs o telefone no viva-voz.

— Está ouvindo tudo, Neil?

— Estou.

Dennis rolou a primeira tela.

Hunter viu Gabi pular no banco do passageiro da Maserati e Connor sair da garagem.

"Eles bateram na Sunset", dizia Gabi.

Dennis apontou para a tela.

— Observe como o Connor não para de olhar pelo retrovisor.

— Ele viu alguém atrás deles — interpôs Delgado.

— Provavelmente.

Connor já acumulara uma dúzia de violações das leis de trânsito quando se aproximaram da Sunset.

Hunter ouviu o toque do telefone na gravação.

— Sou eu ligando, avisando que você e o Solomon estavam bem e que a ligação tinha sido uma armadilha.

Gabi foi jogada para o lado quando Connor girou o carro.

Segura firme, foram as últimas palavras antes de alguém bater na traseira do carro. Uma explosão de branco encheu a tela.

— Airbags — disse Dennis.

Hunter ficou aliviado ao ouvir a voz trêmula de Gabi chamar Connor.

Connor murmurava algo, mas Hunter não conseguia entender o que ele dizia. A câmera fora jogada longe, impossibilitando que vissem o rosto de Gabi. Mas Hunter viu sua tentativa de alcançar Connor com o braço quebrado. Podia ouvi-la respirar pesadamente enquanto chamava o segurança.

A porta do carro se abriu e um rosto masculino encheu a tela.

Dennis congelou a imagem e olhou para os policiais.

— Esse é o nosso sujeito.

— Continue rodando — disse Hunter.

O homem usara o nome de Gabi. Prolongara o R, de maneira lenta e sedutora.

Quem é você?

O captor de Gabi simplesmente sorrira.

Todos ouviram Gabi ofegar e depois suspirar.

Quando ele a tirara do carro, ela já estava cambaleando.

— O que ele fez com ela?

— Clorofórmio, drogas... Difícil dizer — Dennis respondeu com naturalidade.

Hunter fechou os punhos.

Dennis se voltou para a outra tela.

— Aqui está o GPS. Eu vou rodar isso com o vídeo e vocês vão ver onde está o problema, e possivelmente a localização da Gabi.

Ele moveu os olhos de um lado para o outro, entre o vídeo do carro e o radar no mapa. No instante em que o carro bateu, o GPS piscou. Quando Gabi foi tirada do carro, o radar mostrou o mesmo local por dez segundos, depois escureceu. Quando apareceu novamente, estava a quatrocentos metros, na Sunset. Estava escuro. No outro monitor, os espectadores enfiavam a cabeça dentro do carro e diziam a Connor que a ambulância estava a caminho.

— Vou avançar.

Dennis avançou os dois vídeos. Hunter ouviu a própria voz chamando Gabi freneticamente.

— Espera. Pode voltar um pouco? — Delgado perguntou.

Dennis apertou um botão e Hunter ouviu a súplica novamente.

— Seu motorista está dizendo algo.

Dennis voltou a imagem uma segunda vez e ligou o som.

W-L-H-6-4-9.

Delgado, Solomon e Dennis disseram:

— Placa do carro.

Delgado se voltou para o parceiro e ordenou:

— Pesquise.

O outro policial se virou e falou pelo rádio.

— Isso foi há cerca de trinta minutos — disse Dennis, mostrando o radar do GPS, que brilhou por alguns segundos, depois se apagou.

— E isto foi há dez.

— Está no mesmo lugar.

Dennis anuiu com a cabeça.

Hunter pôs o dedo na tela.

— Aproxime a imagem — pediu.

— Caralho!

— Isso fica a dois quarteirões daqui — disse Delgado.

Hunter se levantou e se voltou para a escada, mas Delgado o deteve.

— Aonde você vai, Blackwell?

— Salvar a minha esposa.

— Calma aí.

Hunter se soltou do policial e o encarou.

— Ele tem razão, sr. B. Não sabemos o que nos espera.

— Neil? — Hunter gritou ao telefone.

Nenhuma resposta.

Dennis pegou o fone.

— Ele não está aqui.

Delgado ergueu as duas mãos.

— Vamos trazer a SWAT, negociadores de reféns... Se fizermos direito, ninguém vai se machucar.

— Não se esqueça do seu pai. Não sabemos se ele está lá — disse Solomon.

Delgado deu um passo à frente.

— Seu pai? — perguntou.

Dennis deu de ombros.

— O segundo refém.

Delgado ergueu o dedo na frente do rosto de Hunter.

— Ninguém vai a lugar nenhum. Não me obrigue a te prender, Blackwell — disse o policial, voltando-se e subindo as escadas.

Hunter cerrou o maxilar.

— E agora?

Dennis deu um sorriso e voltou para os monitores. O terceiro se iluminou. Outro grupo de radares de GPS se moveu na tela.

— Gabi?

— Não. — Apontou para o ponto vermelho: — Neil. — Apontou para o verde: — Rick, provavelmente.

Os dois se aproximavam rapidamente do bairro.

Tudo vai desaparecer se eu ficar de olhos fechados.

Ela tentava, mas a necessidade de estar no mundo real lhe era urgente.

Com a luz, veio a dor.

Com a boca seca e suando frio, Gabi tentou se concentrar.

Uma casa. Sim, ela se lembrava de uma casa.

Seus captores a deixaram apoiada numa parede e numa estante vazia.

Ela não estava amarrada, mas não conseguia mover os membros, de qualquer maneira. Todas as janelas estavam cobertas com cortinas grossas que mal deixavam a luz passar.

— Você está acordada...

Gabi virou a cabeça, mas rapidamente se arrependeu. Ele estava amarrado; braços atrás das costas, pernas juntas com fita adesiva. Olho inchado e lábio cortado. Havia lutado, mas não era mais um rapaz, e, pela condição de suas roupas e aparência, não parecia estar em forma.

— Quem é você? — ela perguntou.

Ele tentou sorrir, e o olho que não estava ferido se franziu de um jeito familiar para ela.

— Sherman Blackwell.

— Ah!

O pai de Hunter.

— E você?

— Gabriella Blackwell.

— Ah, a mulher que está fazendo meu filho mudar.

Ela desconsiderou suas palavras. Puxou uma perna para perto do peito e depois a outra. Olhou pela entrada, para a sala.

— Eles ainda estão aqui?

Sherman assentiu com a cabeça.

— Na outra sala. Eles entram a cada dez minutos para ver se você acordou.

— Que horas são?

Ele revirou os olhos.

— Deixei o relógio em casa.

— Há quanto tempo acha que estou aqui?

— Uma hora, talvez.

Gabi passou a mão sobre o peito dolorido. Olhou e viu um enorme hematoma. Achou que era por causa do cinto de segurança. Levou os dedos à corrente que trazia no pescoço.

Mordeu o lábio antes de levantar o GPS e beijá-lo.

Pés pesados se aproximaram, vindos do que parecia ser um corredor. Gabi guardou o medalhão dentro da blusa e tentou relaxar contra a parede.

— Até que enfim acordou, *señora*.

Ela pestanejou várias vezes.

— Quem é você?

A familiaridade do rosto dele a assustava.

Ele ergueu a calça e se ajoelhou ao lado dela.

— Estou ofendido por não saber.

— Nós nos conhecemos? — ela perguntou.

— Não formalmente. Estou surpreso por seu marido não nos apresentar.

— Você é colega do Hunter?

— Não esse marido. O coitado que morreu. Nós dois éramos muito chegados.

Os tímpanos de Gabi zumbiram, fazendo lembrar um velho ditado que dizia que, quando ouvimos um zumbido, é sinal de que alguém um dia caminhará sobre o nosso túmulo.

— Diaz — ela sussurrou.

— Fico lisonjeado. Pena que não posso te deixar viva, agora que viu meu rosto e sabe meu nome. Não é nada pessoal, Gabriella.

Ela sentiu um frio no estômago.

Diaz passou o dedo por seu queixo.

— É uma pena, você é tão bonita... Mas você entende, não é?

Ela afastou o rosto e Diaz riu.

— Por que ainda estou viva?

Ele continuou rindo.

— Bonita, mas burra. Certo, velho?

— Deixe a moça em paz — disse Sherman.

— Quanto cavalheirismo... Pena que é inútil nestas circunstâncias, mas mesmo assim um gesto delicado.

Diaz levou a mão às costas e pegou uma arma na cintura da calça.

Gabi prendeu a respiração enquanto Diaz a deslizava pela lateral de seu rosto.

— As regras são as seguintes, Gabriella. Está prestando atenção?

— Sim — ela murmurou.

— Você grita e eu atiro nele. Ele grita e eu atiro em você. Igualdade é importante hoje em dia, não é?

Que homem doente!

— Entendeu minhas regras até agora?

Ela assentiu uma vez.

— Ótimo. Quando eu colocar o telefone na sua orelha, você vai dizer exatamente o que eu quero que diga, senão eu atiro nele — disse Diaz, virando a arma para o pai de Hunter.

— Você vai nos matar de qualquer maneira — retrucou Sherman.

Diaz bateu a arma no peito de Gabi, com o dedo no gatilho.

— Sim, mas prefere que seja rápido ou devagar? — Diaz rebateu, passando a arma pelo braço de Gabi e descansando-a no cotovelo. — Ou talvez eu demonstre um pouco de misericórdia e lhe permita deixar esta vida em uma nuvem. — Ele se inclinou perto dela, e ela sentiu seus lábios em sua orelha. — Você gostaria disso, não é?

Ela choramingou.

— Depois que as pessoas provam, sempre querem mais.

Então Diaz se apoiou nos calcanhares e se levantou. Pegou o braço bom de Gabi e a puxou.

— Hora de ligar.

A mídia chegou antes da cavalaria.

O telefone fixo tocou muito antes de um negociador de reféns estar a caminho. Hunter atendeu ao primeiro toque.

— Alô?

— Eu disse nada de polícia, Blackwell.

Solomon girou os dedos no ar.

— Continue falando.

A polícia ficou em silêncio.

— Você raptou a minha esposa em plena luz do dia. Eu não chamei a polícia.

— Mas vai fazer todos irem embora. Aquele seu criado, o motorista... todos pra fora. Você tem cinco minutos antes de eu começar a fazer picadinho da sua linda esposa, bem devagar.

— Como posso saber se a Gabi está viva?

— Fala "oi".

Houve um ruído, e então Hunter ouviu a coisa mais doce do mundo.

— Oi.

— Gabi?

— Fale para ele que você está bem — disse Diaz, instruindo cada palavra que saía da boca de Gabi.

— Estou bem, Hunter.

— Meu Deus, Gabi. Vamos te tirar daí.

Hunter apertava o telefone quase a ponto de quebrá-lo.

Diaz riu.

— Agora diga que o ama.

Hunter a ouviu chorar.

— Eu te amo, Hunter.

O coração de Blackwell se partiu.

— Eu também te amo — ele repetiu, mas as palavras caíram nos ouvidos de Diaz.

— Cinco minutos, Blackwell.

E então a linha caiu enquanto Hunter ordenava a todos da sala:

— Todos pra fora!

33

QUANDO SE PASSARAM OS CINCO minutos que Diaz dera a Hunter para esvaziar a casa, os pensamentos de Gabi foram se tornando mais claros. O medo que ouvira na voz de Hunter a assustara. Será que ele tivera algum problema em localizá-la? Será que ele sabia onde ela estava? A equipe de segurança sabia?

Ela estava naquela casa havia mais de uma hora, mas não tinha ideia de quanto tempo havia se passado antes de chegar. Tempo suficiente para que a equipe a rastreasse. Por que não haviam intervindo?

Um celular tocou na mesa e Diaz atendeu, em espanhol.

Gabi olhou para o outro lado da sala, fazendo seu melhor para fingir que não entendia uma palavra.

A conversa unilateral foi fácil de acompanhar.

A polícia estava saindo da casa de Blackwell, a mídia tirada da rua.

Hunter estava sozinho.

Diaz disse a seu interlocutor que esperasse. Pegou outro telefone e digitou.

— Muito bem, sr. Blackwell. Agora, quando eu der o sinal, quero que pegue o dinheiro, pule o muro dos fundos, passe pelo quintal do vizinho até a outra rua e vá para o norte. Volto a ligar quando for para largar o dinheiro.

Gabi prestou atenção nas palavras que se seguiram:

— Você vai reconhecer o sinal. Vai estar no noticiário da noite.

Ela começou a tremer, dizendo a si mesma que era por causa do medo que corria em suas veias. O braço começou a coçar dentro da tala.

Diaz desligou e voltou para a outra linha.

Em espanhol, disse à pessoa para apertar o botão e voltar para casa, onde poderia pegar o dinheiro e a heroína.

Gabi coçou a nuca.

Com um sorriso perverso, Diaz piscou para ela.

— Tampe os ouvidos.

— O quê?

A casa tremeu.

Gabi se abaixou, pensando que a casa ia cair.

Diaz desligou e murmurou:

— Seu canalha imbecil. Nunca confie na pessoa errada, Gabriella — disse, rindo. — Ah, sim, você já fez isso algumas vezes.

Outro homem, magro e irrequieto, entrou na sala.

— Estou pronto para ir.

Diaz acenou, dispensando-o.

O magricela voltou correndo para a sala e Gabi ouviu Sherman protestar.

Ela ia se levantar quando Diaz apontou a arma em sua direção.

— Temos que dar algo para o seu marido em troca do dinheiro.

Gabi mordeu o lábio e coçou o braço.

De soslaio, viu que os pés de Sherman estavam livres, mas as mãos ainda estavam amarradas, quando ele foi levado para fora de seu campo de visão.

Hunter ficou esperando na adega.

Quando a explosão balançou a casa, ele e Dennis se agacharam. Quando ergueu os olhos, Hunter viu Dennis checando os monitores. As câmeras ao redor da casa estavam seguras; um brilho ao sul indicava que a explosão não acontecera longe, mas não fora na propriedade.

— Acho que esse é o meu sinal.

Dennis estendeu a mão e fechou a jaqueta por cima do colete à prova de balas. Em seguida falou em sua escuta:

— A águia está saindo do ninho.

— Entendido.

— Fique perto do meio-fio para poder se abaixar e se proteger em algum quintal. Se o sujeito for esperto, vai saber que está armado. Quando ele perguntar, tire a arma das costas e a jogue.

Hunter olhou para a tela do GPS e notou quatro pontos. Dois estavam na casa onde Gabi estava. Os outros dois estavam mais perto deles.

Pelo rádio ao lado de Dennis, a polícia enviou um comando:

— Vá!

Hunter subiu os degraus de três em três. Pegou a mochila pesada e saiu pela porta dos fundos. Jogou a mochila por cima do muro de tijolos que dividia as propriedades e pulou. Os vizinhos não estavam em casa e não tinham cães.

Ele agradeceria a cada uma dessas bênçãos.

Pulou outro muro e foi para o norte. Quatrocentos metros adiante, se perguntou se seria uma armadilha.

Quando o telefone tocou, atendeu e continuou andando.

— Tem uma lixeira à sua esquerda.

— Estou vendo.

— Jogue o pacote nela.

Hunter girou.

— Onde a Gabi está?

— Segura. Eu garanto.

— Sua garantia não é o suficiente.

— Olhe para a frente. Está vendo aquela van?

Uma van branca com um logo de pizza delivery na lateral estava parada ao final da rua. A porta lateral se abriu e Hunter olhou mais de perto.

— Pai? — sussurrou.

— Um bom vigarista tem sempre duas opções, não é, Blackwell? Você é um homem de negócios, vai entender. Jogue o dinheiro na lixeira e eu solto o seu pai.

— E a Gabi?

— Tudo a seu tempo. Ela vai me ajudar a escapar ileso. Se você fizer tudo o que eu disser, vou cumprir a minha palavra.

Hunter controlou o riso.

Um homem segurou seu pai e o empurrou.

— Acabe com eles, Hunter — seu pai gritou.

Hunter correu para o outro lado da rua, jogou a mochila na lixeira e se afastou.

— Muito bem.

Seu pai foi empurrado para fora da van, que arrancou e partiu. Hunter correu em direção ao pai.

Na esquina, um caminhão de lixo virava para entrar na rua.

Quando Hunter caiu sobre seu pai, a van explodiu.

Hunter baixou a cabeça e cobriu a do pai.

Quando ergueu os olhos, viu a van ser engolfada. Seu pai estava atordoado, e o caminhão de lixo sumiu por entre as ruas, carregando dez milhões de dólares.

Gabi se concentrou na seringa, que ficava ao seu alcance em cima da mesa. Ela vira Diaz enchê-la de heroína, e sabia que continha quantidade suficiente para matar quem entrasse em contato com a agulha.

O golpe mortal... Seria assim que ela deixaria este mundo? A arma na mão de Diaz não a assustava tanto quanto aquela seringa. Ele gritava ordens e mais ordens. Mudava do espanhol para o inglês, sem saber que Gabi entendia cada palavra.

Ela se encolheu quando a casa tremeu pela segunda vez.

A segunda explosão ocorreu quando Diaz estava ao telefone com seu cúmplice. Numa resposta fria, ele balançou a cabeça e guardou o telefone no bolso.

— Essas crianças continuam brincando de explodir.

— Você os matou? — Gabi perguntou.

— Que palavra desagradável. Eu os libertei. A morte é simplesmente um trampolim para a próxima vida. — Ele sacudiu a arma em sua direção. — É o medo da morte que mantém as pessoas na linha. Quando não se tem medo é que se aproveita ao máximo este mundo.

Gabi sentiu a respiração pesada.

Ele era louco, frio e esperto, mas, naquele momento, ela se sentia igualmente fria e louca, mas muito mais esperta.

— Hora de ir, sra. Picano.

— Não me chame assim — disse ela.

Diaz parou.

— Ora, ora, cheia de exigências.

— É sra. Blackwell.

Ele ergueu a sobrancelha e sorriu.

Uma sombra do lado de fora das cortinas fechadas da cozinha chamou a atenção de Gabi.

Diaz se virou, ela estendeu a mão e pegou a seringa. Antes que Diaz se voltasse, houve uma terceira explosão.

O sorriso no rosto de Diaz sumiu quando ele virou na direção do estrondo, que obviamente o pegara de surpresa. Soltou uma série de obscenidades, pegou-a pelo braço e a puxou para levantá-la.

Quando levantou a mão armada para Gabi, ela deixou de temer a morte. Com o braço machucado, bateu no revólver e observou quando ele atravessou a sala, que se enchia de fumaça.

Ele a puxou contra seu corpo para usá-la de escudo e ela começou a sentir falta de ar.

Enquanto Diaz recuava com Gabi para a porta que supostamente era de uma garagem, ela tirou a tampa da seringa sem que Diaz percebesse.

Lutando para se manter em pé, ergueu a mão enquanto era arrastada para trás, ofegante.

Então avançou para o pescoço dele. Com o polegar, apertou o êmbolo no momento em que o ouviu praguejar.

Diaz deu dois passos para trás, xingando-a enquanto afrouxava o aperto em seu braço, e ambos tropeçaram e caíram no chão.

Dois homens de máscaras e roupas escuras invadiram a casa com armas inacreditavelmente potentes.

Hesitaram quando a viram, e ela se voltou para Diaz.

A seringa ainda estava cravada em seu pescoço. Ele a olhou com um sorriso doentio e seus olhos se fecharam.

Amarraram uma máscara sobre o nariz e a boca de Gabi enquanto sirenes soavam.

— Vamos, querida.

Alguém deu um tapinha na cabeça de Gabi e os dois homens saíram.

Hunter ouviu uma terceira explosão na direção do GPS de Gabi. Viu fumaça enquanto seu pai acordava.

— Você está vivo? — Hunter perguntou, aflito.

— Tenho que parar de beber — disse Sherman.

Hunter soltou um suspiro de alívio.

— Preciso encontrar a Gabi.

— Vá.

Hunter correu até a terceira explosão com uma oração nos lábios.

Ao atravessar a rua, notou dois homens mascarados e armados correndo em direção a uma van escura. Um se voltou, bateu continência e fechou com força a porta antes que a van arrancasse, a toda a velocidade.

Hunter correu ainda mais.

Irrompeu pela porta da casa cheia de fumaça enquanto sirenes invadiam seus ouvidos. Não precisou ir muito longe para encontrar Gabi no chão, com um homem ao lado.

Alguém o ajudou a arrastá-la para fora da casa.

Os pulmões de Hunter estavam repletos de fumaça, fazendo-o tossir.

O herói misterioso voltou para dentro da casa. Hunter ficou para trás, apoiando a cabeça de Gabi no colo.

O ajudante desconhecido saiu tossindo.

— Ele está morto — anunciou.

Três viaturas chegaram com suas luzes girando.

Hunter sentiu Gabi tocar seu braço; ela sorriu por trás da máscara.

Algumas lágrimas transbordaram dos olhos de Hunter, lágrimas que ele não achava que possuía, até deixar a cabeça pender sobre a dela.

Como Gabi se recusou a ir ao hospital, Hunter solicitou a visita de seu médico pessoal em casa.

Com algumas perguntas sobre o homem morto naquela casa e relatos de Gabi e Sherman sobre a identidade dele, a polícia permitiu que Hunter a levasse para casa. Ela ainda estava trêmula quando ele a colocou em uma banheira quente.

Ele a lavou com cuidado, como se quisesse apagar aquele dia tenso de todo o seu corpo. Fez tudo silenciosamente, guardando cada momento no coração, e ela o deixou agir. Com a ajuda de uma enorme toalha, ele a secou e escovou seus cabelos. Só quando o médico chegou Hunter saiu do quarto.

Gabi lhes mostrou os ferimentos e lhe contou que seu captor a drogara. Ela quis omitir o fato de conhecer a droga, mas não havia dúvida de que fora heroína que correra em suas veias. O médico coletou algumas amostras de sangue e pediu que ela fosse ao hospital se houvesse alguma alteração no resultado. Hunter encontrou o médico à porta. Ela o ouviu perguntar sobre sua saúde. Sentiu certa satisfação quando o doutor disse que ela provavelmente estava bem. E que, se alguma coisa a incomodasse pela manhã, que o procurasse para que fizessem alguns exames.

Quando estava quase adormecendo, ouviu Hunter discutir.

— Temos mais algumas perguntas, e depois vamos embora.

— Ela já não sofreu o suficiente?

— Ninguém está dizendo que não, Blackwell.

— Tudo bem, Hunter. Eu só quero acabar logo com isso — Gabi falou num tom mais alto para ser ouvida, da cama onde repousava.

O oficial Delgado entrou no quarto, acompanhado de Hunter.

Hunter ajudou a esposa a se sentar e prendeu as cobertas ao redor dela.

— Desculpe, precisamos fazer isso, sra. Blackwell.

Ela fechou os olhos.

— Vamos lá.

— Me conte o que se lembra.

Ela começou seu relato desde o momento em que o carro batera. Fez uma breve pausa para perguntar sobre Connor. Hunter disse que as últimas notícias eram de que ele sofrera alguns ferimentos, quebrara algumas costelas, mas estaria de volta em algumas semanas.

Gabi contou como a drogaram.

Hunter se sentou ao lado dela e segurou sua mão enquanto ela falava.

— Então eu conheci o seu pai.

— Ele está bem. Está no hospital.

Gabi assentiu e continuou.

Ela falou sobre a arma, as ameaças, e como Diaz não pretendia libertá-la.

Repetiu que havia visto alguém pela janela e que nesse momento a casa se enchera de fumaça.

— Eu sabia que tinha uma dose letal na seringa. Ele me disse. Eu não podia lutar com ele, e só me restava isso.

O oficial Delgado fez uma anotação e ergueu os olhos.

— Não consigo imaginar ninguém a culpando pela morte dele. Você foi esperta, e numa situação dessa isso não deve ter sido fácil.

Gabi descansou a cabeça no ombro de Hunter.

— O que aconteceu depois?

— Tudo se encheu de fumaça. Eu não conseguia respirar. Então alguém apareceu, pôs uma máscara no meu rosto e foi aí que eu consegui respirar.

— Quem apareceu?

Ela balançou a cabeça.

— Não deu para ver o rosto. Tinha uma máscara preta. Depois, o Hunter estava comigo lá fora.

— Você não faz ideia de quem colocou a máscara no seu rosto?

— Eu tinha acabado de escapar da morte, oficial, e sabia que o meu agressor estava morto. Naquele momento não questionei a minha sorte e o homem que tinha me salvado.

— Era um homem?

— Ou uma mulher corpulenta. Mas não posso afirmar com certeza.

Delgado soltou um suspiro, se levantou e estendeu um cartão.

— Se lembrar de mais alguma coisa...

Andrew e Delgado passaram pela porta.

— Eu trouxe sopa.

Três dias depois, Gabi e Hunter estavam sentados ao lado de Lori, uma equipe de advogados de Hunter, de Samantha, e o promotor.

Foi anunciado cada detalhe sobre quem era Diaz, por que ele tinha Gabi como alvo, as contas bancárias que movimentava e o erro em relação ao seguro de vida que ela pagaria, se os tribunais assim permitissem.

O fato de a mídia tê-la pintado como a desafortunada socialite que se casara com um bilionário e acabara sequestrada e mantida refém era um ponto a favor. Três homens haviam morrido, outros se recuperavam em hospitais, e Gabi exibia hematomas no rosto para posar de top model feliz.

Caso o resultado não fosse o que eles desejavam, Hunter e sua equipe de relações públicas já haviam preparado uma entrevista coletiva após a reunião com o promotor.

Como se soube, Diaz havia sido um cruel jogador na comunidade das drogas, que havia tomado um golpe quando desaparecera o carregamento pelo qual Alonzo Picano era responsável. Ele estava se recuperando quando Gabi trocara as senhas das contas. Esclarecidos os fatos, o promotor anunciou que seria preciso abrir uma investigação mais rigorosa, mas que não via nenhuma acusação criminal pesando sobre ela.

Quanto à fraude contra a companhia de seguros, o promotor tinha pouca jurisdição, mas testemunharia em favor dela. Com a devolução do dinheiro e o promotor se recusando a fazer acusações, as chances de a companhia de seguros chegar a alguma conclusão condenatória eram mínimas.

Gabi deixou o escritório da promotoria de braço dado com Hunter e com a equipe, que reivindicou um dia de folga pela vitória.

Em vez de darem uma entrevista coletiva, a família e os amigos que haviam se reunido para apoiar Gabi os seguiram até em casa.

Lá, Andrew e uma pequena equipe haviam preparado uma festa para comemorar a chegada próxima do Natal.

Talvez *comprado* uma festa para anunciar o Natal que em breve chegaria fosse uma palavra melhor. Mas Gabi não se importava. O que valia era a intenção.

— Por que estamos fazendo uma festa hoje? — Hunter perguntou a Blake quando percebeu que Samantha levava as crianças e algumas babás para o escritório ainda não mobiliado no andar de baixo.

— É importante manter as aparências — disse Blake. — Eu não entendo isso muito bem, mas a Sam insiste.

Hunter sorriu e se colocou ao lado de Gabi enquanto caminhavam pela sala. Agradeceram a Judy e Rick pelo apoio, e Gabi notou o olhar predatório de Hunter quando ela abraçou o irmão de Judy, Michael.

— Obrigado por ter vindo.

— Se aqueles tubarões quisessem te engolir, teriam que se ver comigo.

Gabi se voltou para Hunter.

— Você já se conhecem?

— Duvido que exista alguém que não saiba quem você é.

Ela riu.

— É um saco ser um astro de cinema.

Michael deu uma piscadinha e voltou a atenção a um rapaz que se aproximava com uma taça de vinho. Gabi apresentou Ryder sem explicar quem era ou por que estava ali. Hunter não perguntou, e ela não disse nada.

Ao lado de Neil, Carter Billings trocou um aperto de mãos com Hunter. Gabi aceitou um abraço de Carter e um tapinha no braço de Neil.

— Preciso te agradecer — ela disse a Neil.

Ele deu de ombros.

— Não sei por quê.

Vestido de preto, armado até os dentes...

Ela se inclinou e lhe deu um beijo no rosto.

— Obrigada.

Neil levou a garrafa de cerveja à boca, acenou com a cabeça e se afastou.

— Esse é um ímã de mulheres — Carter murmurou antes de se afastar.

Gabi tomou um gole de vinho, grata mais uma vez por poder apreciá-lo. Em seguida, apresentou Hunter a Zach e Karen.

Em determinado momento, Meg apareceu e puxou Karen de lado.

Hunter se inclinou e sussurrou para Gabi:

— Você tem um ótimo grupo de amigos.

Ela refletiu sobre a observação dele.

— Há dois anos, eu não tinha um amigo para chamar de meu.

Hunter não parecia convencido.

Uma voz trêmula chamou Gabi.

— Sherman! — ela exclamou, abrindo o braço bom para o homem. — Estou tão feliz por você estar bem!

— O médico queria me segurar mais alguns dias, mas eu disse que tinha lugares melhores para ir.

Gabi recuou quando Hunter e seu pai começaram a conversar.

— Que bom te ver de pé, pai.

— É o meu novo visual.

Hunter riu.

— Estou há quatro dias sem beber. O primeiro dia não devia contar, já que não tive escolha, mas estou contando, de qualquer maneira.

Gabi sentiu o coração bater forte quando Hunter e seu pai se abraçaram.

O som de alguém brindando a fez se voltar.

Val estava ali parado, com uma taça na mão e um sorriso no rosto.

— Gostaria de propor um brinde.

Meg ergueu a taça de sidra espumante e se inclinou no ombro do marido.

A mãe de Gabi já havia bebido duas taças de vinho. Não demoraria muito para a hora de sua "soneca".

Mais algumas pessoas entraram na roda e ergueram as taças.

— Eu sei que estamos todos aqui em apoio à Gabi, mas conheço a minha irmã — disse Val. — Ela é muito tímida e prefere evitar tanta atenção. Portanto, este brinde não é só por ela, é por todos. Aos verdadeiros amigos, que a apoiarão sempre, onde quer que ela esteja.

Val ergueu a taça e a sala foi invadida pelo som dos brindes. Gabi olhou os rostos e as taças.

Gwen brindou com leite.

Karen tomava sidra espumante, como Meg.

— Ei!

— Que foi? — Hunter perguntou.

Ela o ignorou e estreitou o olhar para Gwen.

— Leite? Você está tomando leite?

Gwen olhou para seu copo e fechou a boca.

Eliza parou de beber seu champanhe e anunciou:

— A Gwen está grávida.

Meg gritou.

Sam riu e bebeu um gole de vinho.

— Não olhe para mim. Já deu, certo, Blake?

— Fraldas e mamadeiras no meio da noite... já deu — disse ele.

Gwen ergueu o copo de leite.

— Três meses!

Rick se voltou para Judy.

— É hora de tomarmos uma atitude, não acha, baby?

Judy deu um tapa no marido e Meg cuspiu sua bebida, rindo.

Judy ficou vermelha.

— Dois risquinhos hoje de manhã. Mas eu queria esperar para te contar — disse.

Sem conseguir parar de sorrir, Rick cambaleou para trás.

— Esperar o quê?

Blake deu um tapa nas costas de Rick.

— Isso vai virar uma explosão de hormônios. Sugiro sairmos imediatamente, rapazes, e só voltarmos daqui a nove meses.

Houve outra rodada de brindes, banhada pela emoção do fim da noite.

34

DESDE QUE GABI RETORNARA DO breve cativeiro, Hunter estivera ao lado dela, dando-lhe apoio. Ele a colocava na cama e ficava com ela até que adormecesse. Mas, quando ela acordava, o espaço a seu lado estava sempre frio e vazio.

Na cozinha, Solomon estava sentado ao lado de Andrew, tomando café com uma pilha de panquecas, ao lado do fogão.

— Bom dia, sra. B.

Andrew se levantou e colocou um prato diante dela. Ele tinha o hábito de não perguntar e simplesmente servi-la desde que ela voltara. Ela não lhe negaria o cuidado, e ele sabia disso.

Então deu uma mordida para contentá-lo.

— Você pôs canela — disse.

— Andei pesquisando algumas receitas na internet.

Gabi deu outra mordida e sorriu.

— Onde o Hunter está?

Os homens trocaram aquele olhar ao qual ela já havia se acostumado. Eles se olhavam e diziam mil palavras sem abrir a boca.

— Andrew?

— Ele está no... hmmm...

A gagueira fez a panqueca virar pedra no estômago de Gabi.

— Desembucha! — disse ela.

— No apartamento. Ele dormiu na cobertura na noite passada.

Pelo jeito como os dois a olhavam, esperando sua reação, Gabi entendeu que ele não tinha ido ao apartamento para pegar seus pertences pessoais.

— Ah. — Ela afastou o prato e se levantou.

Em seguida pegou seu café e uma manta no encosto do sofá enquanto saía. Abriu as portas que se estendiam para um pátio coberto. Havia uma espreguiçadeira dupla em uma ponta, voltada para o quintal. O céu cinza e a garoa úmida combinavam com seu humor e lhe propiciavam o silêncio perfeito para refletir sobre sua vida.

Pelo menos agora ela sabia onde Hunter passava as noites. Ela pensara que talvez ele estivesse dormindo em um dos quartos de hóspedes, mas, aparentemente, não era esse o caso. Ele não precisava mais dela. Noah pagara a mãe de seu filho e levara Hayden para um subúrbio de Boston. De acordo com Hunter, seu irmão estava procurando emprego na cidade. Que tipo de emprego, ele não sabia. Mas não pedira mais dinheiro. Mais tarde, chegara uma carta com a certidão de nascimento de Hayden, na qual constava o nome de Noah como pai. Quando Hunter lhe contara como convencera seu irmão a ir embora, ela ficara mais orgulhosa do que nunca do homem com quem se casara. Ela não duvidava de que ele estava pronto para assumir Hayden como seu próprio filho, mas estava fazendo isso pelas razões erradas.

Ainda assim, quando ela atravessou o quarto intacto do bebê, sentiu uma dor profunda.

Estava começando a parecer que ela seria uma tia sem filhos. A mulher que não conseguia se casar com o homem certo. Pena que ela não gostava de gatos. Uma casa cheia deles completaria o clichê. Seu café estava frio, e, apesar da pele arrepiada, ela se aconchegou debaixo da manta e ficou olhando as gotas de chuva caírem do céu.

— Oi.

Ela ergueu os olhos, saindo do estado meditativo, e viu Hunter parado na porta. Ele usava um suéter de gola alta e calça escura. Era seu look casual, tipo "não vou para o escritório". Olhar para ele lhe doía fisicamente.

— Oi.

Ele foi até a ponta da espreguiçadeira e se sentou. Segurava um envelope, que batia nervosamente na coxa.

— Dormiu bem?

Estavam reduzidos à conversa fiada.

— Podemos, por favor, ignorar a cortesia?

O silêncio de Hunter a fez erguer os olhos. Ele olhava para o envelope que tinha na mão.

— O que é isso?

Em vez de responder, ele o entregou a ela.

Ela o pegou rapidamente, recusando-se a se demorar no "e se". Tirou do envelope a grossa pilha de papéis e os desdobrou.

Uma palavra foi tudo que ela precisou ver.

— Você pediu o divórcio.

Ela não precisava ver mais nada; largou os papéis ao seu lado.

Ele estendeu a mão, tocou o pé de Gabi, e ela se encolheu.

Seus olhos se encontraram enquanto ele voltava as mãos para o colo.

— Não é isso que eu quero — ele afirmou.

— Pelo que sei, uma pessoa que pede o divórcio é porque quer se divorciar, Hunter.

— Não é o que eu *quero* fazer, é o que eu *tenho* que fazer.

Ela mordeu o lábio para impedi-lo de tremer.

— Você se importaria de explicar? Tive uma semana louca, e esse jogo de palavras é demais para mim agora.

Ele fez uma pausa.

— Eu conheci uma mulher linda, inteligente, atenciosa, que me virou a cabeça. Meu ego foi mortalmente ferido, e o que eu fiz? Eu a chantageei. Encontrei cada detalhe sórdido que pude descobrir e usei isso para conseguir o que queria, ignorando completamente o que isso faria com ela.

A autodegradação de Hunter era uma virada na história, algo que Gabi não gostava de ver, embora o que ele dizia fosse verdade.

— A parte canalha e egoísta que vive dentro de mim tirou vantagem total da situação, e eu te levei para a minha cama. Então quase te matei, não uma vez, nem duas, mas três vezes, Gabi. E tudo isso para quê? Orgulho? Dinheiro?

Ele ficou sem palavras e olhou para o chão.

Ela balançou a cabeça.

— Você tem razão sobre tudo isso — disse.

— Eu não te mereço.

— Exceto pela parte de me levar para a cama. Eu estava bem consciente naquele momento. Você me seduziu? Talvez. Mas quero pensar que tenho um pouco de crédito nisso.

— Eu devia ter ficado longe de você.

— Gosto de pensar que tornei isso impossível — disse ela.

O esboço de um sorriso atravessou os lábios de Hunter.

— Desculpe, Gabi. Desculpe por ter forçado este casamento, por colocar sua vida em risco. — Ele demorou os olhos no braço machucado. — Por te causar tanta dor... Te dar o que você queria desde que nos conhecemos é a única coisa que me resta fazer.

Ela pegou os papéis do divórcio mais uma vez.

— Você disse que não é isso que você quer.

— E não é — ele reiterou.

Então ela olhou para ele e perguntou:

— E o que você quer?

— Quero o impossível. Quero voltar e recomeçar tudo. Quero conhecer aquela mulher linda, inteligente e atenciosa e trazê-la para o meu mundo, até que ela não possa ver o mundo dela sem mim. Quero cuidar dela todos os dias da semana, todos os meses do ano. Quero que ela saiba que, por causa dela, quero ser um homem melhor, o homem que ela merece para viver com ela pelo resto da vida.

As lágrimas se acumulavam nos olhos dele enquanto falava, ao passo que as dela corriam pelo rosto.

Dessa vez, quando ele colocou a mão em sua perna, ela não se afastou.

— Eu quero ouvir essa mulher dizer que me ama de verdade, não porque foi forçada a isso. Quero pedir a ela que se case comigo diante de um juiz de paz, um padre, um rabino, seja lá quem for, e vê-la caminhar até mim e unir livremente sua vida à minha.

— Hunter...

Ele pegou os papéis, mas os largou de novo.

— Sei que isso é um retrocesso, mas me divorciar de você e tentar de novo é a única maneira de fazer tudo isso acontecer. Eu vou sempre questionar a nossa vida se não fizermos isso primeiro. — Ele se aproximou e levou a mão ao rosto dela. — Eu te amo, Gabi. Sei que não te mereço agora, mas vou merecer um dia. Se Deus quiser, você vai aceitar a minha promessa de um futuro feliz.

O coração de Gabi bateu forte quando diminuiu o espaço entre eles e pousou seus lábios nos dele. Ele se derreteu e a puxou para perto. Ela se abriu ao convite de sua língua e o beijou com todo o seu ser. Ele a amava, a queria para sempre a seu lado. E conhecer seus sentimentos alimentava ainda mais a paixão dela.

— Faz amor comigo, Hunter.

Ele apoiou a cabeça na dela.

— Uma última vez antes de eu ir embora?

Ela balançou a cabeça.

— Concordo com o divórcio, porque seu ponto de vista faz sentido na minha cabeça. Mas você não vai embora.

— Mas...

— Casamento é uma estrada de mão dupla, Hunter. Às vezes as coisas seguem o seu caminho, às vezes seguem o meu.

— Mas...

Ela o calou com o dedo.

— Quer que eu assine esses papéis?

Ele assentiu.

— Então é a minha vez de te chantagear. Eu assino se você concordar em ficar. Podemos esperar em relação a todas as outras partes, mas você não vai me deixar sozinha nesta casa.

Ele afastou uma mecha do cabelo dela.

— Tudo bem, Gabi. Como quiser.

— E mais uma coisa...

— Sim?

— Eu também te amo.

Epílogo

SEIS MESES E MEIO DEPOIS...

Escolher a madrinha foi a decisão mais fácil na vida de Gabriella.

Samantha deu um tapinha nas costas dela enquanto prendia a última pérola do vestido.

— Prontinho.

Gabi se voltou para o espelho e observou seu reflexo. Pérolas e rendas, cristais e seda... O vestido era digno da realeza.

E nesse dia Gabi se sentia da realeza.

— O Hunter vai apanhar para tirar isso.

— Ele merece. O espertinho passou as duas últimas semanas fora. Com todo o estresse de um divórcio e um casamento, ele não fez nada.

Sam riu tanto que os olhos começaram a lacrimejar.

Uma batida na porta precedeu um desfile de moda maternidade. Gwen e Karen estavam prestes a dar à luz. Os Harrison viajavam com um médico particular e uma enfermeira. Não havia como saber se elas passariam pela cerimônia sem entrar em trabalho de parto. Meg estava enorme, mas a uma semana da data prevista. Judy ocupava o último lugar, com um mês e meio de espera ainda. Por isso, como Gabi era mais próxima de Sam que de Eliza, Sam foi a madrinha escolhida para testemunhar oficialmente os votos.

A mãe de Gabi entrou na sala, acariciando barrigas ao passar. Parou quando viu a filha em frente ao espelho.

— Você é a noiva mais linda do mundo — disse em italiano. — Seu pai ficaria muito orgulhoso.

Gabi deu um beijo na mãe.

— Obrigada, *mamma*.

— Vamos logo. Aquele seu marido... — Simona se interrompeu, balançando a cabeça. — O noivo já está nervoso.

Gabi ouviu sua mãe sair do quarto murmurando sobre divórcios e casamentos malucos.

— Muito bem, mocinhas, temos tudo? — Sam perguntou.

Karen levantou a mão, mostrando uma caixinha.

— Algo velho.

Gabi deu um longo suspiro.

— Ah, não precisava!

— Não é meu, é da sua mãe. Ela disse que usou isso quando se casou com o seu pai e que queria que o seu casamento fosse tão feliz quanto o dela.

A caixa continha uma fivela. Sam subiu numa cadeira e a colocou em Gabi.

Eliza entregou a próxima caixa.

— Algo novo. E, antes que pergunte, não fui eu. Foi o Hunter. Ele insistiu, e todas nós estamos cansadas demais para fazer compras.

Isso fez as mulheres rirem e segurarem a barriga. O bracelete de diamantes deixou Gabi sem ar.

— Bela jogada, Hunter — disse Meg baixinho.

Judy entregou o presente seguinte.

— Algo emprestado. Estes são meus. Eu usei no segundo dia de casamento com o Rick.

Os brincos de pérola eram perfeitos.

— Foi por isso que você disse para eu não pôr nenhuma joia com o vestido — Gabi disse para Sam.

— É, eu sou boa em disfarçar.

— Algo azul — disse Meg. — Só para constar, eu queria te dar um teste de gravidez. Azul para sim, rosa para não, mas não me deixaram.

— Eu não estou grávida — Gabi disse, rindo.

— O dia ainda não acabou — apontou Eliza.

A liga azul era perfeita. Sam fez o cerimonial de colocação enquanto Gwen se aproximava.

— Eu sempre dou um *sixpence* para o sapato.

Um o quê?

Gwen evitou a pergunta com um olhar.

— É uma coisa inglesa, basta pôr aí.

Gabi colocou a minúscula moeda na ponta do sapato, rindo.

A música começou a tocar, e as mulheres se dirigiram à porta.

Sam entregou o buquê a Gabi e puxou uma mechinha de cabelo do coque perfeitamente desarrumado. Era o tipo de penteado que Hunter achava irresistível.

Gabi olhou pela porta aberta e viu seu irmão a encarando, tomado de admiração.

— Te vejo lá fora — disse Sam, dando um beijo em Gabi e deixando os dois sozinhos.

— Meu Deus, *tesoro*... O Hunter realmente é um homem de sorte.

Ela tomou as mãos do irmão e lhe deu um beijo no rosto.

— É isso que você quer, Gabi? Você não é mais casada. Pode dar meia-volta agora e...

Ela colocou o dedo nos lábios do irmão antes de pousar a mão em seu ombro.

— Minha vida não está completa sem ele. Quero a sua bênção, Val. Completamente.

— É sua. O papai ficaria orgulhoso.

Ela olhou para o alto.

— Gosto de pensar que ele está aqui.

Val beijou os dedos de Gabi e lhe ofereceu o braço.

O pátio da ilha fora preparado para o casamento. Um quarteto de cordas deu início à marcha, e todos se levantaram e se voltaram.

Gabi e Hunter se olhavam, e ela sentiu a excitação dele quando se aproximou. Perigosamente bonita, Gabriella o reivindicava pela segunda vez.

Val ofereceu a mão de Gabi a Hunter.

— Você está deslumbrante — Hunter disse quando ela ficou a seu lado.

— Você diz isso a todas as mulheres com quem vai se casar.

Ele beijou sua mão.

— Tem certeza que é isso que você quer? — perguntou.

Ela sentiu que todos os observavam e ouviam a conversa íntima.

— Bem, uma vez que você se recusa a se jogar debaixo de um ônibus e eu não vou deixar nenhuma mulher se aproximar de você, esta me parece a melhor opção.

Ambos seguraram o riso enquanto o padre limpava a garganta.

Blake deu um tapa no ombro de Hunter, que ergueu a mão.

— Mais uma coisa — ele disse, inclinando-se para ela. — Eu te amo — sussurrou, antes de beijá-la.

Ambos se voltaram para o padre.

— Estão prontos? — o sacerdote perguntou.

Eles concordaram com a cabeça.

— Queridos irmãos...

Agradecimentos

A série Noivas da Semana foi uma viagem, desde a primeira página. Desde ser recusada até ir parar na lista do *New York Times*, a série e todos os seus incríveis leitores fizeram de mim a escritora mais sortuda do mundo. Para cada pessoa que me ajudou a chegar até aqui, obrigada!

Aos blogueiros, como Sara, do Harlequin Junkies, à minha gangue cheia de fãs dedicados e leitores que agenciam melhor que qualquer "gerente" do Sunset Strip, eu nunca poderia agradecer o suficiente a todos.

Tenho que agradecer a Crystal Posey, minha assistente pessoal que me mantém sã em momentos malucos. Sem contar que suas capas são maravilhosas!

Para Angel/Sandra, minha parceira crítica. Digo isso em cada agradecimento e sinto isso cada vez que respiro: obrigada! Você me encoraja quando estou desestimulada a escrever e faz com que eu queira agradá-la e me torne uma escritora melhor.

Jane Dystel e todos da Dystel and Goderich Literary Management. Vocês são a pedra angular dos agentes. Você define os padrões, Jane. Seu pai deve ter tido muito orgulho de tê-la como filha. Digo seu nome com honra. Obrigada por fazer parte do meu mundo, na literatura e na vida.

A minha equipe da Montlake — hora de gritar nomes. A Kelli, minha editora, que simplesmente me entende. A Susan, que faz o esforço extra e trabalha com o que quer que eu jogue em suas mãos. A Jessica, que nunca perde o ritmo, mesmo com aquelas coisas loucas em sua mesa; e a Thom, que, com seu cabelo comprido e seu sorriso magnético, é capaz de pôr em ação as ferramentas de que eu preciso para chegar até os leitores. A JoVon, Hai Yen e Jeff Belle, da Amazon Publishing, que acreditaram em mim ao longo desta série. Obrigada.

Agora, voltando a Tiffany.

Dedico este livro a você por duas razões. Sim, eu perdi a aposta e tive que usar seu nome para uma personagem. Tiffany Stone não foi um nome tirado da cartola. O engraçado é que eu não sabia que você era ótima de digitação antes de lhe mandar essa passagem sobre a minha personagem...

Dedicar este livro a você é um carma positivo. Eu nunca a teria conhecido se esta série não decolasse. E, como só consegui conhecê-la bem nos últimos dois anos, isso me lembra a última heroína de Noivas da Semana. Gabi não conhecia as personagens no início, mas todas se tornaram significativas. Como você para mim. Obrigada por sua amizade. Ela significa mais do que você imagina.

Obrigada, leitores! Até a próxima.

CONFIRA OS OUTROS VOLUMES DA SÉRIE NOIVAS DA SEMANA:

Casada até quarta - livro 1
Esposa até segunda - livro 2
Noiva até sexta - livro 3
Solteira até sábado - livro 4
Conquistada até terça - livro 5
Seduzida até domingo - livro 6

Impresso no Brasil pelo Sistema Cameron da Divisão Gráfica da
DISTRIBUIDORA RECORD DE SERVIÇOS DE IMPRENSA S.A.